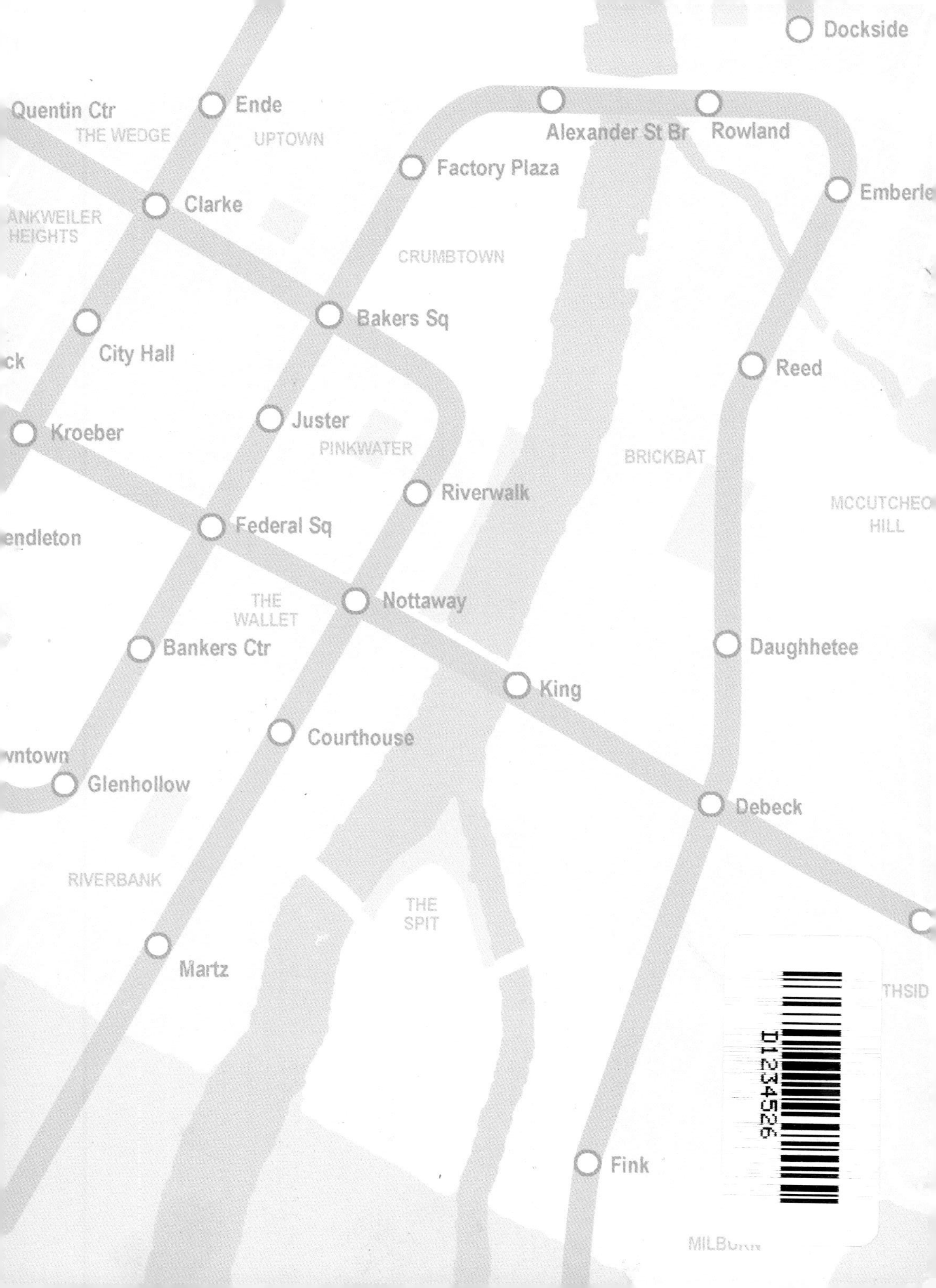
Dockside
Quentin Ctr
Ende
Alexander St Br
Rowland
THE WEDGE
UPTOWN
Factory Plaza
Emberle
Clarke
ANKWEILER HEIGHTS
CRUMBTOWN
Bakers Sq
City Hall
ck
Reed
Juster
Kroeber
PINKWATER
BRICKBAT
Riverwalk
MCCUTCHEO HILL
Federal Sq
endleton
THE WALLET
Nottaway
Bankers Ctr
Daughhetee
King
Courthouse
vntown
Glenhollow
Debeck
RIVERBANK
THE SPIT
Martz
THSID
Fink
MILBURN

MARGO MALOO

Y LOS CHICOS DEL CENTRO COMERCIAL

DREW WEING

MAEVA young

www.maeva.es

ISBN: 978-84-17708-92-4
Depósito legal: M-4517-2020
Preimpresión: Paloma Bermejo
Impresión: Unigraf, S.L.
Impreso en España / Printed in Spain

Este libro lo distribuye en EEUU Lectorum LECTORUM

MAEVA apuesta para frenar la crisis climática y desea contribuir al esfuerzo
colectivo y permanente de proteger y preservar el medio ambiente
y nuestros bosques con el compromiso de producir nuestros
libros con materiales sostenibles.

PARA MI MADRE, QUE SIEMPRE ME CREYÓ CUANDO
LE DECÍA QUE HABÍA ALGO DEBAJO DE MI CAMA.

¡Saludos, mis fieles lectores! Charles Thompson al habla para traeros noticias y hacer que el mundo sea un poco más seguro para todos los niños.

Como recordaréis, hace poco que me trasladé a Eco City (no fue idea MÍA; muchas gracias, mamá y papá). Mi nueva base de operaciones es un bloque de pisos antiguo llamado El Pionero. Mis instintos me decían que había algo raro en mi nuevo hogar, ¡y tenía razón! La primera noche, ¡me despertó con muy poca delicadeza un trol enorme!

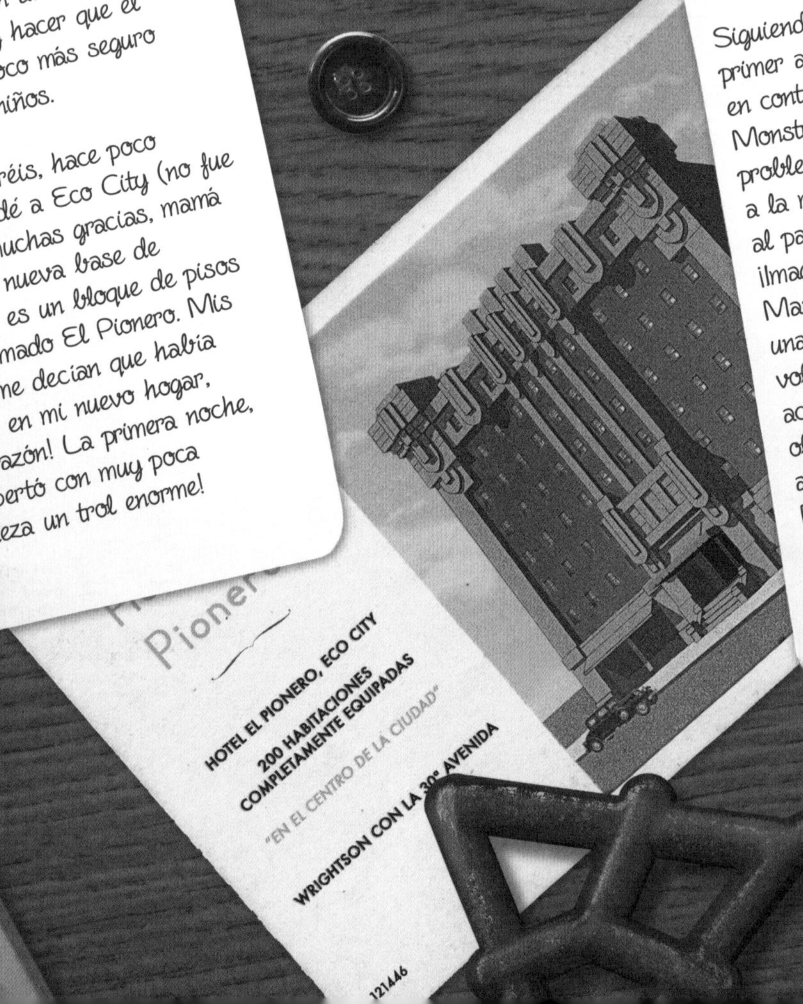

HOTEL EL PIONERO, ECO CITY
200 HABITACIONES COMPLETAMENTE EQUIPADAS
"EN EL CENTRO DE LA CIUDAD"
WRIGHTSON CON LA 30ª AVENIDA
121446

Siguiendo el consejo de Kevin, mi primer amigo en Eco City, me puse en contacto con una "Mediadora de Monstruos" para resolver mi problema con el trol, y así conocí a la misteriosa Margo Maloo, que al parecer es una leyenda por aquí. ¡Imaginaos mi sorpresa cuando Margo Maloo resultó ser también una niña! ~~Me obligó~~ Me ofrecí voluntario con gran valentía para acompañarla a investigar el sótano olvidado de El Pionero. Acorralamos al trol, ¡que resultó no ser mal tipo! Margo me reveló que en Eco City hay muchos más monstruos de lo que nadie sospecha.

En nombre de los niños de todo el mundo, ¡decidí llegar hasta el fondo de la epidemia de monstruos de Eco City! Una vez más, mi camino se cruzó con el de la misteriosa Margo Maloo. Impresionada por mis dotes detectivescas y mi persistencia, me pidió ayuda para explorar la redacción abandonada del Eco Post, donde un adolescente de la ciudad había sido atrapado por un fantasma vengativo.

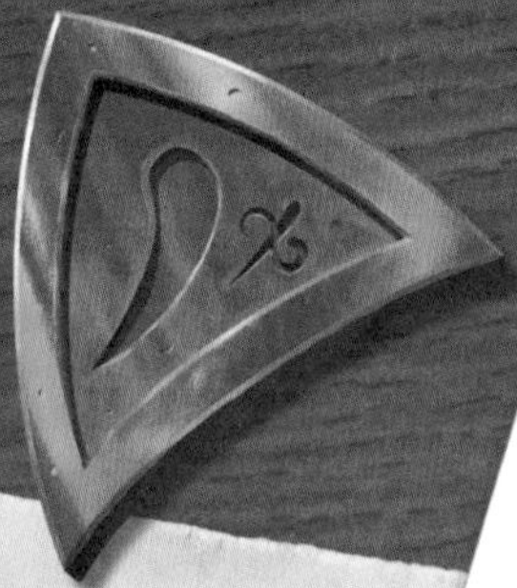

Y entonces, a pesar de mi preparación, ¡fui secuestrado brevemente por una panda de ogros furiosos! Resultó que los ogros creían por error que yo era el responsable de la desaparición de una bebé ogro. Margo y yo emprendimos una expedición a lo largo y ancho de la ciudad para encontrar a la pequeña.

Deslumbrada por mis habilidades, Margo me sugirió que me convirtiera en ~~su ayudante~~ su socio para enfrentarnos a estos incidentes monstruosos. No os preocupéis, mis fieles lectores, ¡os enteraréis de todos los detalles porque yo os traeré la VERDAD!

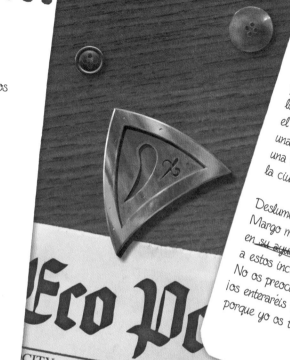

"Do… oye…

VOL. C…

Eco Po…

…CITY, SÁBADO, 22 DE SEPTIEMBRE DE 1962

Últim…

Tiempo: nub… chubascos. Desp… Temperatura: …

DI…

CONTINÚA LA BÚSQUEDA DE LO… TRABAJADORES DEL MET…

…CITY, 22 Sep– Continúa la … los tres trabajadores del Metro … el martes por la tarde cuando, … su jornada laboral, no dieron … ida. Los trab… y después no se supo más de ellos; habían … desaparecido. Aunque Metr… hacer declar…

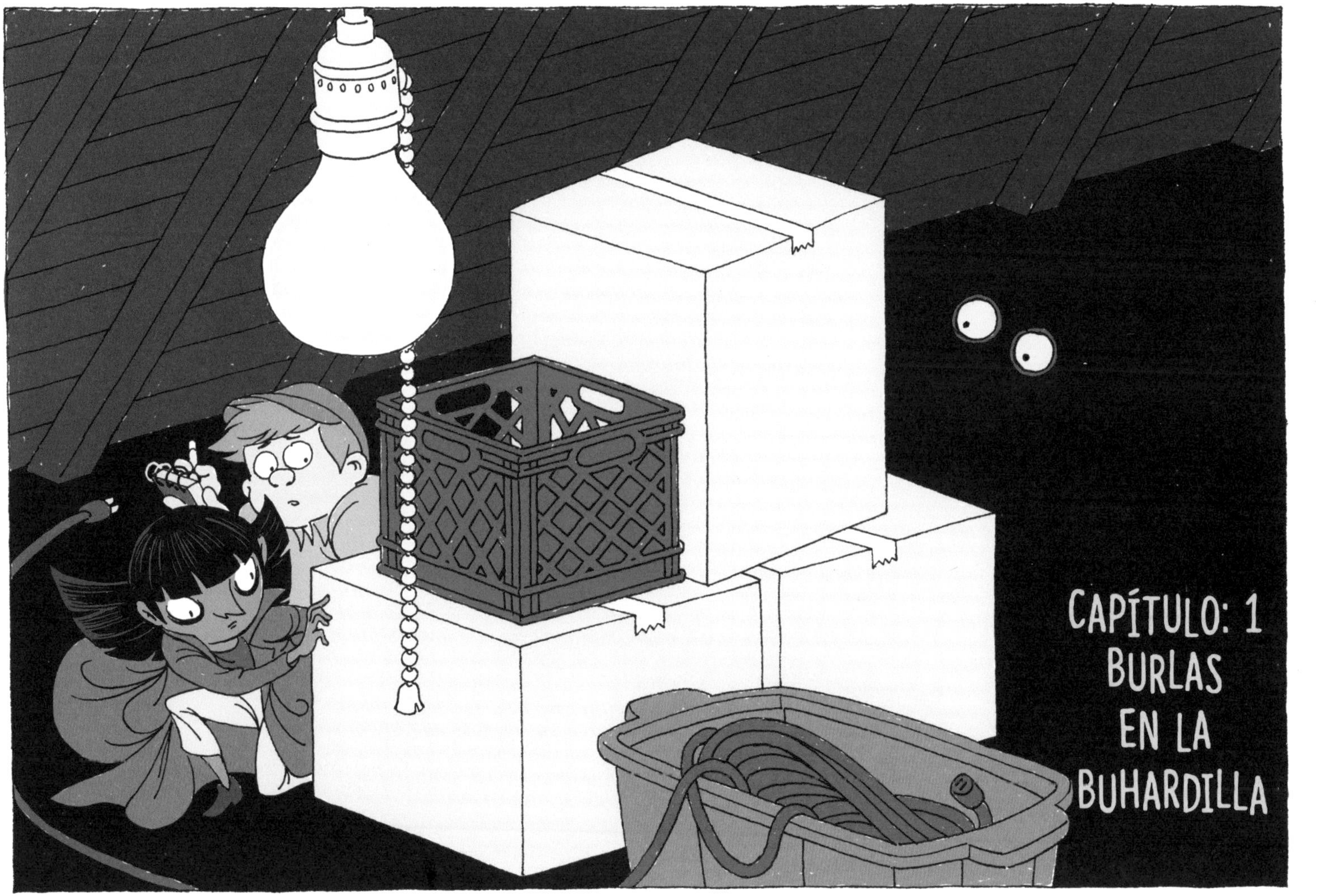
CAPÍTULO: 1
BURLAS
EN LA
BUHARDILLA

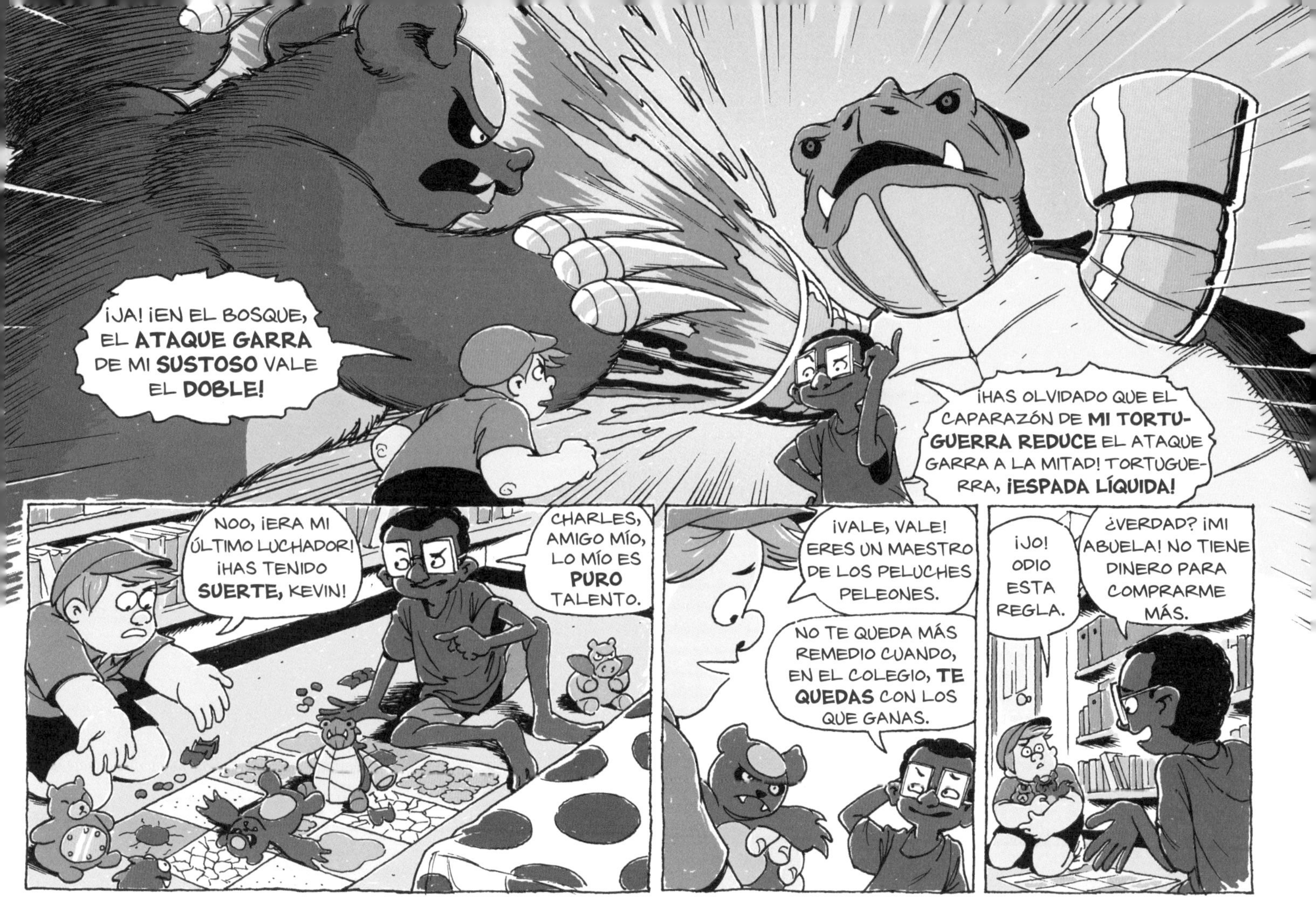
¡JA! ¡EN EL BOSQUE, EL ATAQUE GARRA DE MI SUSTOSO VALE EL DOBLE!
¡HAS OLVIDADO QUE EL CAPARAZÓN DE MI TORTUGUERRA REDUCE EL ATAQUE GARRA A LA MITAD! TORTUGUERRA, ¡ESPADA LÍQUIDA!
NOO, ¡ERA MI ÚLTIMO LUCHADOR! ¡HAS TENIDO SUERTE, KEVIN!
CHARLES, AMIGO MÍO, LO MÍO ES PURO TALENTO.
¡VALE, VALE! ERES UN MAESTRO DE LOS PELUCHES PELEONES.
NO TE QUEDA MÁS REMEDIO CUANDO, EN EL COLEGIO, TE QUEDAS CON LOS QUE GANAS.
¡JO! ODIO ESTA REGLA.
¿VERDAD? ¡MI ABUELA! NO TIENE DINERO PARA COMPRARME MÁS.

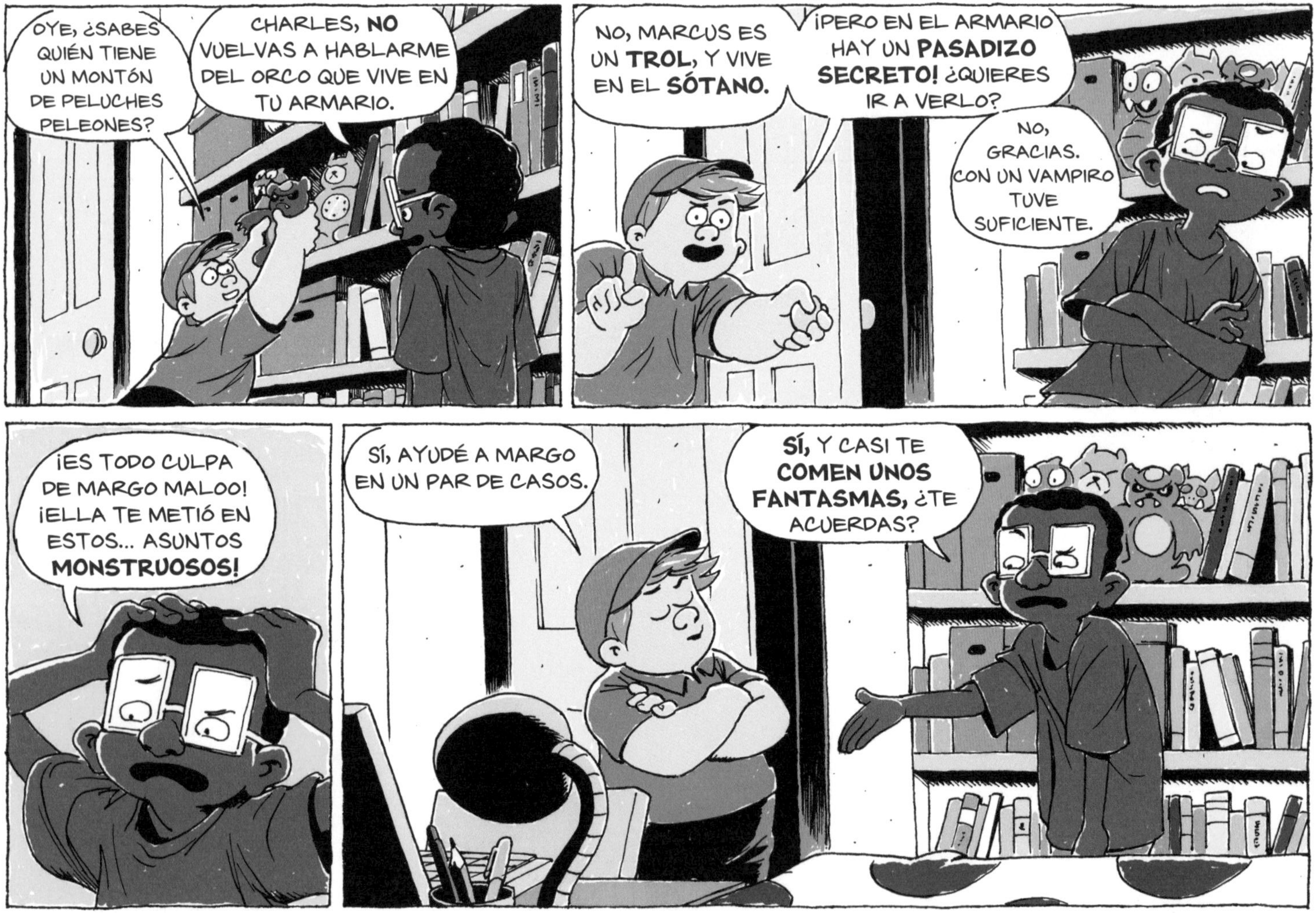
OYE, ¿SABES QUIÉN TIENE UN MONTÓN DE PELUCHES PELEONES?
CHARLES, NO VUELVAS A HABLARME DEL ORCO QUE VIVE EN TU ARMARIO.
NO, MARCUS ES UN TROL, Y VIVE EN EL SÓTANO.
¡PERO EN EL ARMARIO HAY UN PASADIZO SECRETO! ¿QUIERES IR A VERLO?
NO, GRACIAS. CON UN VAMPIRO TUVE SUFICIENTE.
¡ES TODO CULPA DE MARGO MALOO! ¡ELLA TE METIÓ EN ESTOS... ASUNTOS MONSTRUOSOS!
SÍ, AYUDÉ A MARGO EN UN PAR DE CASOS.
SÍ, Y CASI TE COMEN UNOS FANTASMAS, ¿TE ACUERDAS?

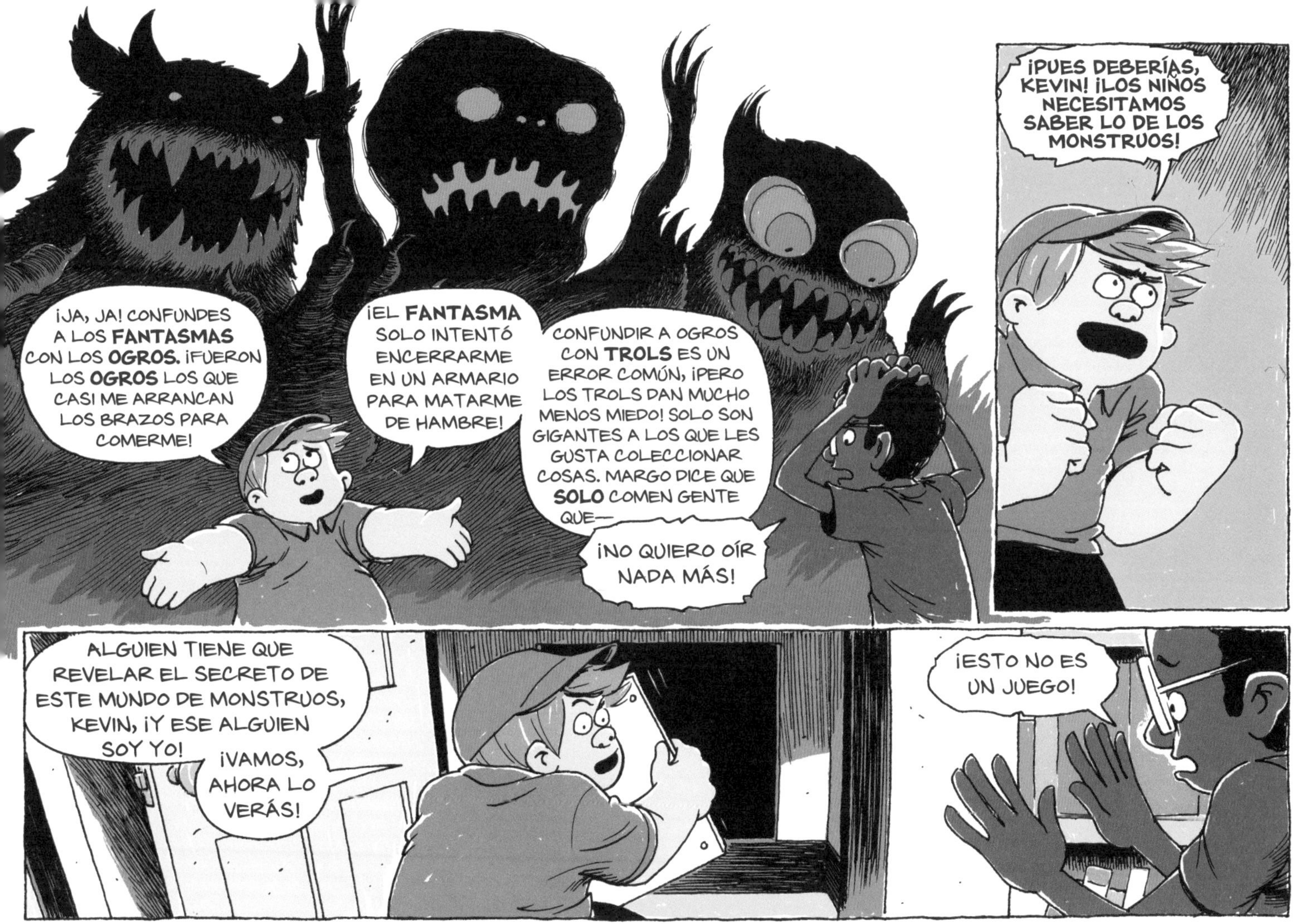
¡JA, JA! CONFUNDES A LOS **FANTASMAS** CON LOS **OGROS.** ¡FUERON LOS **OGROS** LOS QUE CASI ME ARRANCAN LOS BRAZOS PARA COMERME!
¡EL **FANTASMA** SOLO INTENTÓ ENCERRARME EN UN ARMARIO PARA MATARME DE HAMBRE!
CONFUNDIR A OGROS CON **TROLS** ES UN ERROR COMÚN, ¡PERO LOS TROLS DAN MUCHO MENOS MIEDO! SOLO SON GIGANTES A LOS QUE LES GUSTA COLECCIONAR COSAS. MARGO DICE QUE **SOLO** COMEN GENTE QUE—
¡NO QUIERO OÍR NADA MÁS!
¡PUES DEBERÍAS, KEVIN! ¡LOS NIÑOS NECESITAMOS SABER LO DE LOS MONSTRUOS!
ALGUIEN TIENE QUE REVELAR EL SECRETO DE ESTE MUNDO DE MONSTRUOS, KEVIN, ¡Y ESE ALGUIEN SOY YO!
¡VAMOS, AHORA LO VERÁS!
¡ESTO NO ES UN JUEGO!

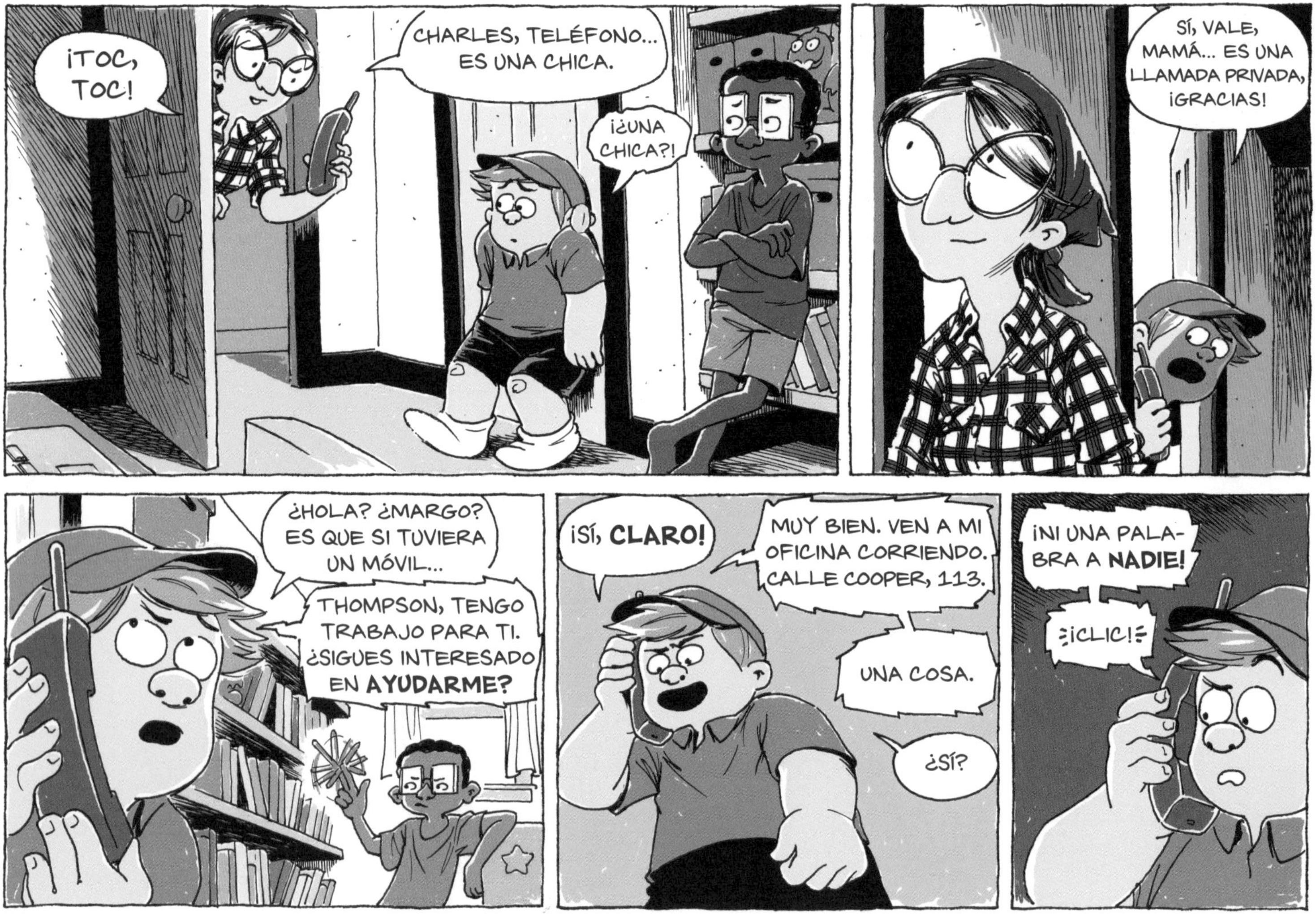
¡TOC, TOC!
CHARLES, TELÉFONO... ES UNA CHICA.
¡¿UNA CHICA?!
SÍ, VALE, MAMÁ... ES UNA LLAMADA PRIVADA, ¡GRACIAS!
¿HOLA? ¿MARGO? ES QUE SI TUVIERA UN MÓVIL...
THOMPSON, TENGO TRABAJO PARA TI. ¿SIGUES INTERESADO EN **AYUDARME**?
¡SÍ, **CLARO**!
MUY BIEN. VEN A MI OFICINA CORRIENDO. CALLE COOPER, 113.
UNA COSA.
¿SÍ?
¡NI UNA PALA-BRA A **NADIE**!
¡CLIC!

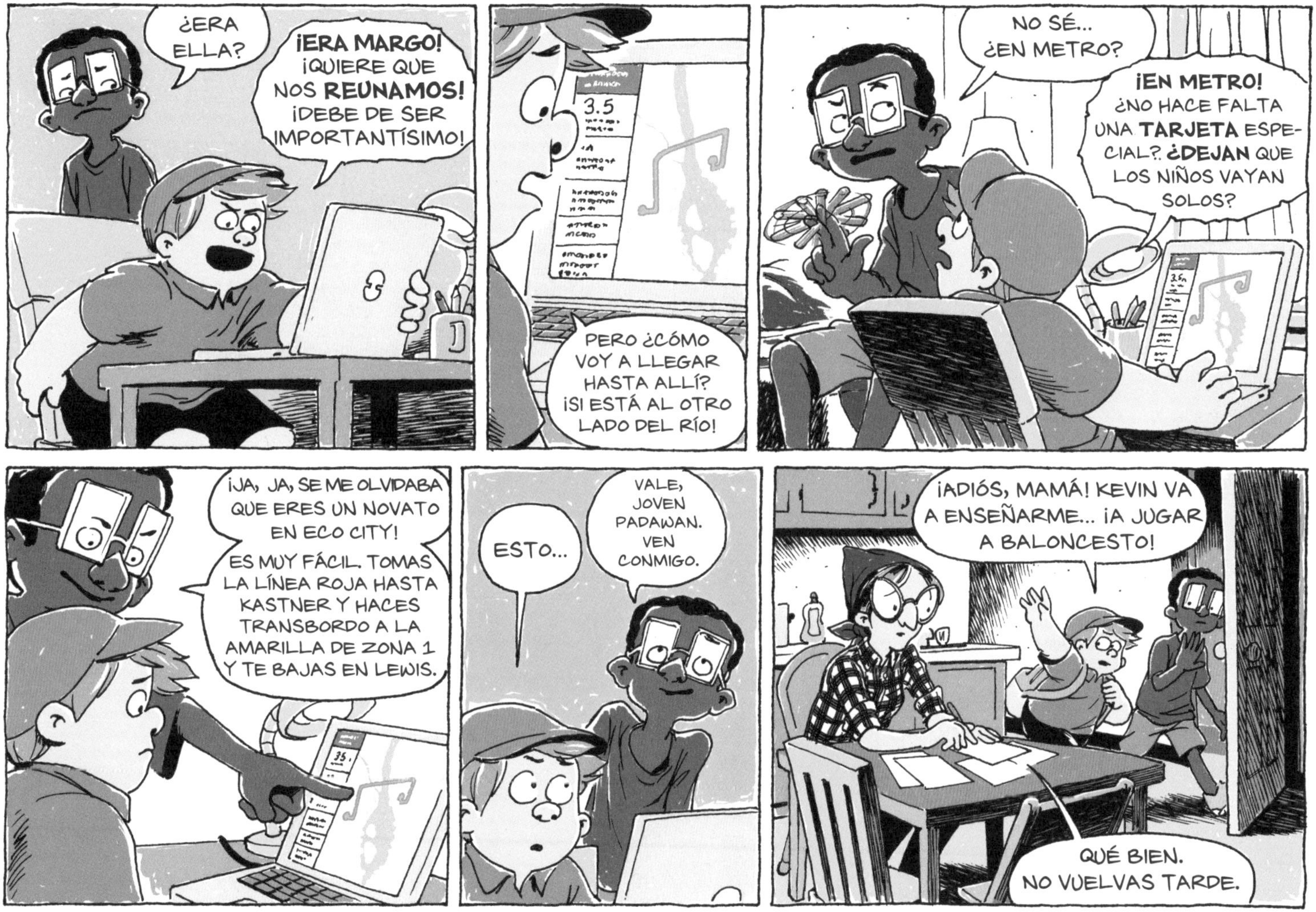
¿ERA ELLA?
¡ERA MARGO! ¡QUIERE QUE NOS REUNAMOS! ¡DEBE DE SER IMPORTANTÍSIMO!
PERO ¿CÓMO VOY A LLEGAR HASTA ALLÍ? ¡SI ESTÁ AL OTRO LADO DEL RÍO!
NO SÉ... ¿EN METRO?
¡EN METRO! ¿NO HACE FALTA UNA TARJETA ESPECIAL?. ¿DEJAN QUE LOS NIÑOS VAYAN SOLOS?
¡JA, JA, SE ME OLVIDABA QUE ERES UN NOVATO EN ECO CITY!
ES MUY FÁCIL. TOMAS LA LÍNEA ROJA HASTA KASTNER Y HACES TRANSBORDO A LA AMARILLA DE ZONA 1 Y TE BAJAS EN LEWIS.
ESTO...
VALE, JOVEN PADAWAN. VEN CONMIGO.
¡ADIÓS, MAMÁ! KEVIN VA A ENSEÑARME... ¡A JUGAR A BALONCESTO!
QUÉ BIEN. NO VUELVAS TARDE.

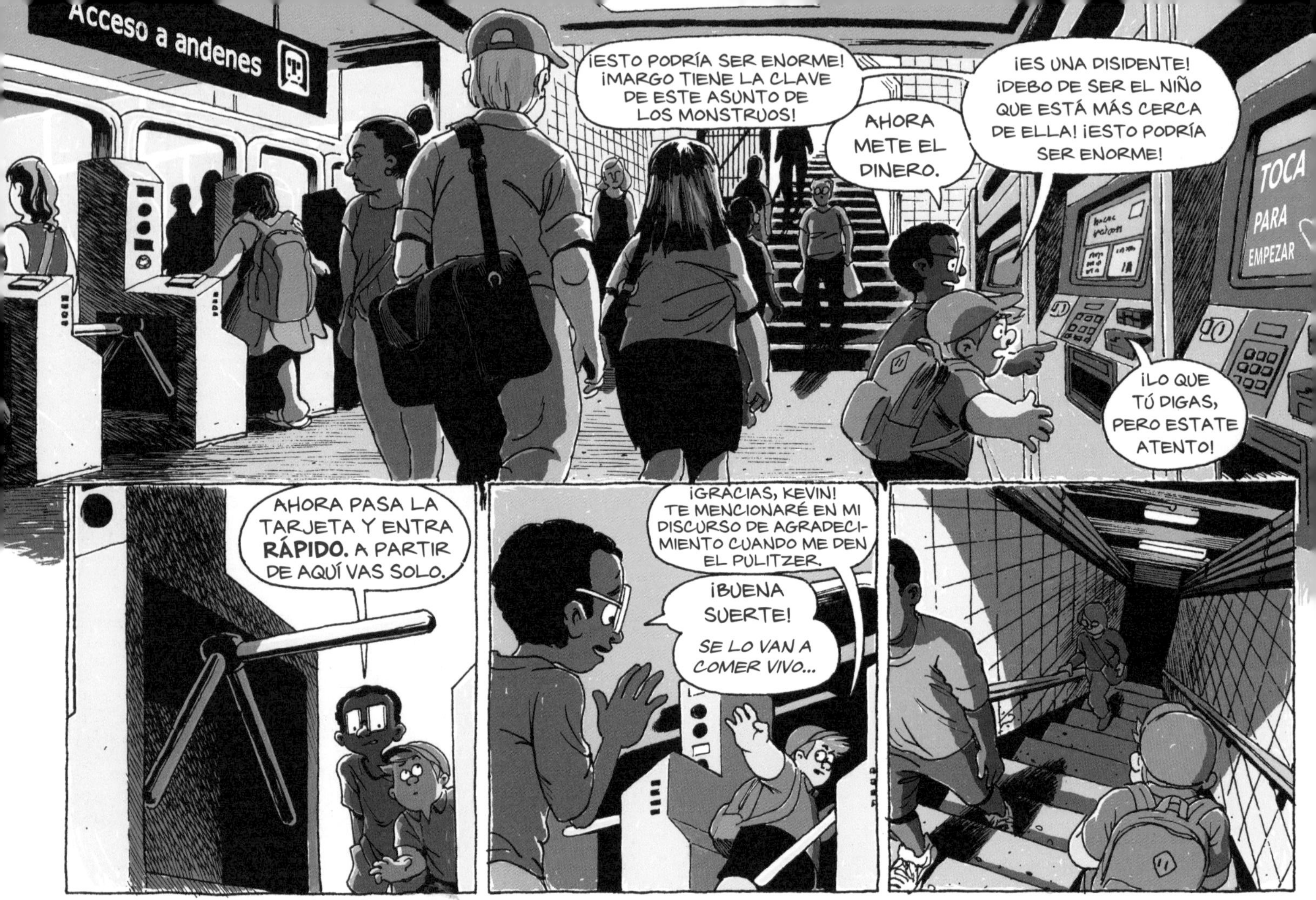
Acceso a andenes
¡ESTO PODRÍA SER ENORME! ¡MARGO TIENE LA CLAVE DE ESTE ASUNTO DE LOS MONSTRUOS!
AHORA METE EL DINERO.
¡ES UNA DISIDENTE! ¡DEBO DE SER EL NIÑO QUE ESTÁ MÁS CERCA DE ELLA! ¡ESTO PODRÍA SER ENORME!
TOCA PARA EMPEZAR
¡LO QUE TÚ DIGAS, PERO ESTATE ATENTO!
AHORA PASA LA TARJETA Y ENTRA **RÁPIDO.** A PARTIR DE AQUÍ VAS SOLO.
¡GRACIAS, KEVIN! TE MENCIONARÉ EN MI DISCURSO DE AGRADECIMIENTO CUANDO ME DEN EL PULITZER.
¡BUENA SUERTE!
SE LO VAN A COMER VIVO...

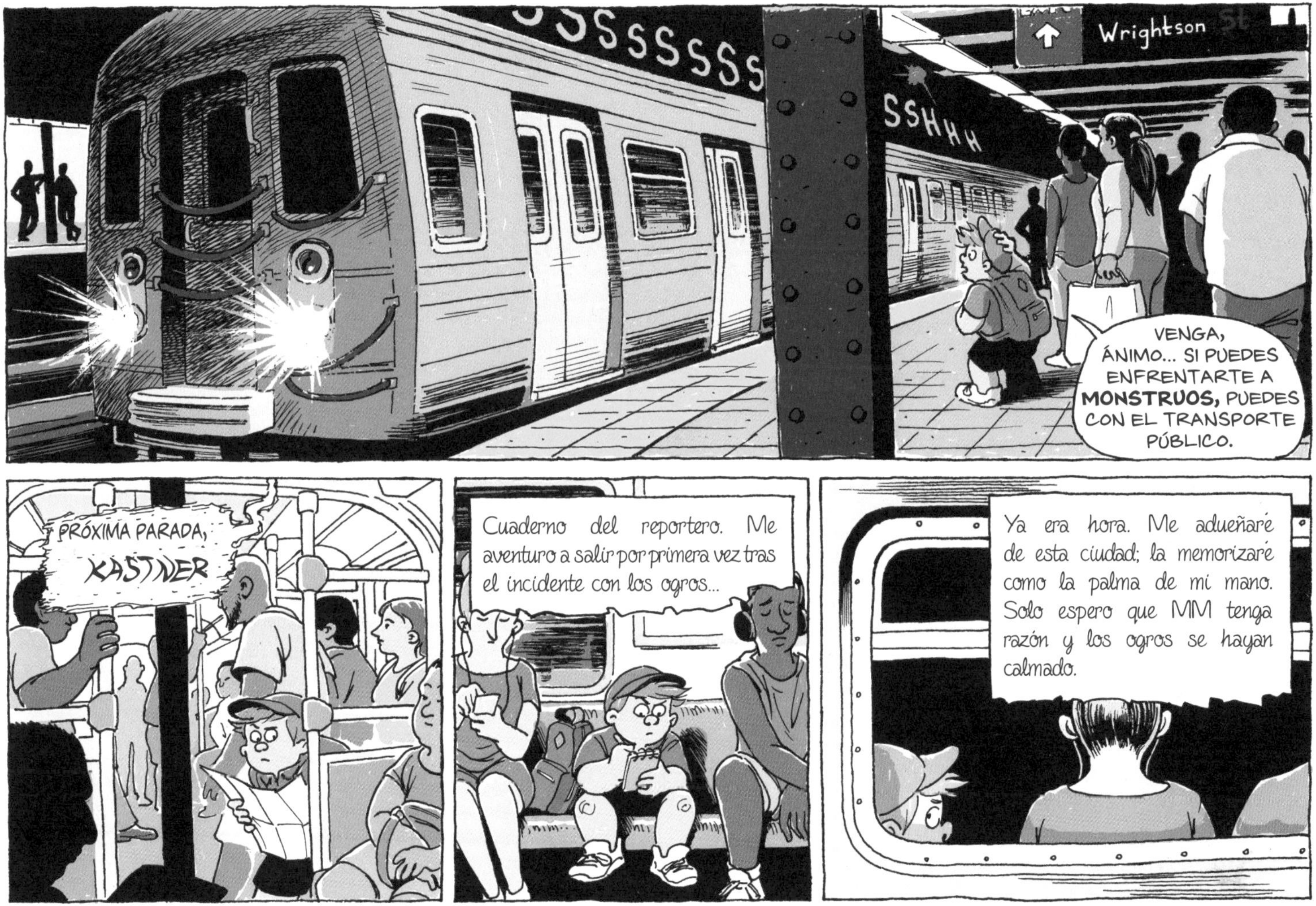
SSSSSSSS
Wrightson St
SSHHH
VENGA, ÁNIMO... SI PUEDES ENFRENTARTE A **MONSTRUOS,** PUEDES CON EL TRANSPORTE PÚBLICO.
PRÓXIMA PARADA, KASTNER
Cuaderno del reportero. Me aventuro a salir por primera vez tras el incidente con los ogros...
Ya era hora. Me adueñaré de esta ciudad; la memorizaré como la palma de mi mano. Solo espero que MM tenga razón y los ogros se hayan calmado.

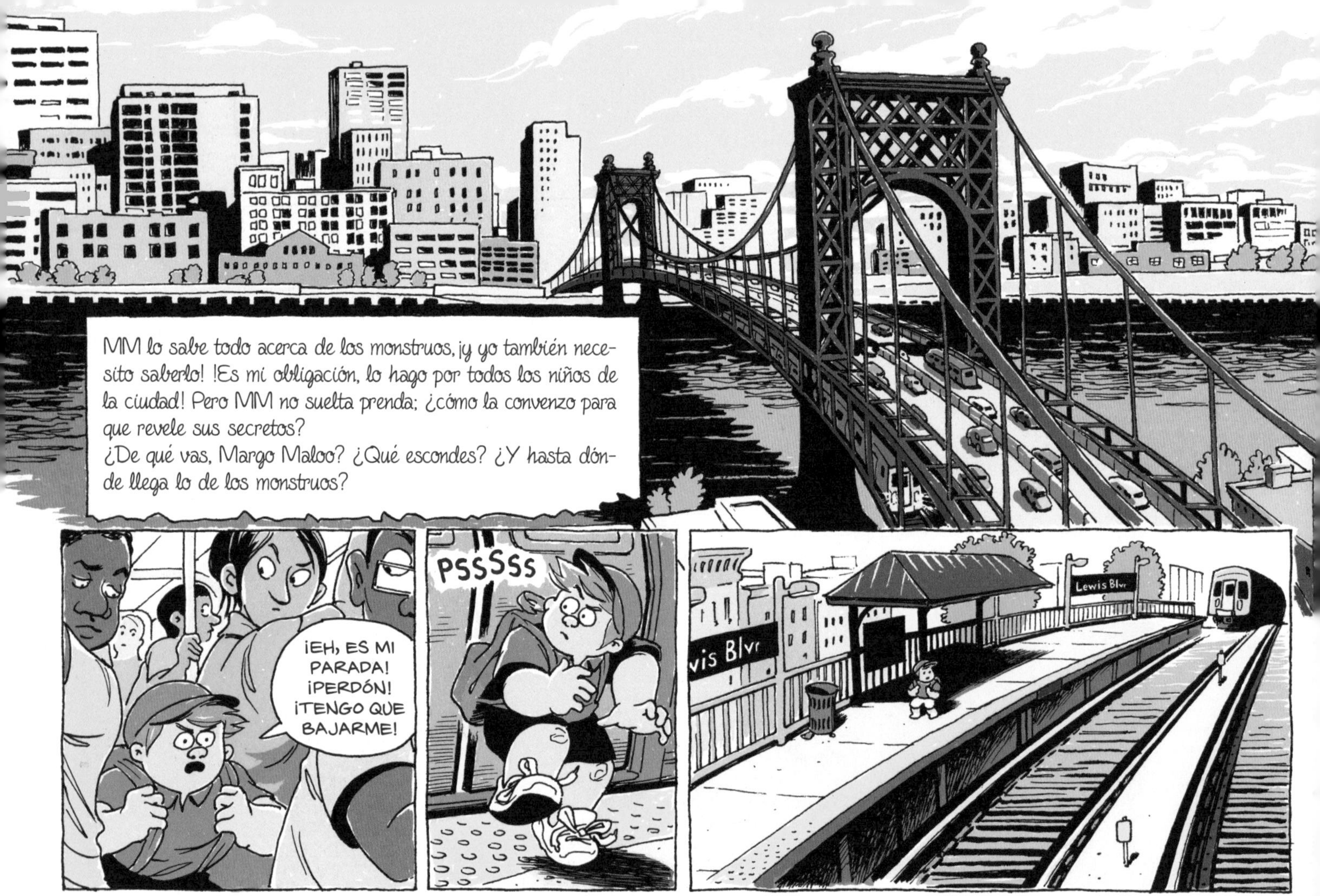
MM lo sabe todo acerca de los monstruos, ¡y yo también necesito saberlo! !Es mi obligación, lo hago por todos los niños de la ciudad! Pero MM no suelta prenda; ¿cómo la convenzo para que revele sus secretos?
¿De qué vas, Margo Maloo? ¿Qué escondes? ¿Y hasta dónde llega lo de los monstruos?
¡EH, ES MI PARADA! ¡PERDÓN! ¡TENGO QUE BAJARME!
PSSSSS
vis Blvr
Lewis Blvr

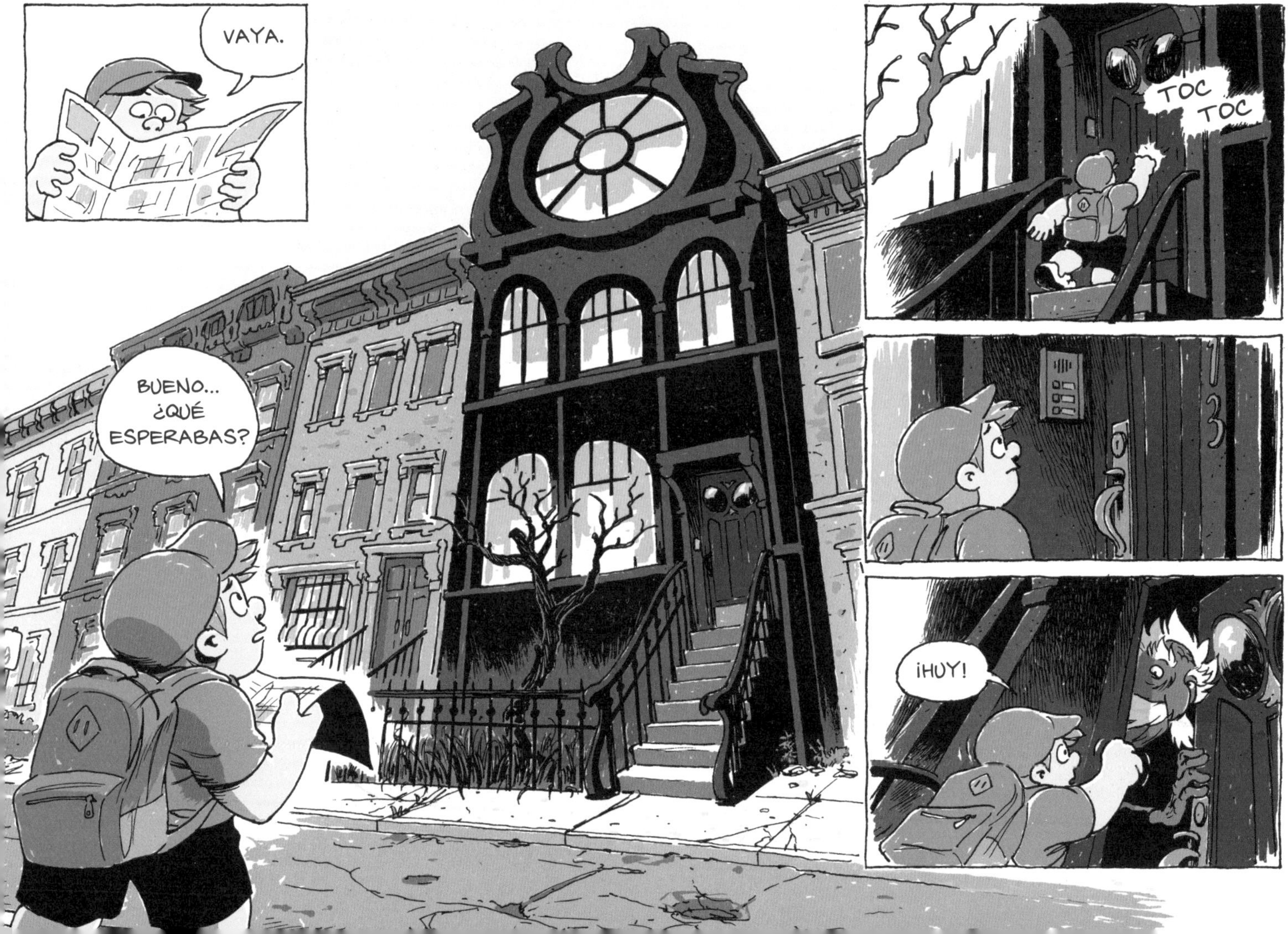
VAYA.
BUENO... ¿QUÉ ESPERABAS?
TOC TOC
¡HUY!

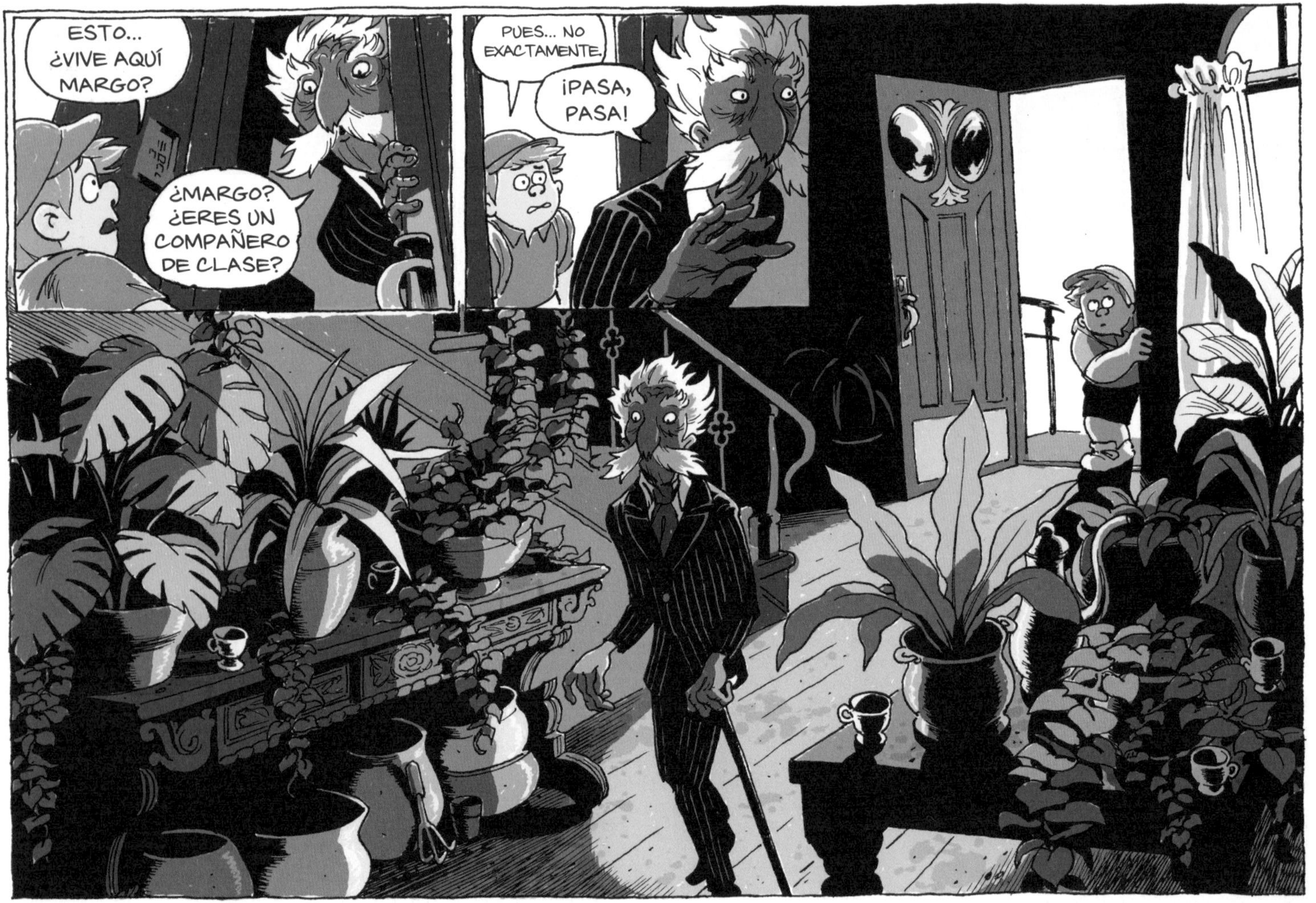
ESTO... ¿VIVE AQUÍ MARGO?
¿MARGO? ¿ERES UN COMPAÑERO DE CLASE?
PUES... NO EXACTAMENTE.
¡PASA, PASA!

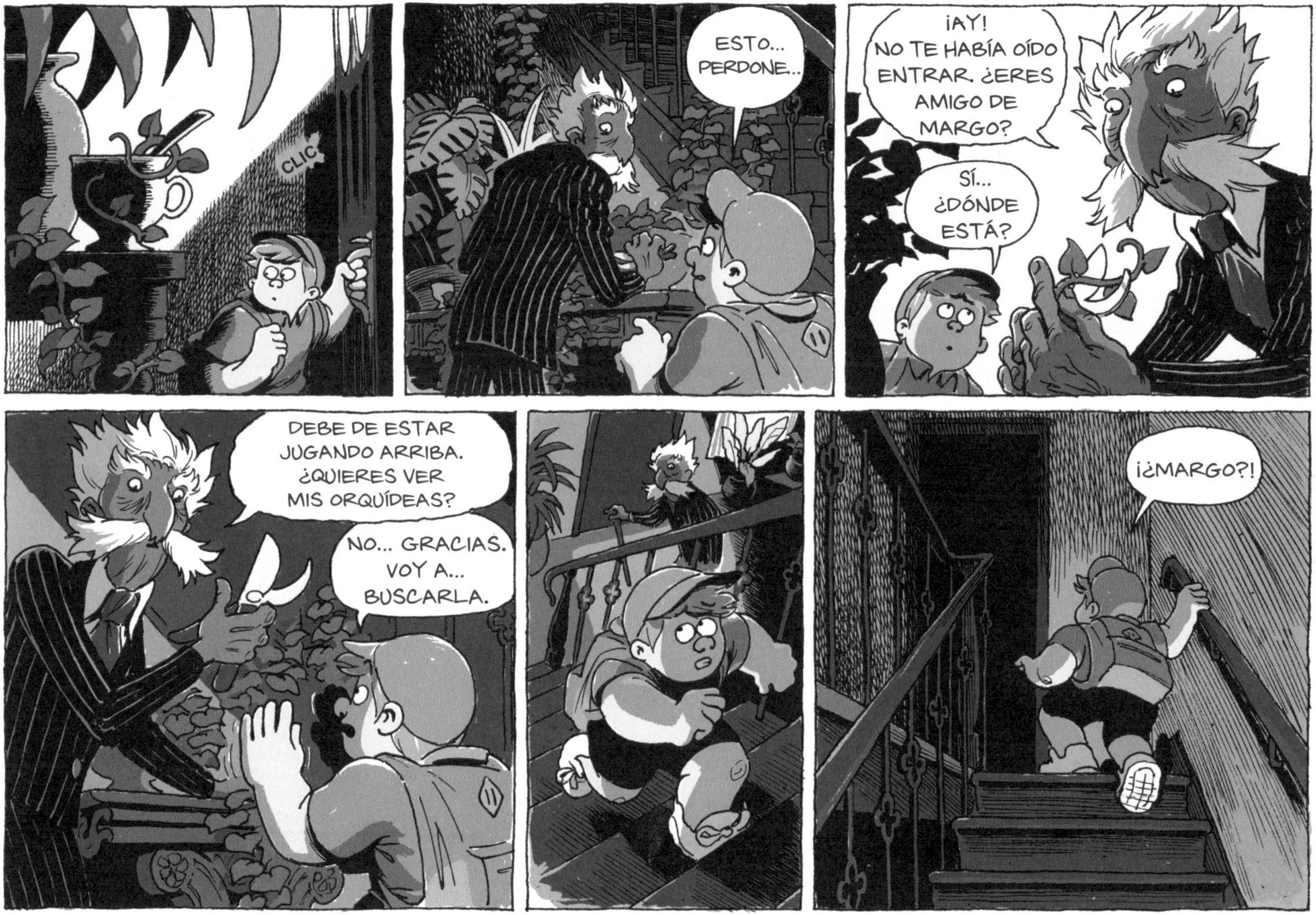
CLIC
ESTO... PERDONE...
¡AY! NO TE HABÍA OÍDO ENTRAR. ¿ERES AMIGO DE MARGO?
SÍ... ¿DÓNDE ESTÁ?
DEBE DE ESTAR JUGANDO ARRIBA. ¿QUIERES VER MIS ORQUÍDEAS?
NO... GRACIAS. VOY A... BUSCARLA.
¡¿MARGO?!

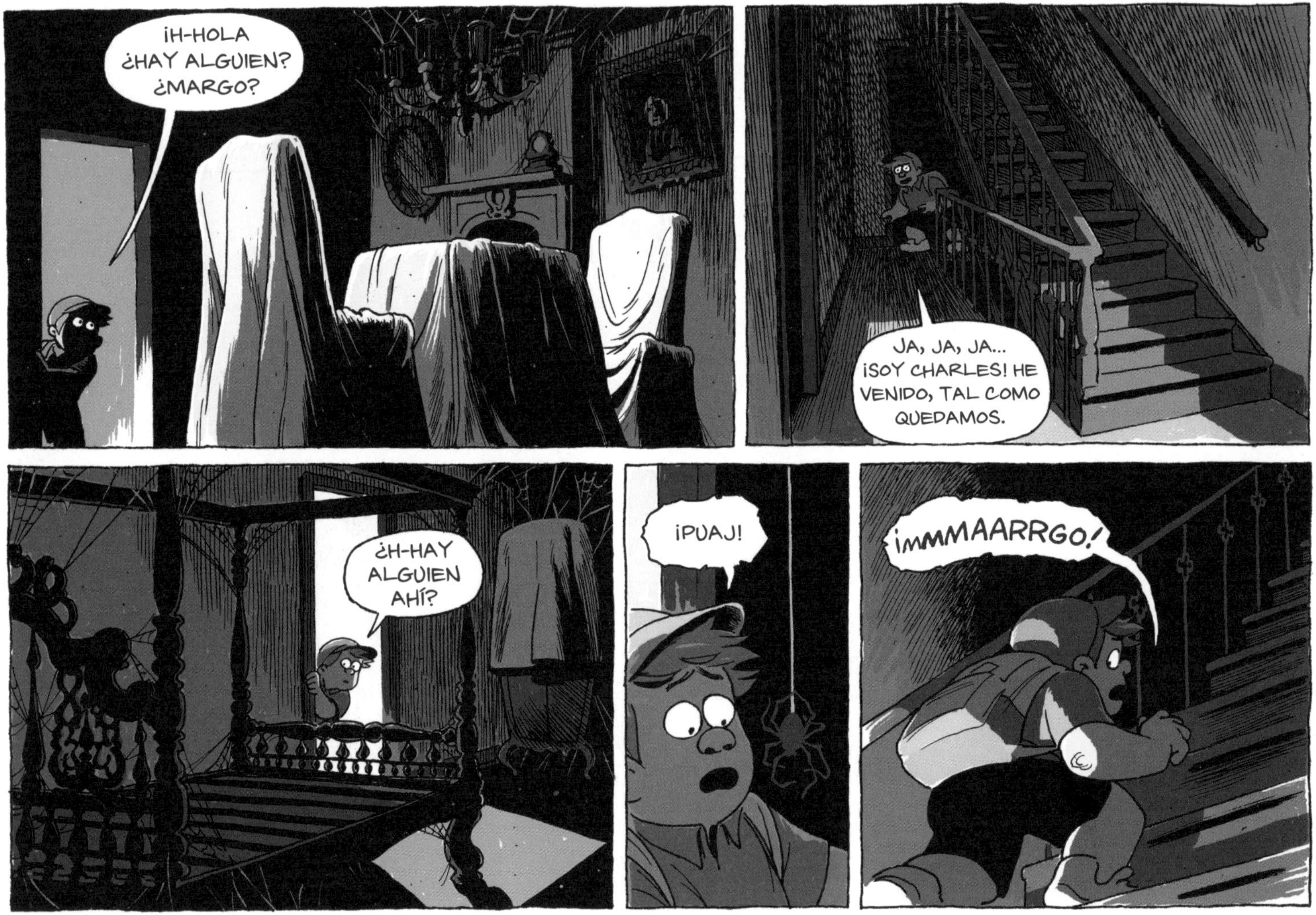
¡H-HOLA
¿HAY ALGUIEN?
¿MARGO?
JA, JA, JA...
¡SOY CHARLES! HE VENIDO, TAL COMO QUEDAMOS.
¿H-HAY ALGUIEN AHÍ?
¡PUAJ!
¡MMMAARRGO!

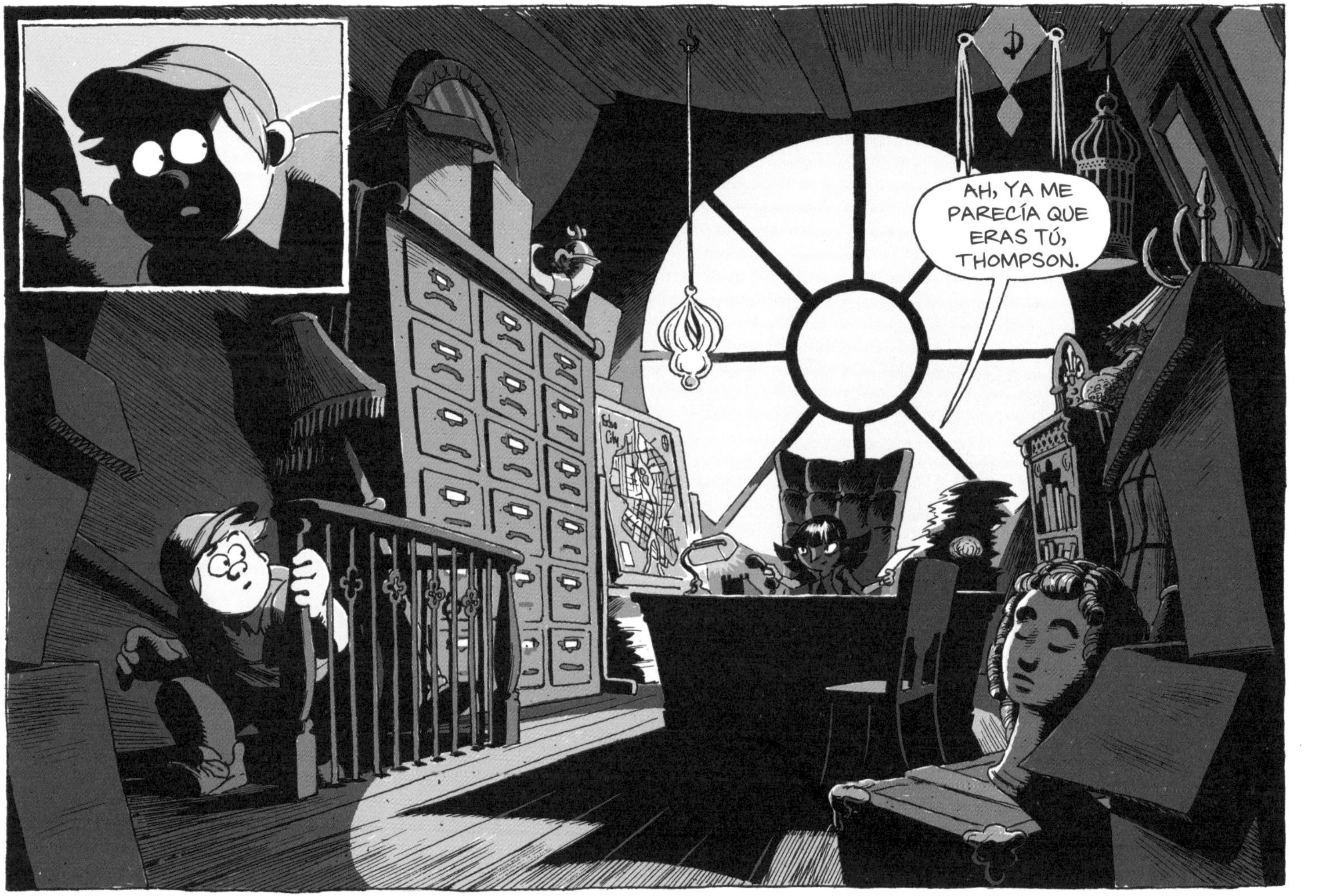
AH, YA ME PARECÍA QUE ERAS TÚ, THOMPSON.

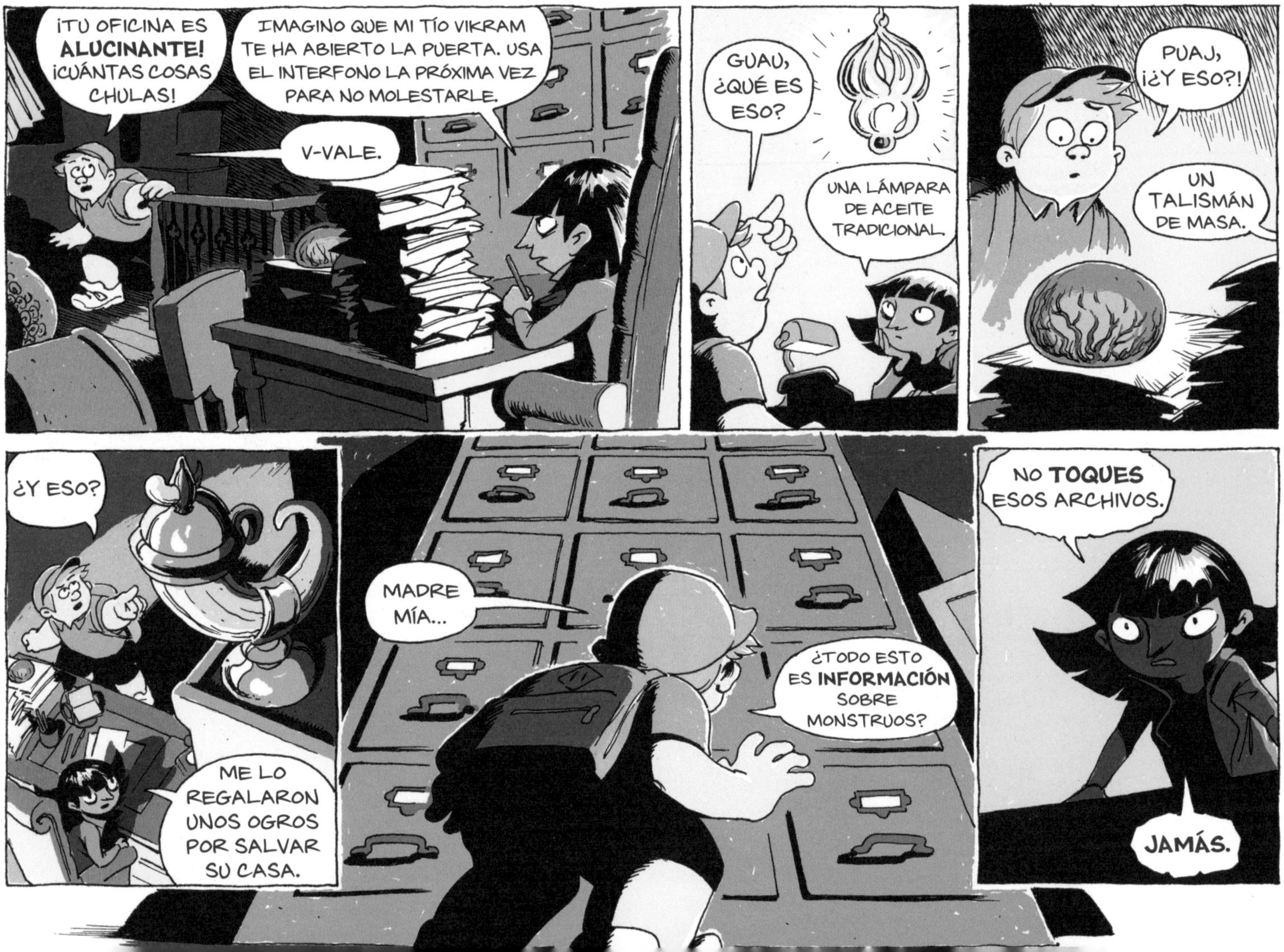
¡TU OFICINA ES **ALUCINANTE!** ¡CUÁNTAS COSAS CHULAS!
IMAGINO QUE MI TÍO VIKRAM TE HA ABIERTO LA PUERTA. USA EL INTERFONO LA PRÓXIMA VEZ PARA NO MOLESTARLE.
V-VALE.
GUAU, ¿QUÉ ES ESO?
UNA LÁMPARA DE ACEITE TRADICIONAL.
PUAJ, ¡¿Y ESO?!
UN TALISMÁN DE MASA.
¿Y ESO?
ME LO REGALARON UNOS OGROS POR SALVAR SU CASA.
MADRE MÍA...
¿TODO ESTO ES **INFORMACIÓN** SOBRE MONSTRUOS?
NO **TOQUES** ESOS ARCHIVOS.
JAMÁS.

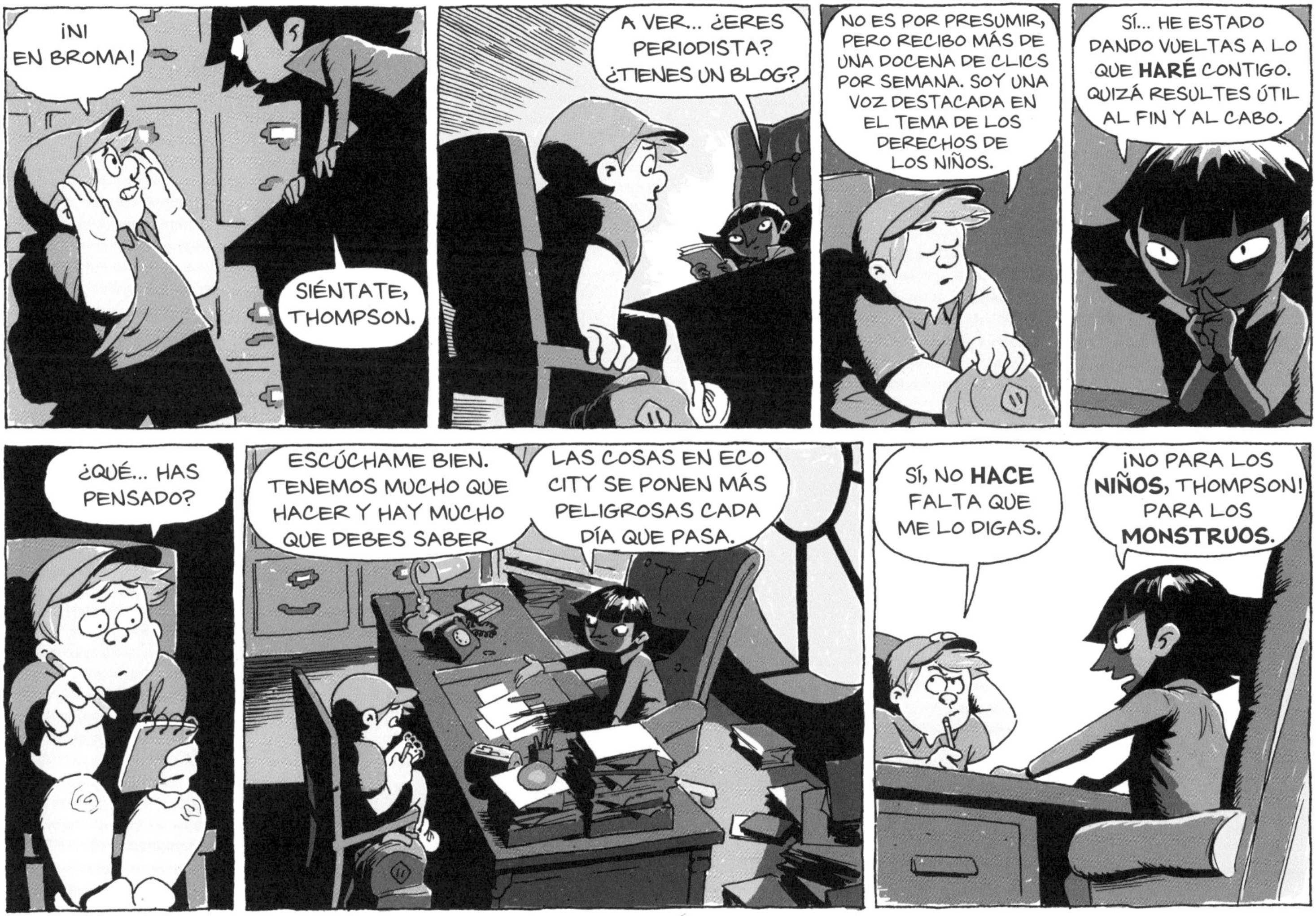
¡NI EN BROMA!
SIÉNTATE, THOMPSON.
A VER... ¿ERES PERIODISTA? ¿TIENES UN BLOG?
NO ES POR PRESUMIR, PERO RECIBO MÁS DE UNA DOCENA DE CLICS POR SEMANA. SOY UNA VOZ DESTACADA EN EL TEMA DE LOS DERECHOS DE LOS NIÑOS.
SÍ... HE ESTADO DANDO VUELTAS A LO QUE **HARÉ** CONTIGO. QUIZÁ RESULTES ÚTIL AL FIN Y AL CABO.
¿QUÉ... HAS PENSADO?
ESCÚCHAME BIEN. TENEMOS MUCHO QUE HACER Y HAY MUCHO QUE DEBES SABER.
LAS COSAS EN ECO CITY SE PONEN MÁS PELIGROSAS CADA DÍA QUE PASA.
SÍ, NO **HACE** FALTA QUE ME LO DIGAS.
¡NO PARA LOS **NIÑOS**, THOMPSON! PARA LOS **MONSTRUOS**.

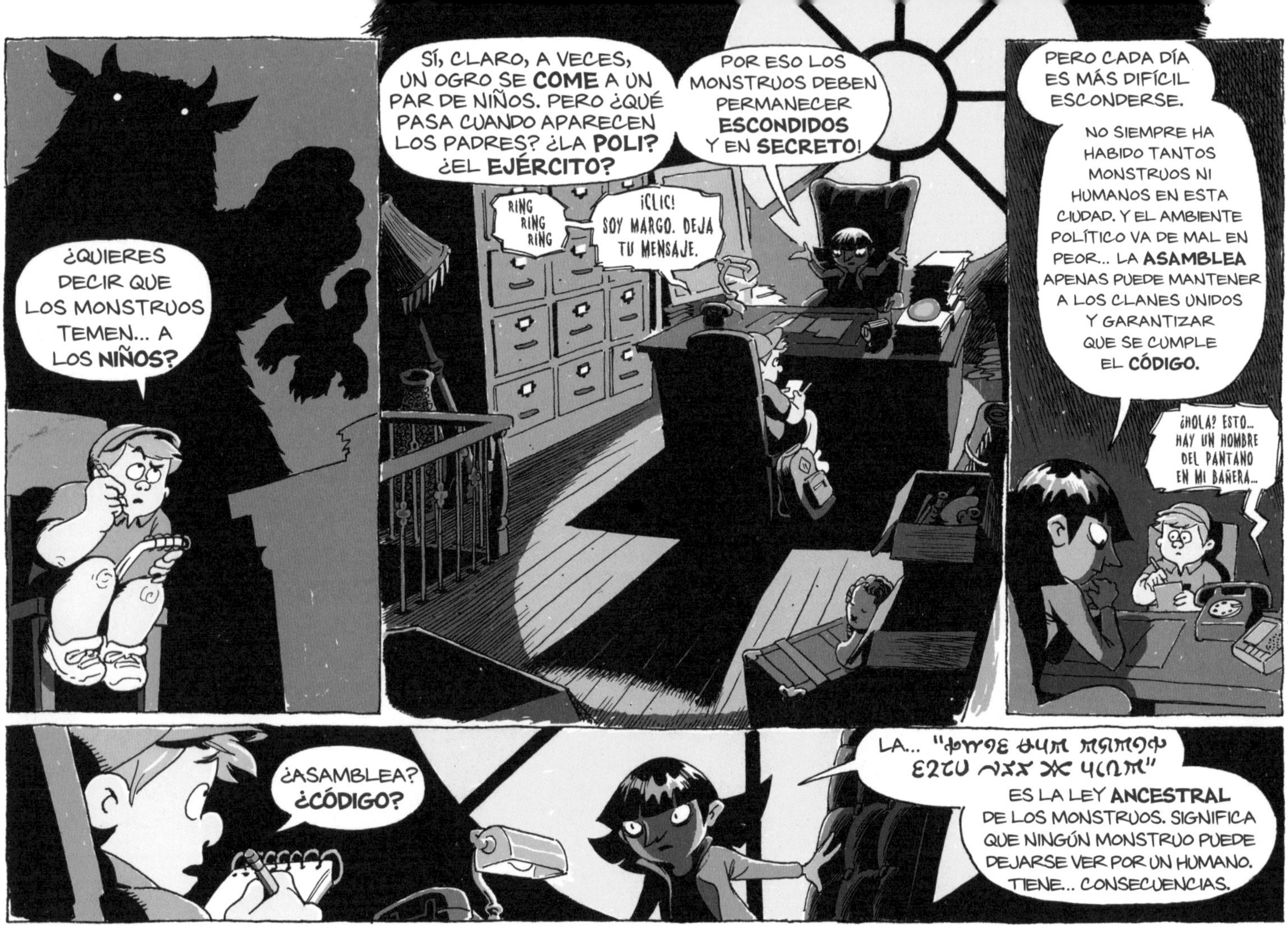
¿QUIERES DECIR QUE LOS MONSTRUOS TEMEN... A LOS NIÑOS?
SÍ, CLARO, A VECES, UN OGRO SE COME A UN PAR DE NIÑOS. PERO ¿QUÉ PASA CUANDO APARECEN LOS PADRES? ¿LA POLI? ¿EL EJÉRCITO?
POR ESO LOS MONSTRUOS DEBEN PERMANECER ESCONDIDOS Y EN SECRETO!
RING RING RING
¡CLIC! SOY MARGO. DEJA TU MENSAJE.
PERO CADA DÍA ES MÁS DIFÍCIL ESCONDERSE.
NO SIEMPRE HA HABIDO TANTOS MONSTRUOS NI HUMANOS EN ESTA CIUDAD. Y EL AMBIENTE POLÍTICO VA DE MAL EN PEOR... LA ASAMBLEA APENAS PUEDE MANTENER A LOS CLANES UNIDOS Y GARANTIZAR QUE SE CUMPLE EL CÓDIGO.
¿HOLA? ESTO... HAY UN HOMBRE DEL PANTANO EN MI BAÑERA...
¿ASAMBLEA? ¿CÓDIGO?
LA...
ES LA LEY ANCESTRAL DE LOS MONSTRUOS. SIGNIFICA QUE NINGÚN MONSTRUO PUEDE DEJARSE VER POR UN HUMANO. TIENE... CONSECUENCIAS.

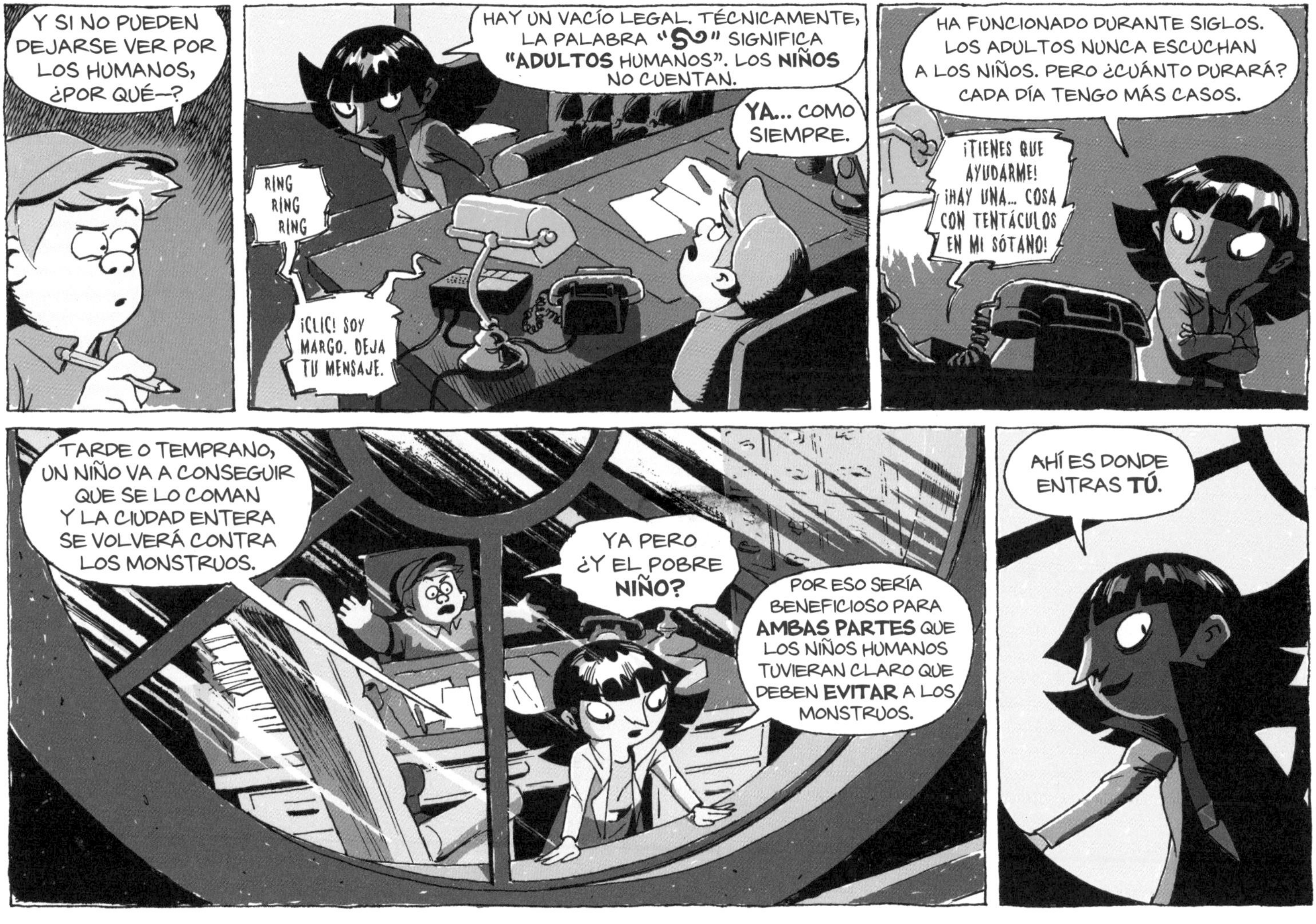
Y SI NO PUEDEN DEJARSE VER POR LOS HUMANOS, ¿POR QUÉ--?
HAY UN VACÍO LEGAL. TÉCNICAMENTE, LA PALABRA “” SIGNIFICA “ADULTOS HUMANOS”. LOS NIÑOS NO CUENTAN.
RING RING RING
¡CLIC! SOY MARGO. DEJA TU MENSAJE.
YA... COMO SIEMPRE.
HA FUNCIONADO DURANTE SIGLOS. LOS ADULTOS NUNCA ESCUCHAN A LOS NIÑOS. PERO ¿CUÁNTO DURARÁ? CADA DÍA TENGO MÁS CASOS.
¡TIENES QUE AYUDARME! ¡HAY UNA... COSA CON TENTÁCULOS EN MI SÓTANO!
TARDE O TEMPRANO, UN NIÑO VA A CONSEGUIR QUE SE LO COMAN Y LA CIUDAD ENTERA SE VOLVERÁ CONTRA LOS MONSTRUOS.
YA PERO ¿Y EL POBRE NIÑO?
POR ESO SERÍA BENEFICIOSO PARA AMBAS PARTES QUE LOS NIÑOS HUMANOS TUVIERAN CLARO QUE DEBEN EVITAR A LOS MONSTRUOS.
AHÍ ES DONDE ENTRAS TÚ.

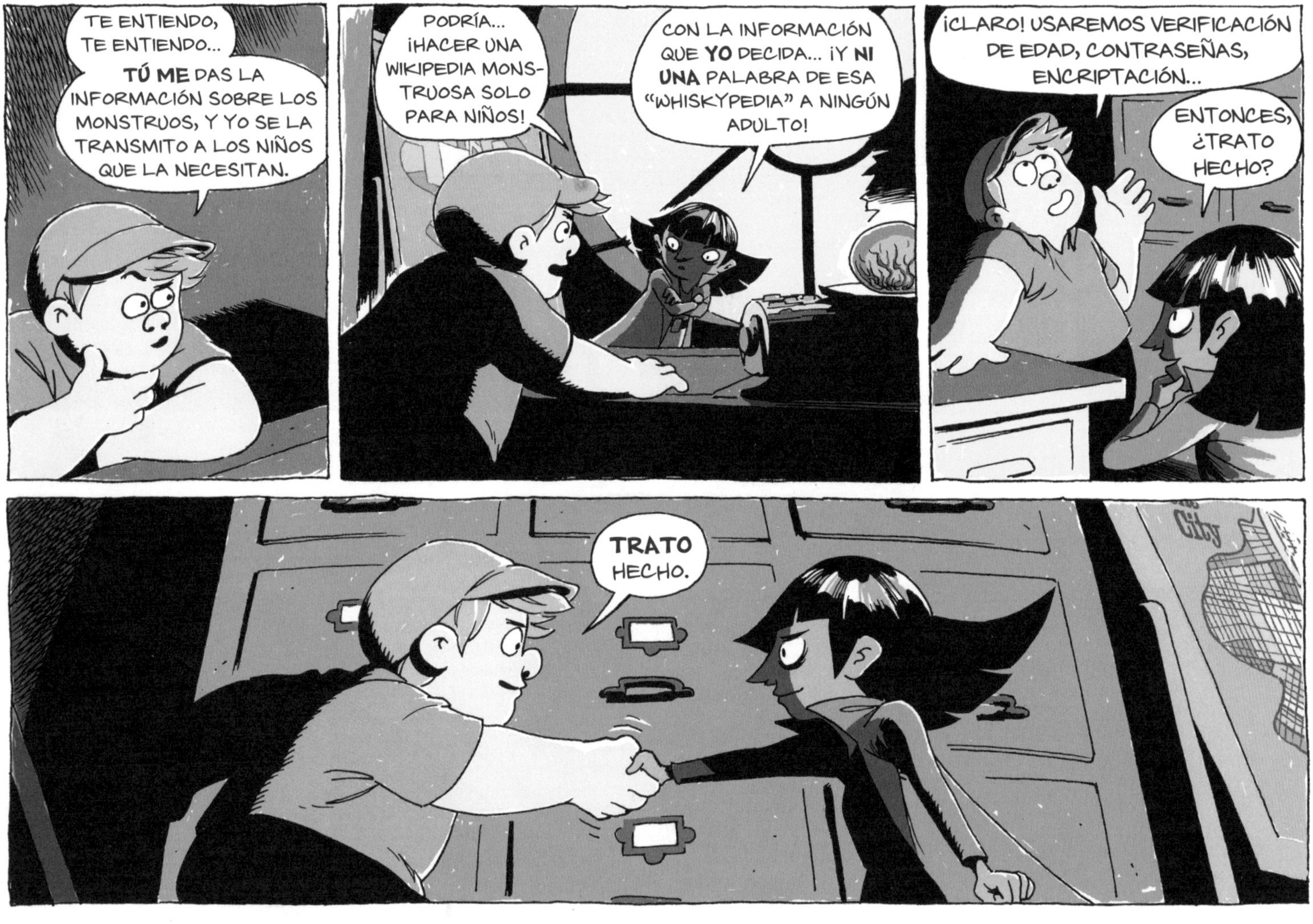
TE ENTIENDO, TE ENTIENDO... **TÚ ME** DAS LA INFORMACIÓN SOBRE LOS MONSTRUOS, Y YO SE LA TRANSMITO A LOS NIÑOS QUE LA NECESITAN.
PODRÍA... ¡HACER UNA WIKIPEDIA MONSTRUOSA SOLO PARA NIÑOS!
CON LA INFORMACIÓN QUE **YO** DECIDA... ¡Y **NI UNA** PALABRA DE ESA "WHISKYPEDIA" A NINGÚN ADULTO!
¡CLARO! USAREMOS VERIFICACIÓN DE EDAD, CONTRASEÑAS, ENCRIPTACIÓN...
ENTONCES, ¿TRATO HECHO?
TRATO HECHO.
City

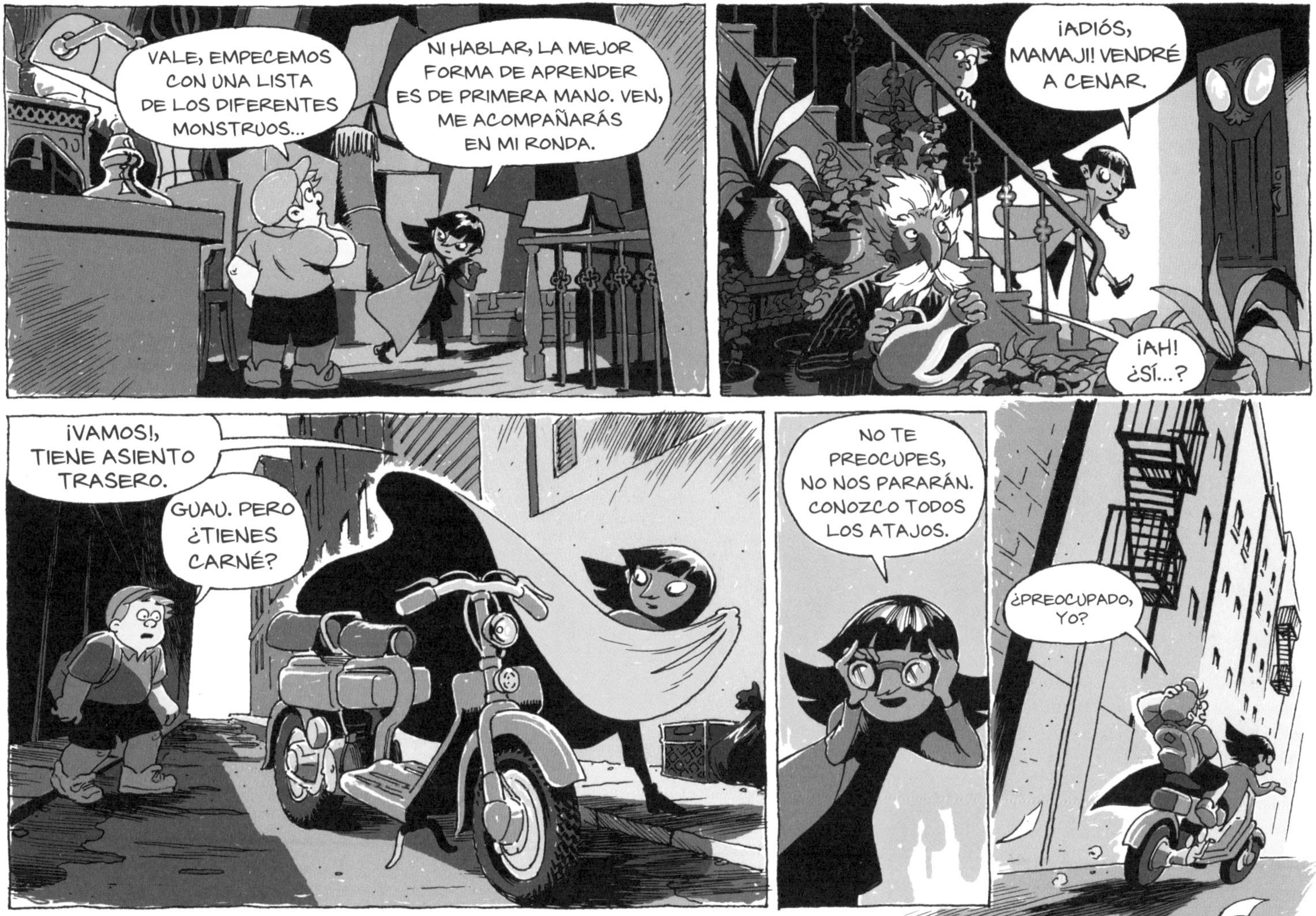

VALE, EMPECEMOS CON UNA LISTA DE LOS DIFERENTES MONSTRUOS...
NI HABLAR, LA MEJOR FORMA DE APRENDER ES DE PRIMERA MANO. VEN, ME ACOMPAÑARÁS EN MI RONDA.
¡ADIÓS, MAMAJI! VENDRÉ A CENAR.
¡AH! ¿SÍ...?
¡VAMOS!, TIENE ASIENTO TRASERO.
GUAU. PERO ¿TIENES CARNÉ?
NO TE PREOCUPES, NO NOS PARARÁN. CONOZCO TODOS LOS ATAJOS.
¿PREOCUPADO, YO?

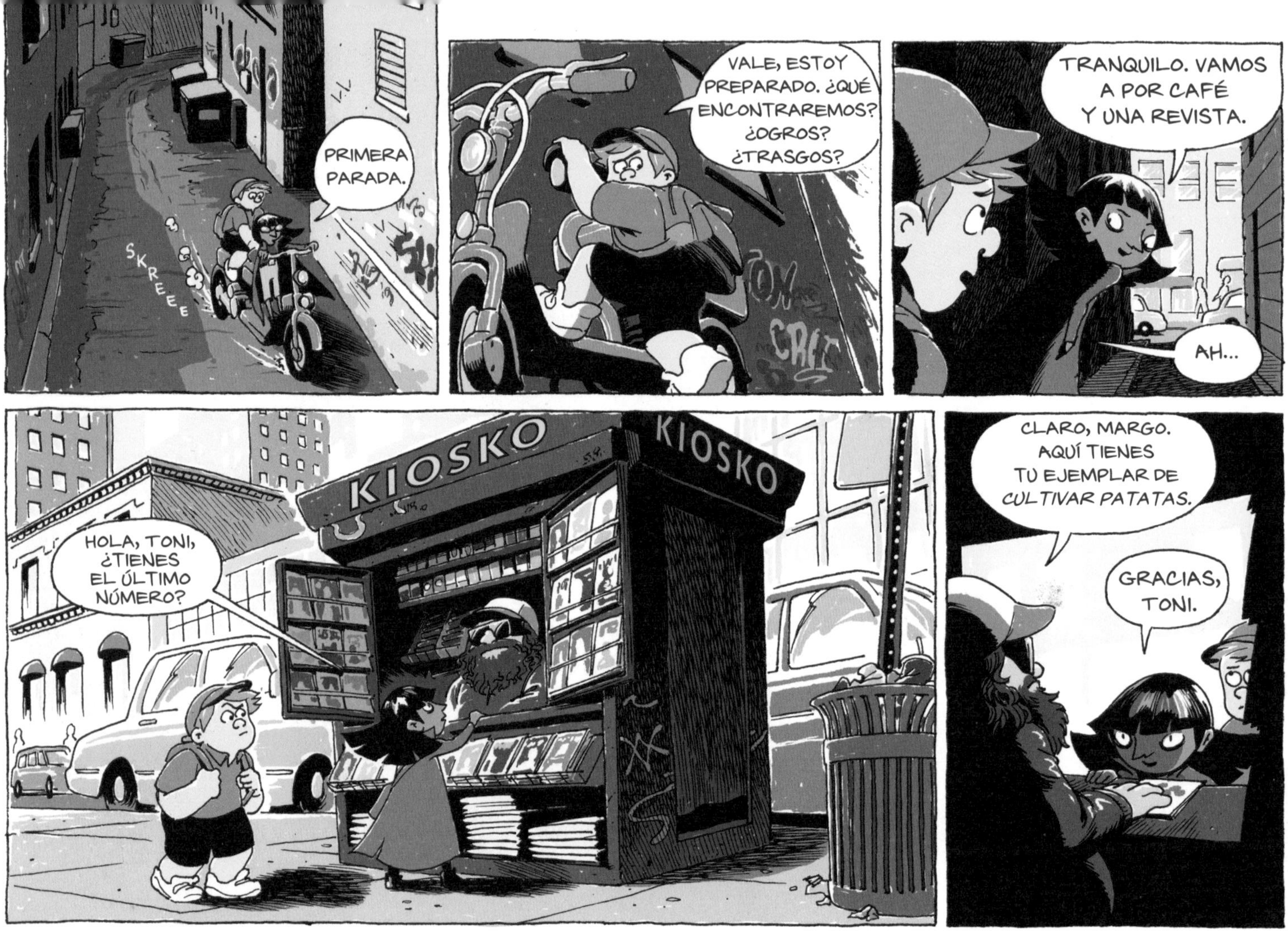
PRIMERA PARADA.
SKREEEE
VALE, ESTOY PREPARADO. ¿QUÉ ENCONTRAREMOS? ¿OGROS? ¿TRASGOS?
TRANQUILO. VAMOS A POR CAFÉ Y UNA REVISTA.
AH...
KIOSKO
KIOSKO
HOLA, TONI, ¿TIENES EL ÚLTIMO NÚMERO?
CLARO, MARGO. AQUÍ TIENES TU EJEMPLAR DE CULTIVAR PATATAS.
GRACIAS, TONI.

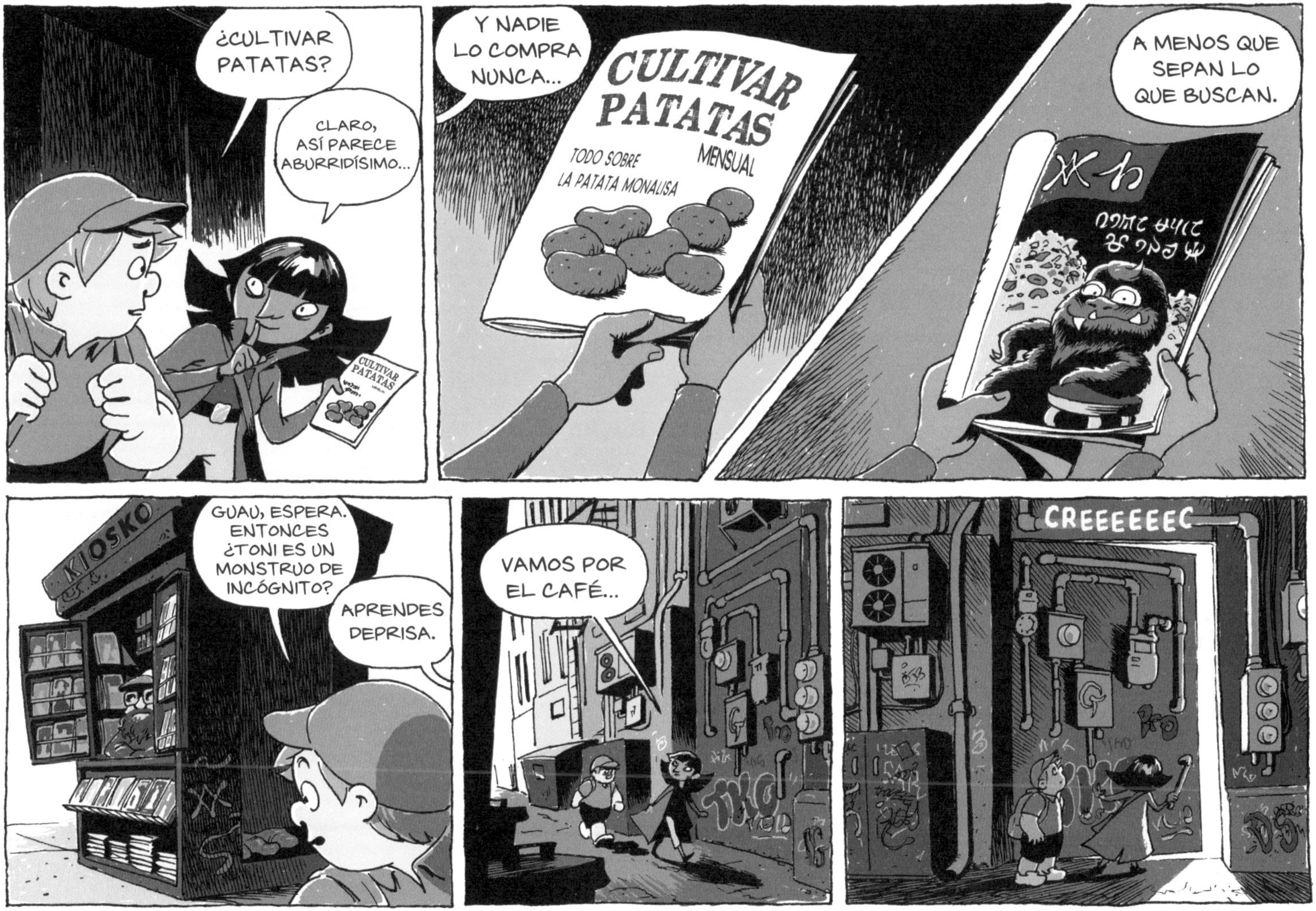
¿CULTIVAR PATATAS?
CLARO, ASÍ PARECE ABURRIDÍSIMO...
Y NADIE LO COMPRA NUNCA...
CULTIVAR PATATAS
MENSUAL
TODO SOBRE LA PATATA MONALISA
A MENOS QUE SEPAN LO QUE BUSCAN.
KIOSKO
GUAU, ESPERA. ENTONCES ¿TONI ES UN MONSTRUO DE INCÓGNITO?
APRENDES DEPRISA.
VAMOS POR EL CAFÉ...
CREEEEEEC

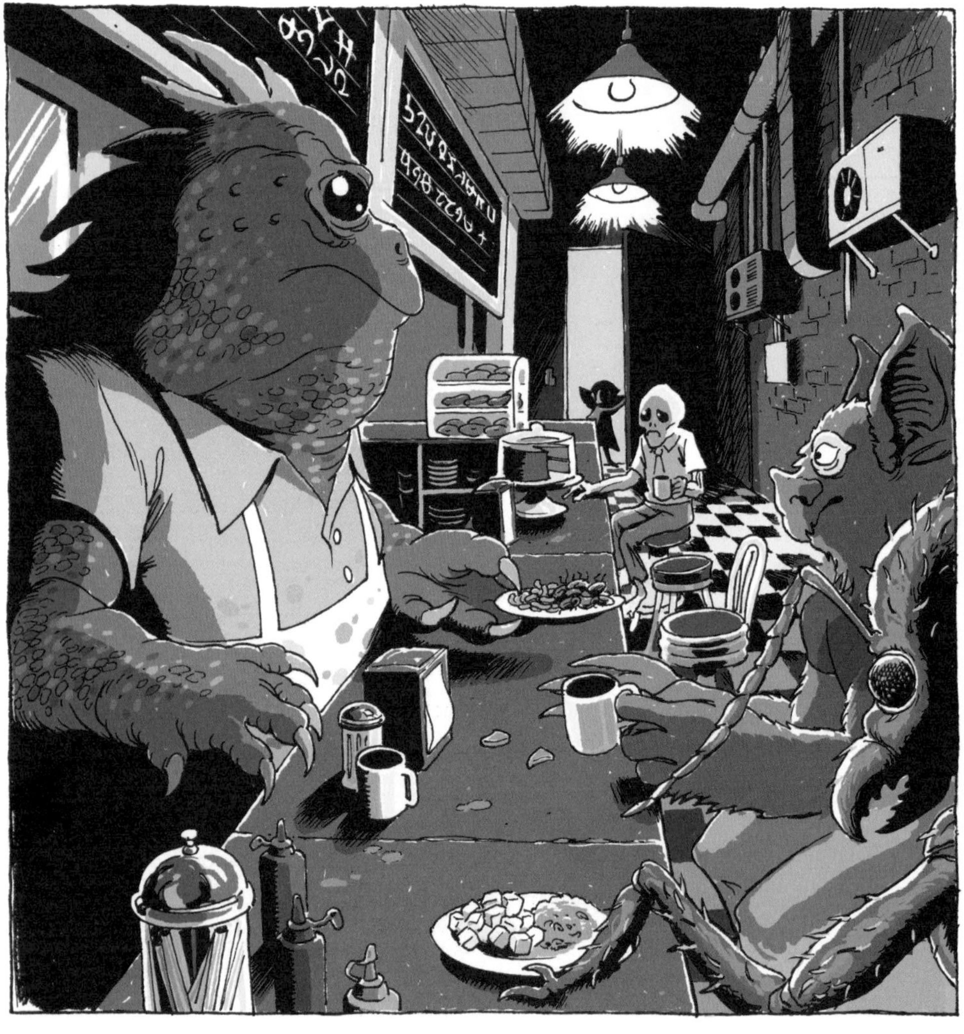

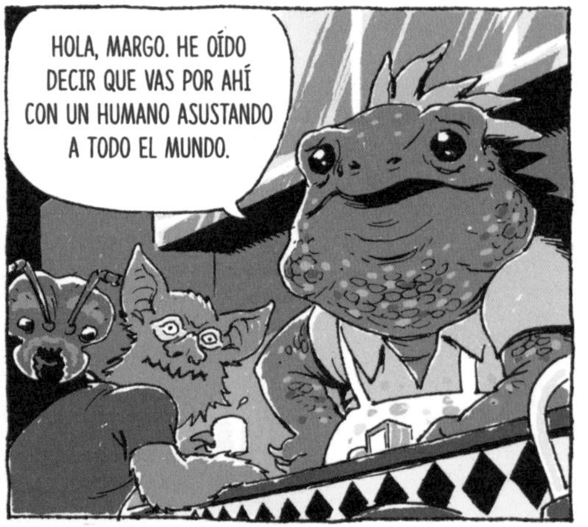
HOLA, MARGO. HE OÍDO DECIR QUE VAS POR AHÍ CON UN HUMANO ASUSTANDO A TODO EL MUNDO.

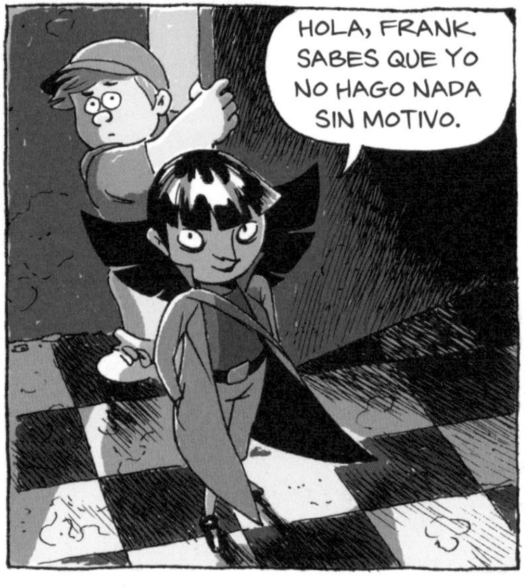
HOLA, FRANK. SABES QUE YO NO HAGO NADA SIN MOTIVO.

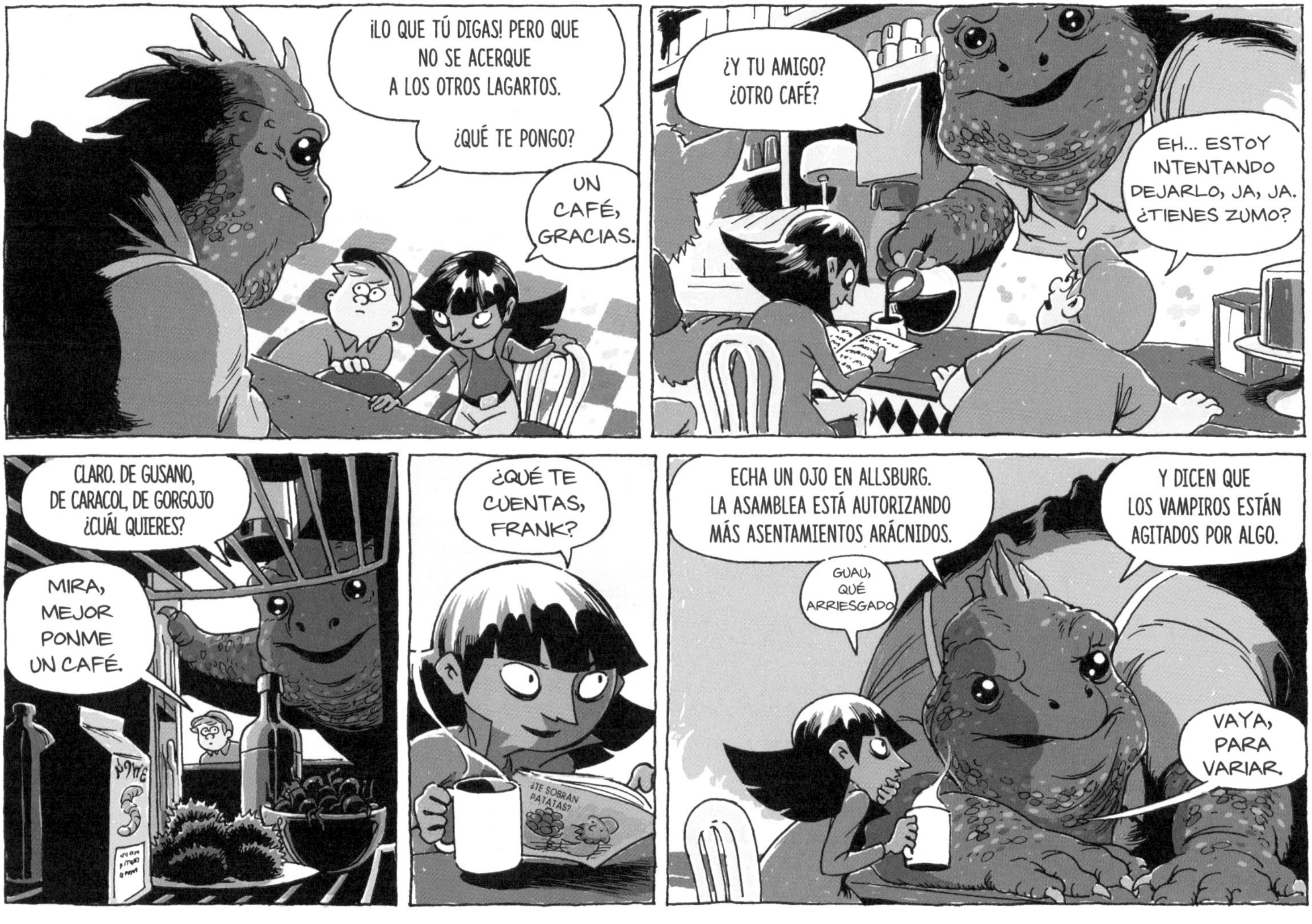
¡LO QUE TÚ DIGAS! PERO QUE NO SE ACERQUE A LOS OTROS LAGARTOS.
¿QUÉ TE PONGO?
UN CAFÉ, GRACIAS.
¿Y TU AMIGO? ¿OTRO CAFÉ?
EH... ESTOY INTENTANDO DEJARLO, JA, JA. ¿TIENES ZUMO?
CLARO. DE GUSANO, DE CARACOL, DE GORGOJO ¿CUÁL QUIERES?
MIRA, MEJOR PONME UN CAFÉ.
¿QUÉ TE CUENTAS, FRANK?
¿TE SOBRAN PATATAS?
ECHA UN OJO EN ALLSBURG. LA ASAMBLEA ESTÁ AUTORIZANDO MÁS ASENTAMIENTOS ARÁCNIDOS.
GUAU, QUÉ ARRIESGADO
Y DICEN QUE LOS VAMPIROS ESTÁN AGITADOS POR ALGO.
VAYA, PARA VARIAR.

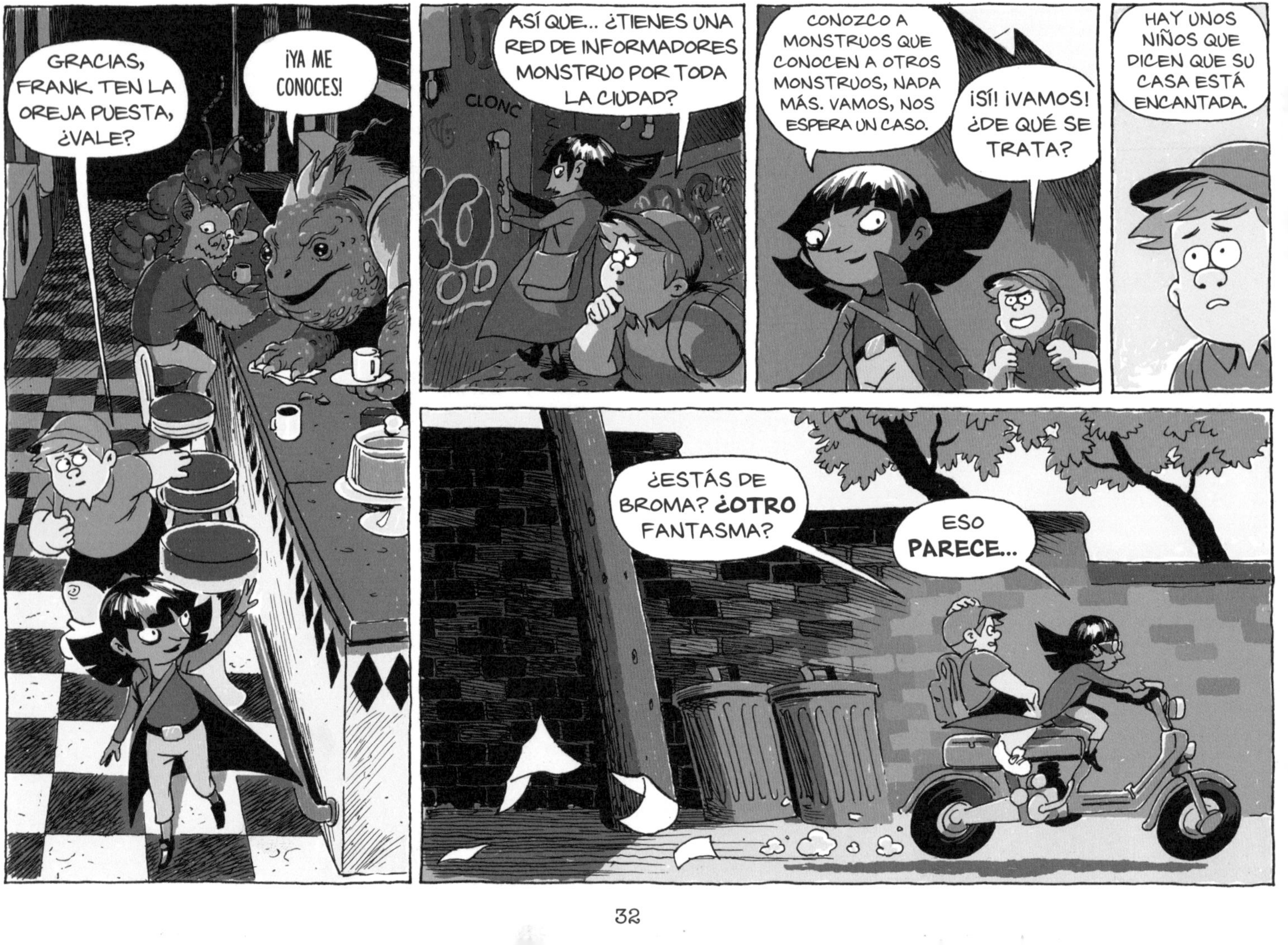
GRACIAS, FRANK. TEN LA OREJA PUESTA, ¿VALE?
¡YA ME CONOCES!
CLONC
ASÍ QUE... ¿TIENES UNA RED DE INFORMADORES MONSTRUO POR TODA LA CIUDAD?
CONOZCO A MONSTRUOS QUE CONOCEN A OTROS MONSTRUOS, NADA MÁS. VAMOS, NOS ESPERA UN CASO.
¡SÍ! ¡VAMOS! ¿DE QUÉ SE TRATA?
HAY UNOS NIÑOS QUE DICEN QUE SU CASA ESTÁ ENCANTADA.
¿ESTÁS DE BROMA? **¿OTRO** FANTASMA?
ESO **PARECE...**

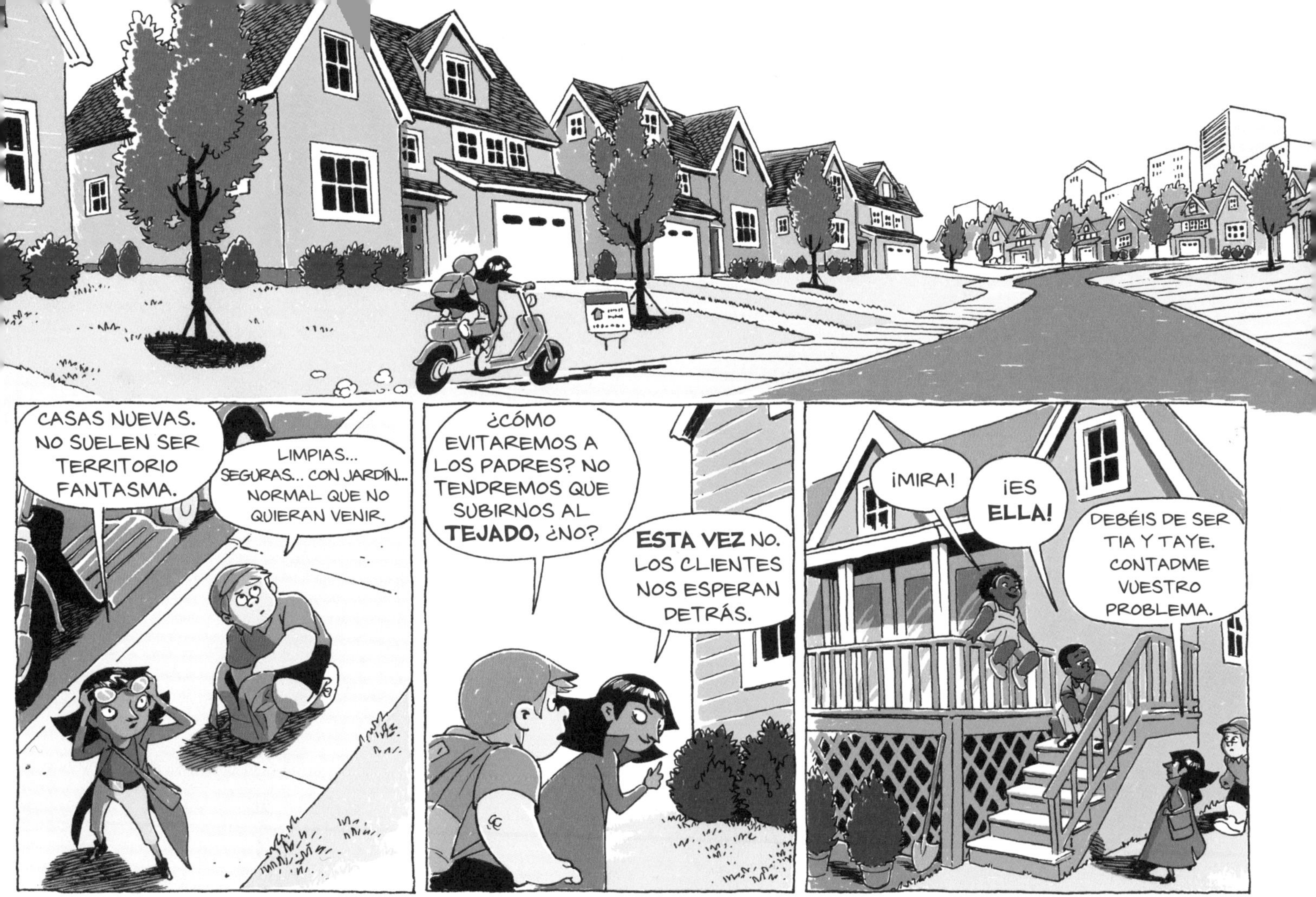
CASAS NUEVAS. NO SUELEN SER TERRITORIO FANTASMA.
LIMPIAS... SEGURAS... CON JARDÍN... NORMAL QUE NO QUIERAN VENIR.
¿CÓMO EVITAREMOS A LOS PADRES? NO TENDREMOS QUE SUBIRNOS AL **TEJADO**, ¿NO?
ESTA VEZ NO. LOS CLIENTES NOS ESPERAN DETRÁS.
¡MIRA!
¡ES **ELLA**!
DEBÉIS DE SER TIA Y TAYE. CONTADME VUESTRO PROBLEMA.

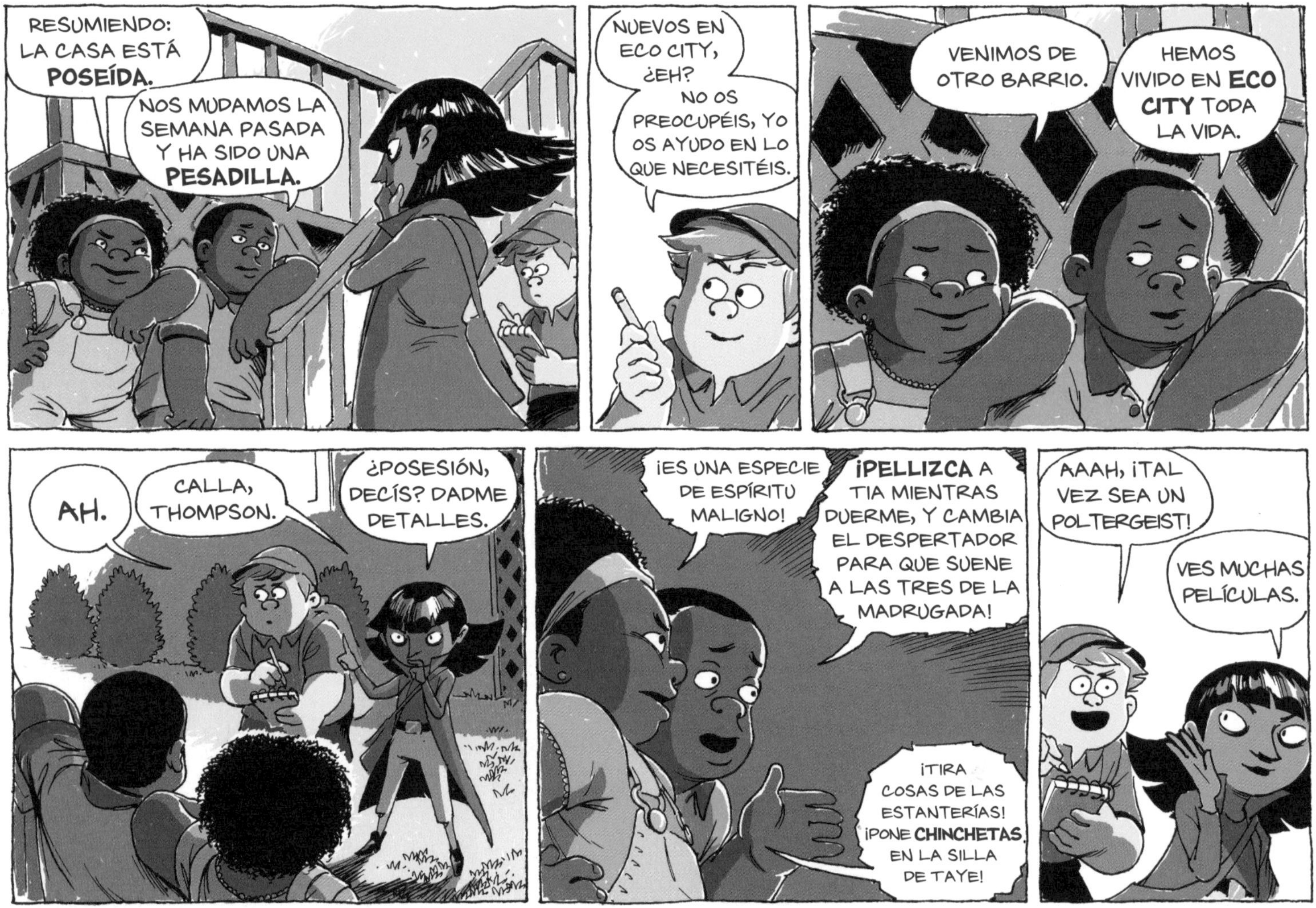

RESUMIENDO: LA CASA ESTÁ **POSEÍDA.**
NOS MUDAMOS LA SEMANA PASADA Y HA SIDO UNA **PESADILLA.**
NUEVOS EN ECO CITY, ¿EH?
NO OS PREOCUPÉIS, YO OS AYUDO EN LO QUE NECESITÉIS.
VENIMOS DE OTRO BARRIO.
HEMOS VIVIDO EN **ECO CITY** TODA LA VIDA.
AH.
CALLA, THOMPSON.
¿POSESIÓN, DECÍS? DADME DETALLES.
¡ES UNA ESPECIE DE ESPÍRITU MALIGNO!
¡PELLIZCA A TIA MIENTRAS DUERME, Y CAMBIA EL DESPERTADOR PARA QUE SUENE A LAS TRES DE LA MADRUGADA!
¡TIRA COSAS DE LAS ESTANTERÍAS! ¡PONE **CHINCHETAS** EN LA SILLA DE TAYE!
AAAH, ¡TAL VEZ SEA UN POLTERGEIST!
VES MUCHAS PELÍCULAS.

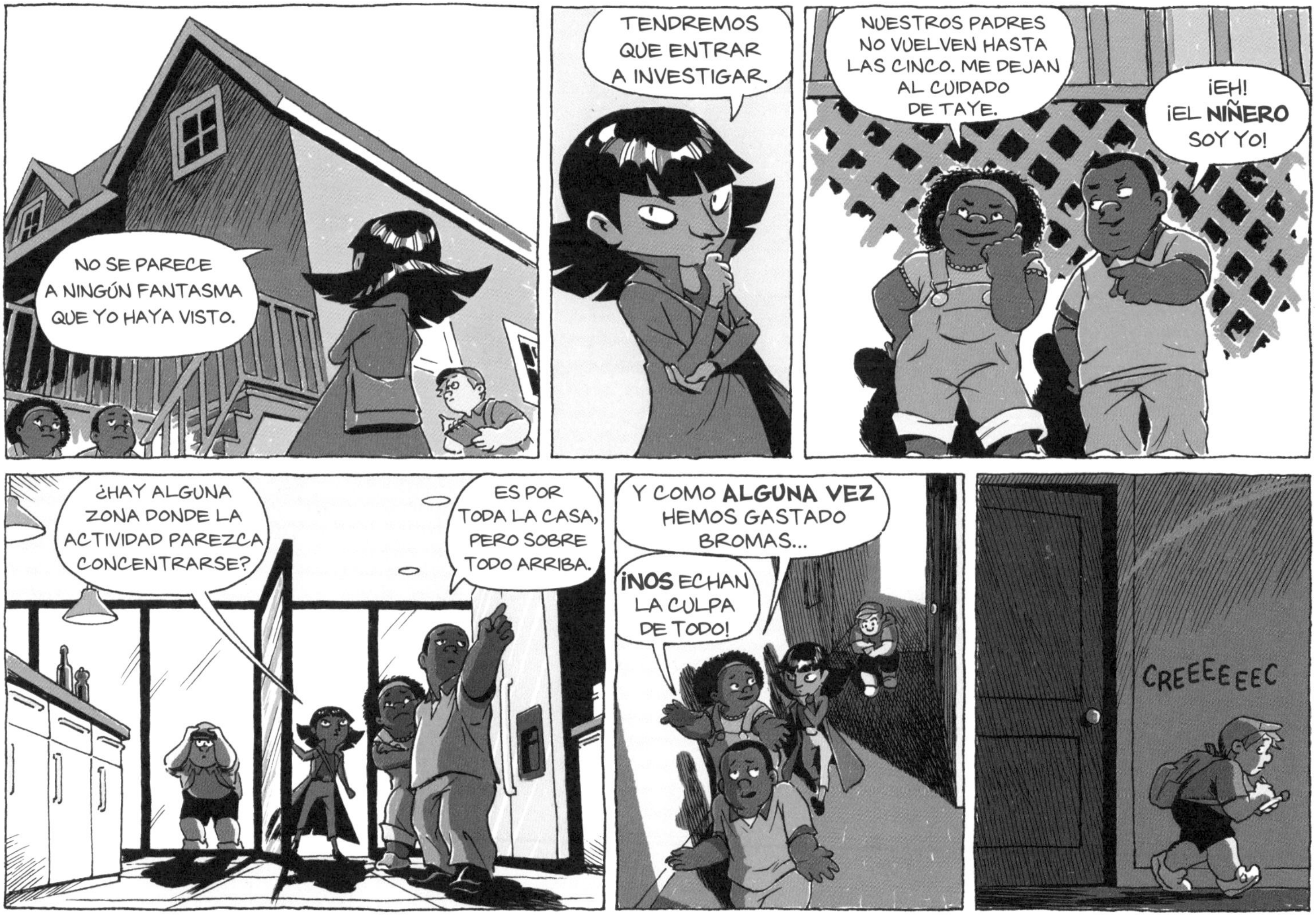
NO SE PARECE A NINGÚN FANTASMA QUE YO HAYA VISTO.
TENDREMOS QUE ENTRAR A INVESTIGAR.
NUESTROS PADRES NO VUELVEN HASTA LAS CINCO. ME DEJAN AL CUIDADO DE TAYE.
¡EH! ¡EL **NIÑERO** SOY YO!
¿HAY ALGUNA ZONA DONDE LA ACTIVIDAD PAREZCA CONCENTRARSE?
ES POR TODA LA CASA, PERO SOBRE TODO ARRIBA.
Y COMO **ALGUNA VEZ** HEMOS GASTADO BROMAS...
¡NOS ECHAN LA CULPA DE TODO!
CREEEEEEEC

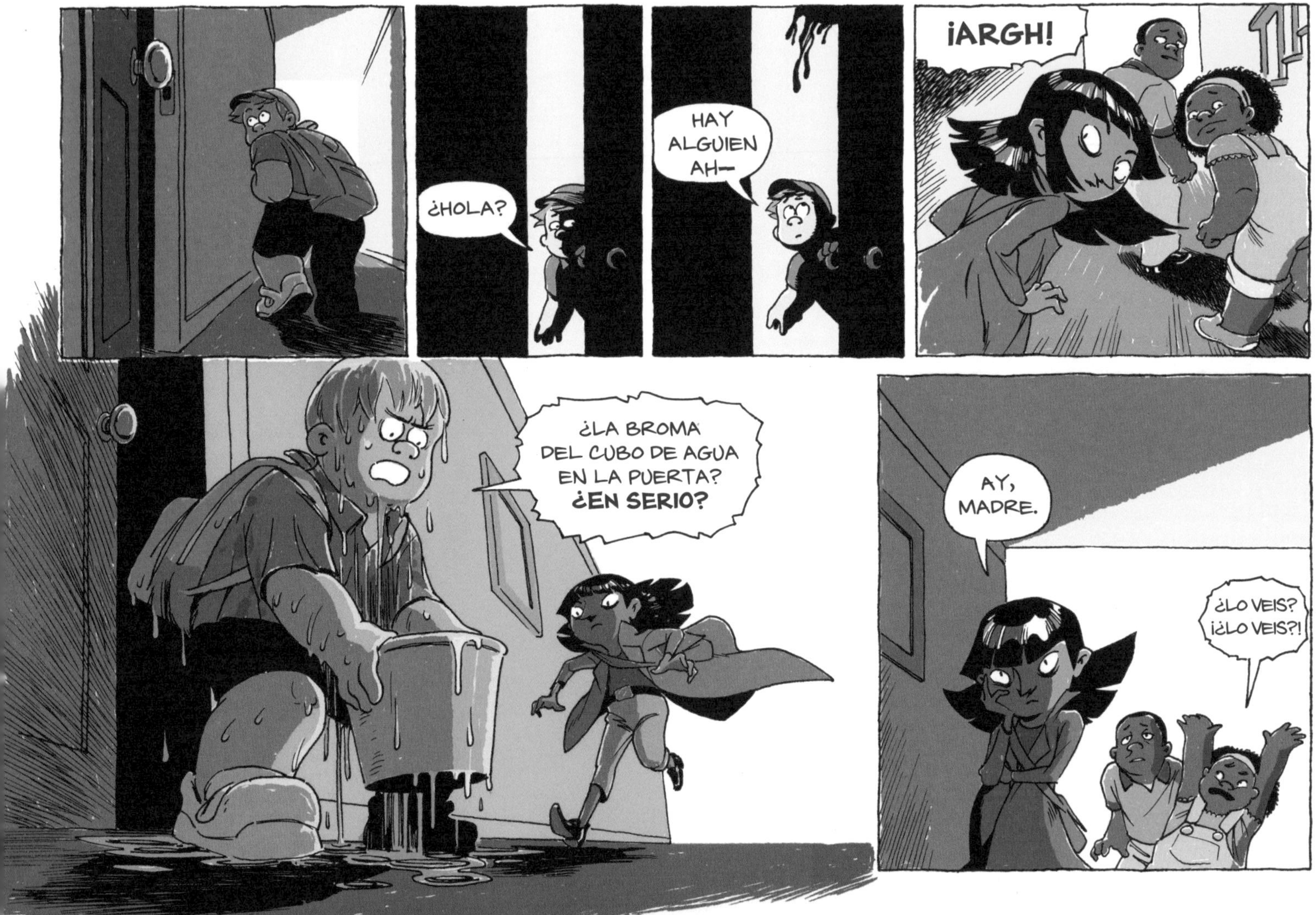
¿HOLA?
HAY ALGUIEN AH—
¡ARGH!
¿LA BROMA DEL CUBO DE AGUA EN LA PUERTA? ¿EN SERIO?
AY, MADRE.
¿LO VEIS? ¡¿LO VEIS?!

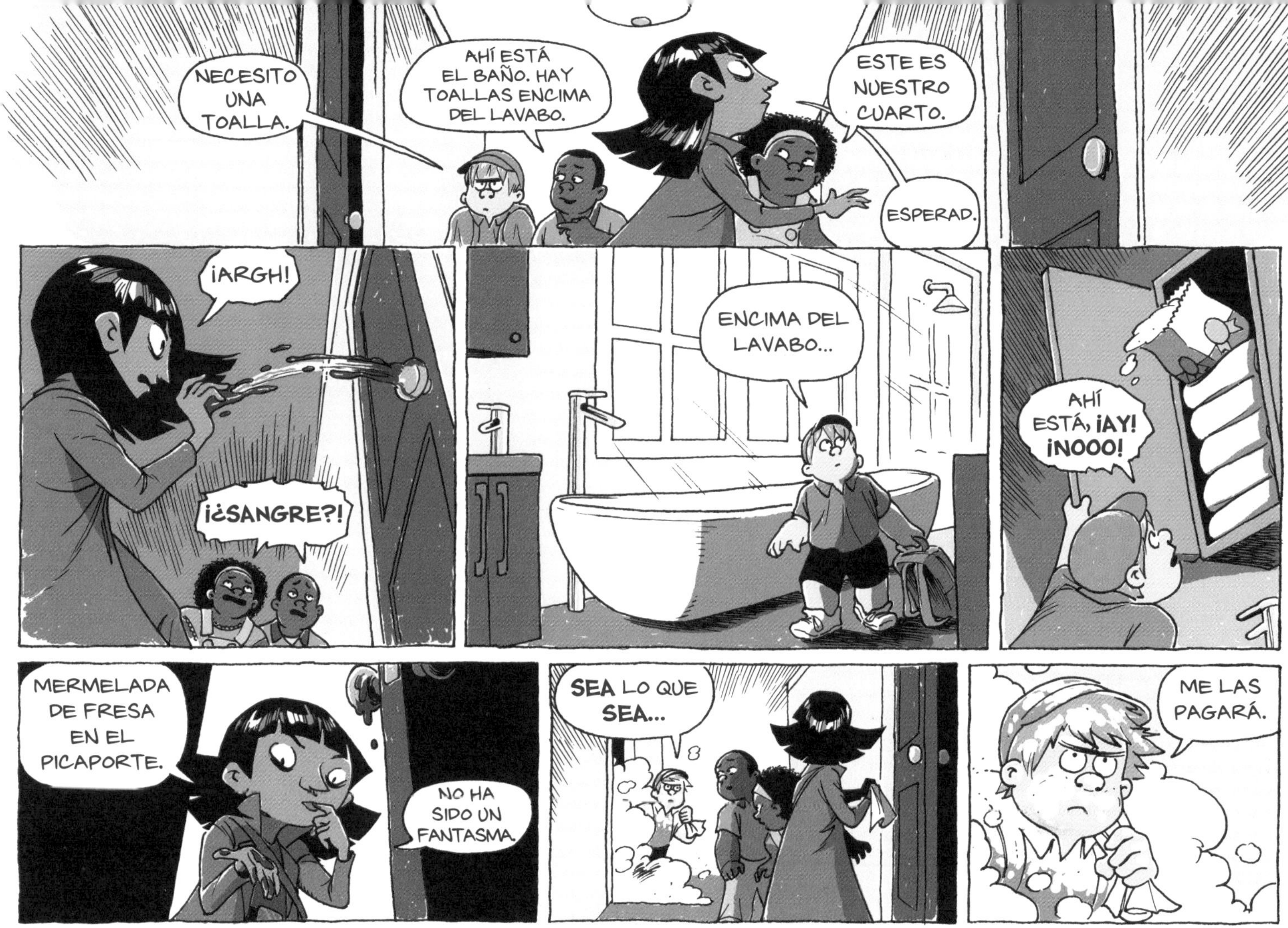
NECESITO UNA TOALLA.
AHÍ ESTÁ EL BAÑO. HAY TOALLAS ENCIMA DEL LAVABO.
ESTE ES NUESTRO CUARTO.
ESPERAD.
¡ARGH!
¡¿SANGRE?!
ENCIMA DEL LAVABO...
AHÍ ESTÁ, ¡AY! ¡NOOO!
MERMELADA DE FRESA EN EL PICAPORTE.
NO HA SIDO UN FANTASMA.
SEA LO QUE SEA...
ME LAS PAGARÁ.

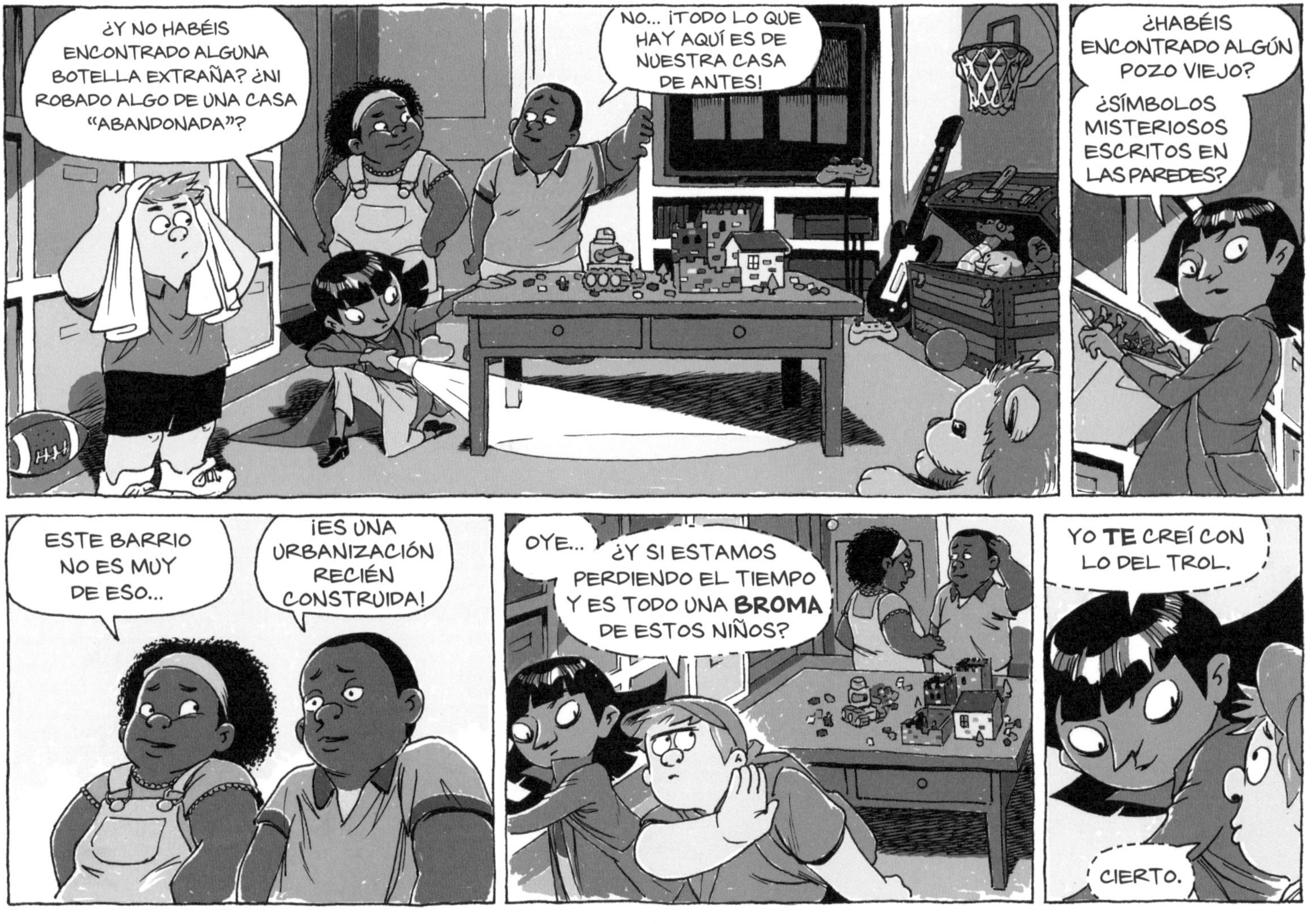
¿Y NO HABÉIS ENCONTRADO ALGUNA BOTELLA EXTRAÑA? ¿NI ROBADO ALGO DE UNA CASA "ABANDONADA"?
NO... ¡TODO LO QUE HAY AQUÍ ES DE NUESTRA CASA DE ANTES!
¿HABÉIS ENCONTRADO ALGÚN POZO VIEJO?
¿SÍMBOLOS MISTERIOSOS ESCRITOS EN LAS PAREDES?
ESTE BARRIO NO ES MUY DE ESO...
¡ES UNA URBANIZACIÓN RECIÉN CONSTRUIDA!
OYE...
¿Y SI ESTAMOS PERDIENDO EL TIEMPO Y ES TODO UNA BROMA DE ESTOS NIÑOS?
YO TE CREÍ CON LO DEL TROL.
CIERTO.

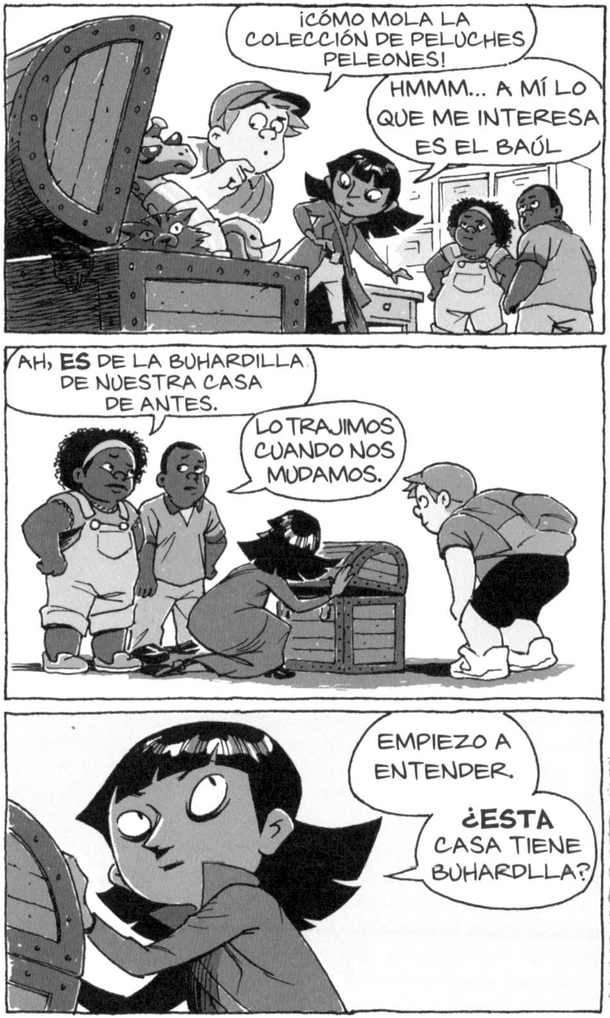
¡CÓMO MOLA LA COLECCIÓN DE PELUCHES PELEONES!
HMMM... A MÍ LO QUE ME INTERESA ES EL BAÚL
AH, ES DE LA BUHARDILLA DE NUESTRA CASA DE ANTES.
LO TRAJIMOS CUANDO NOS MUDAMOS.
EMPIEZO A ENTENDER.
¿ESTA CASA TIENE BUHARDLLA?

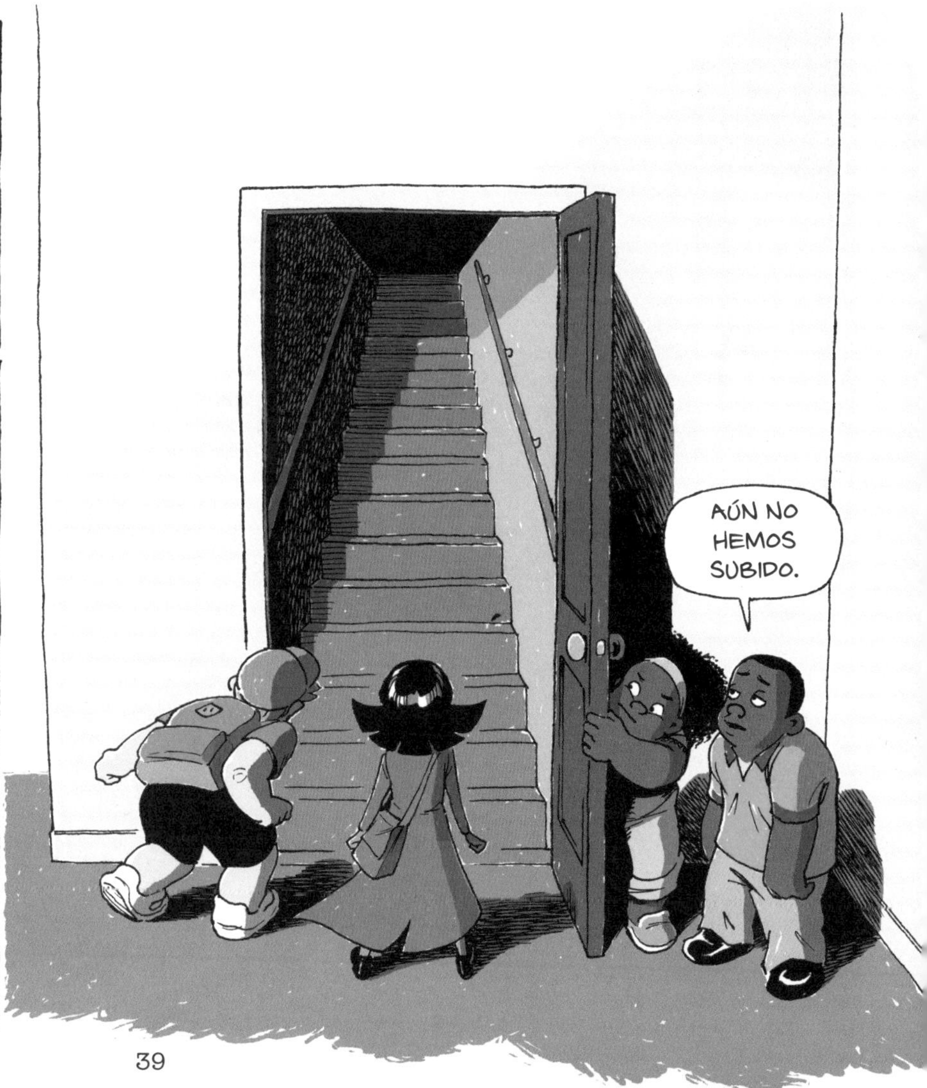
AÚN NO HEMOS SUBIDO.

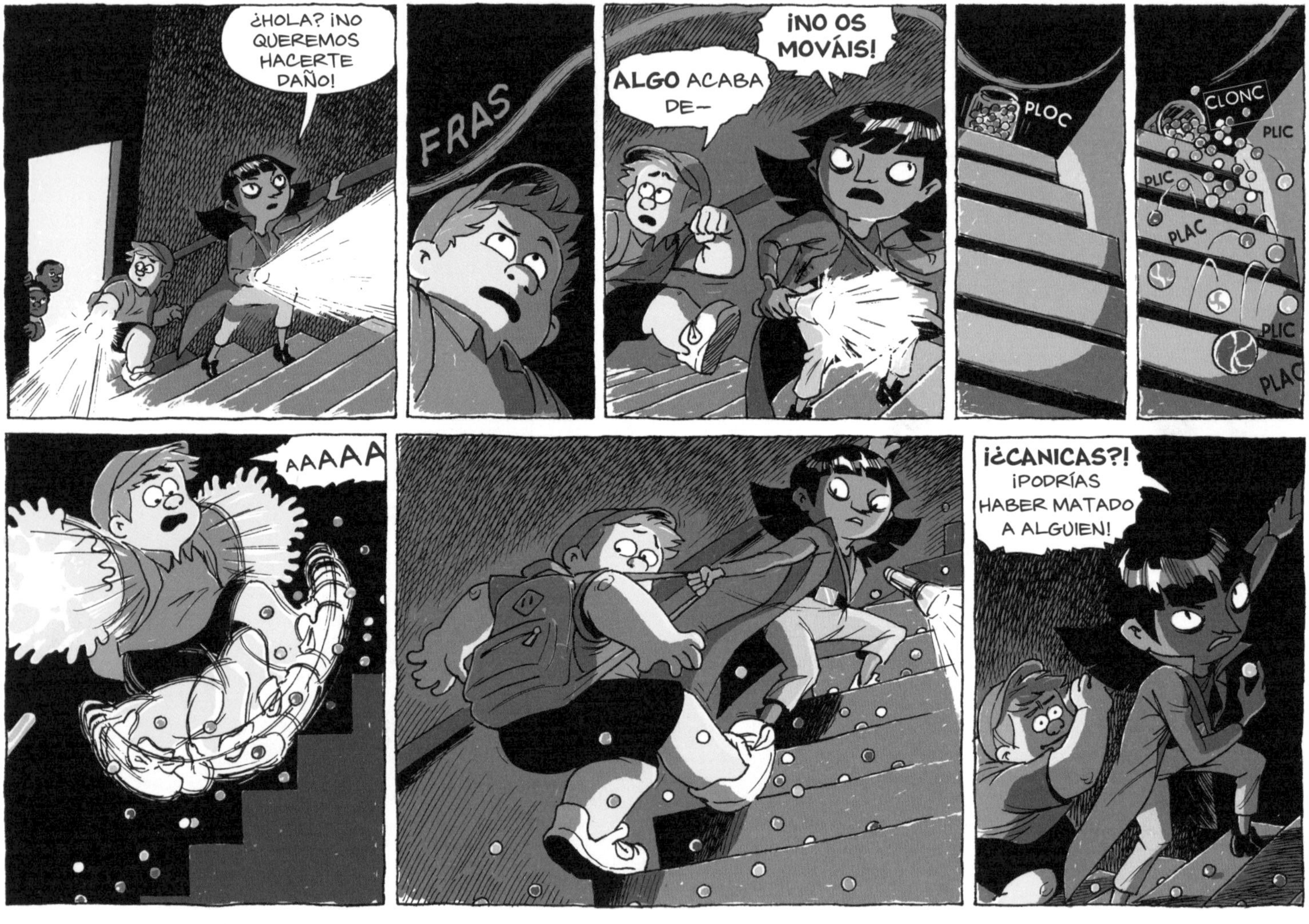

¿HOLA? ¡NO QUEREMOS HACERTE DAÑO!
FRAS
ALGO ACABA DE–
¡NO OS MOVÁIS!
PLOC
CLONC
PLIC
PLIC
PLAC
PLIC
PLAC
AAAAA
¡¿CANICAS?! ¡PODRÍAS HABER MATADO A ALGUIEN!

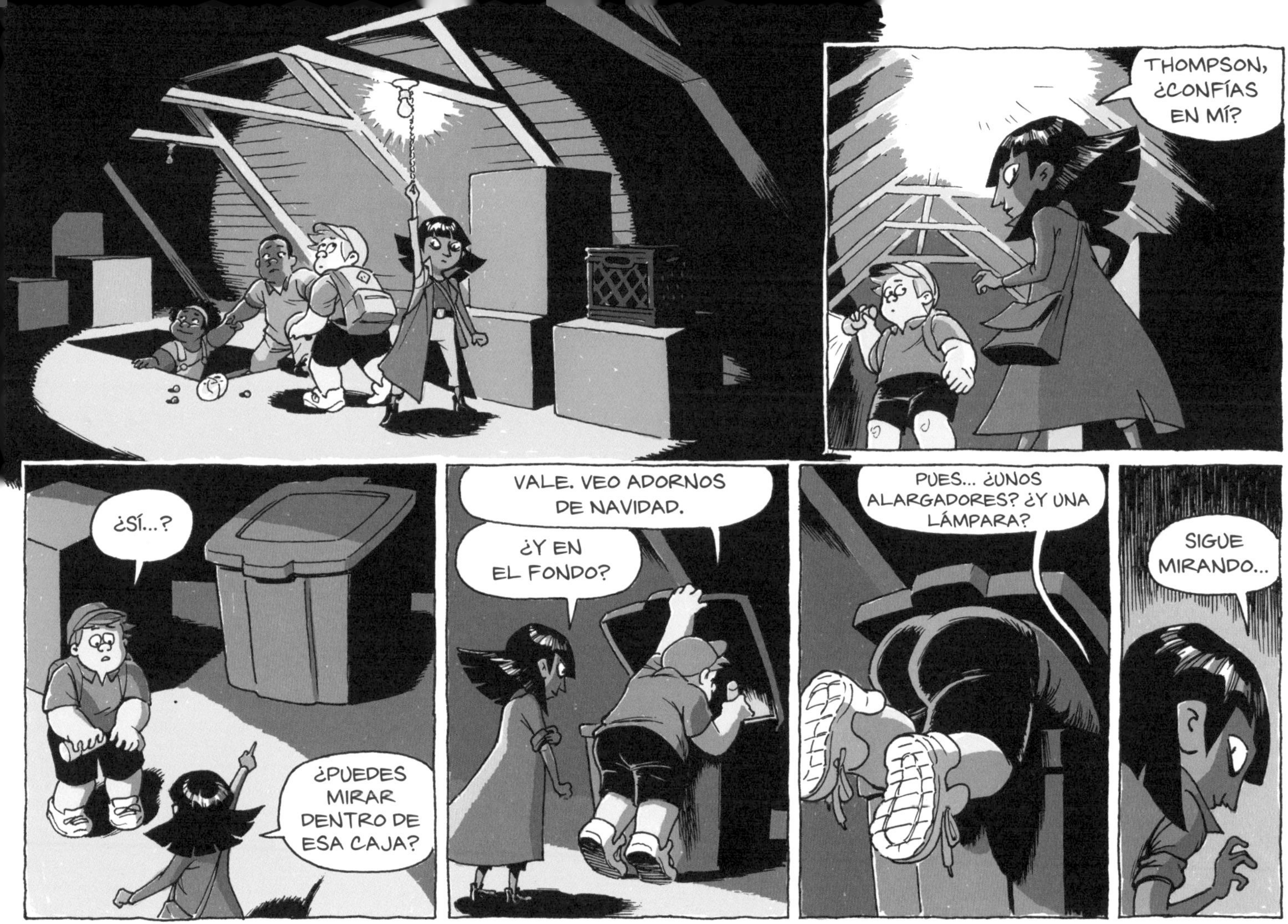
THOMPSON, ¿CONFÍAS EN MÍ?
¿SÍ...?
¿PUEDES MIRAR DENTRO DE ESA CAJA?
VALE. VEO ADORNOS DE NAVIDAD.
¿Y EN EL FONDO?
PUES... ¿UNOS ALARGADORES? ¿Y UNA LÁMPARA?
SIGUE MIRANDO...

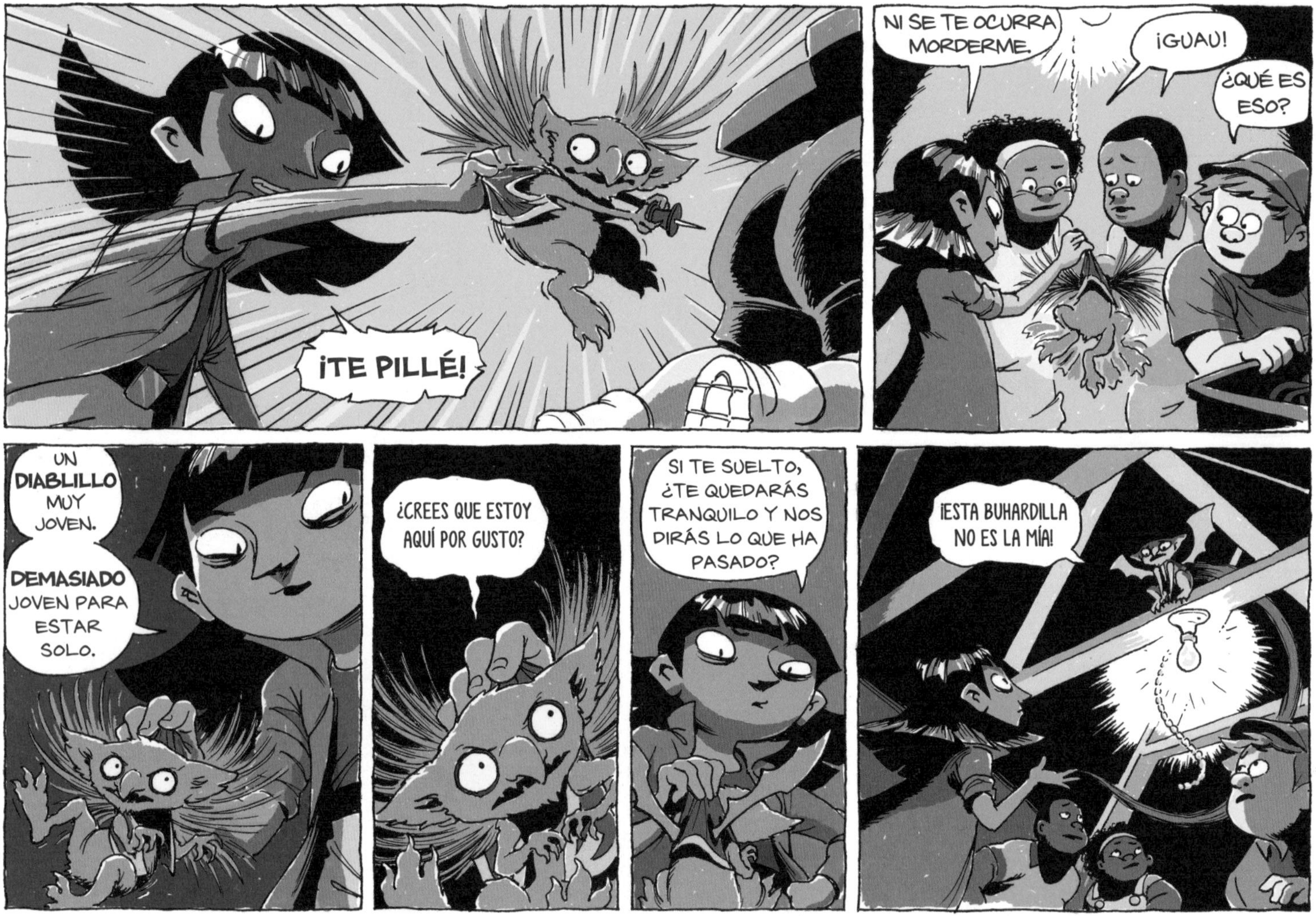
¡TE PILLÉ!
NI SE TE OCURRA MORDERME.
¡GUAU!
¿QUÉ ES ESO?
UN DIABLILLO MUY JOVEN.
DEMASIADO JOVEN PARA ESTAR SOLO.
¿CREES QUE ESTOY AQUÍ POR GUSTO?
SI TE SUELTO, ¿TE QUEDARÁS TRANQUILO Y NOS DIRÁS LO QUE HA PASADO?
¡ESTA BUHARDILLA NO ES LA MÍA!

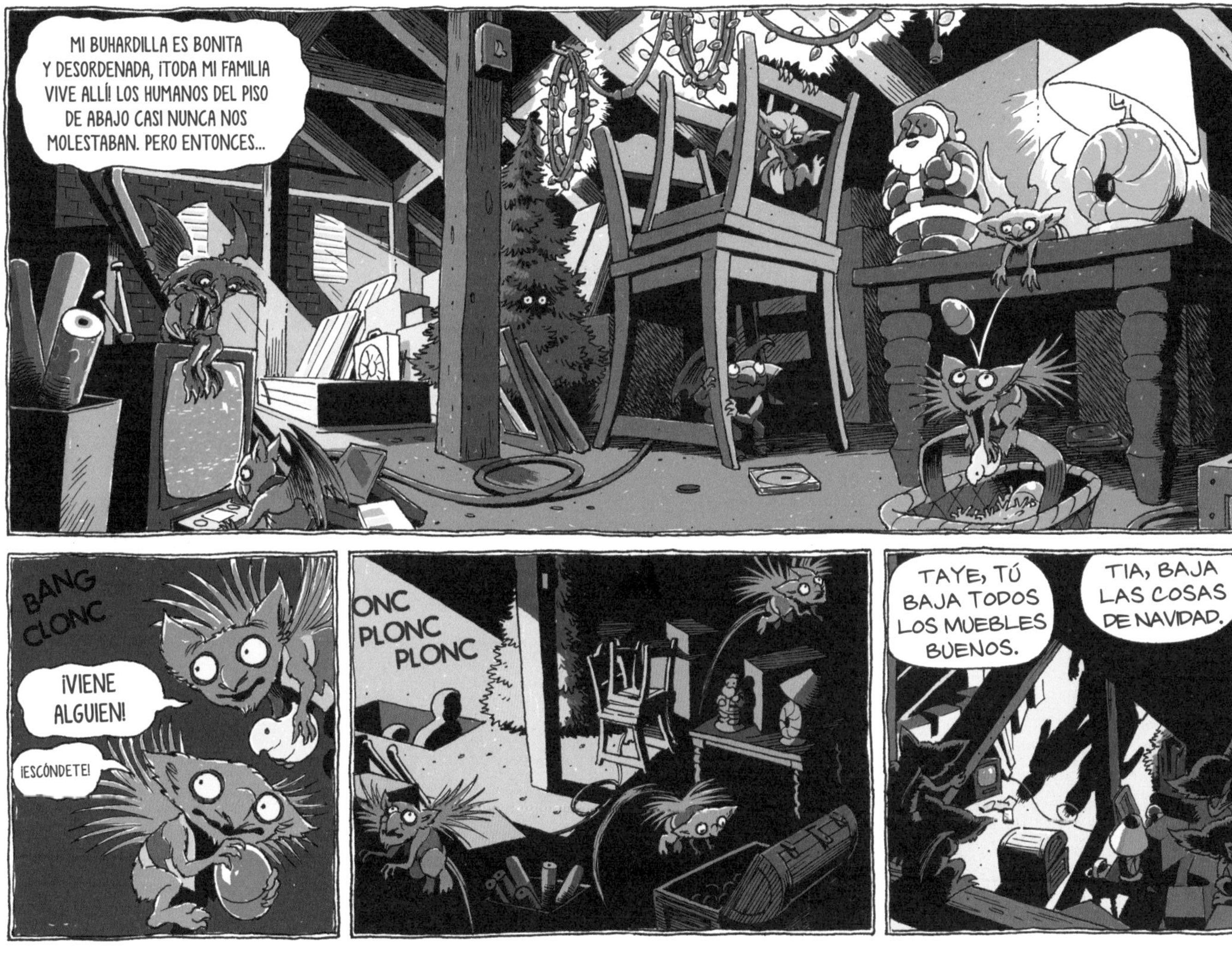
MI BUHARDILLA ES BONITA Y DESORDENADA, ¡TODA MI FAMILIA VIVE ALLÍ! LOS HUMANOS DEL PISO DE ABAJO CASI NUNCA NOS MOLESTABAN. PERO ENTONCES...
BANG
CLONC
¡VIENE ALGUIEN!
¡ESCÓNDETE!
ONC
PLONC
PLONC
TAYE, TÚ BAJA TODOS LOS MUEBLES BUENOS.
TIA, BAJA LAS COSAS DE NAVIDAD.

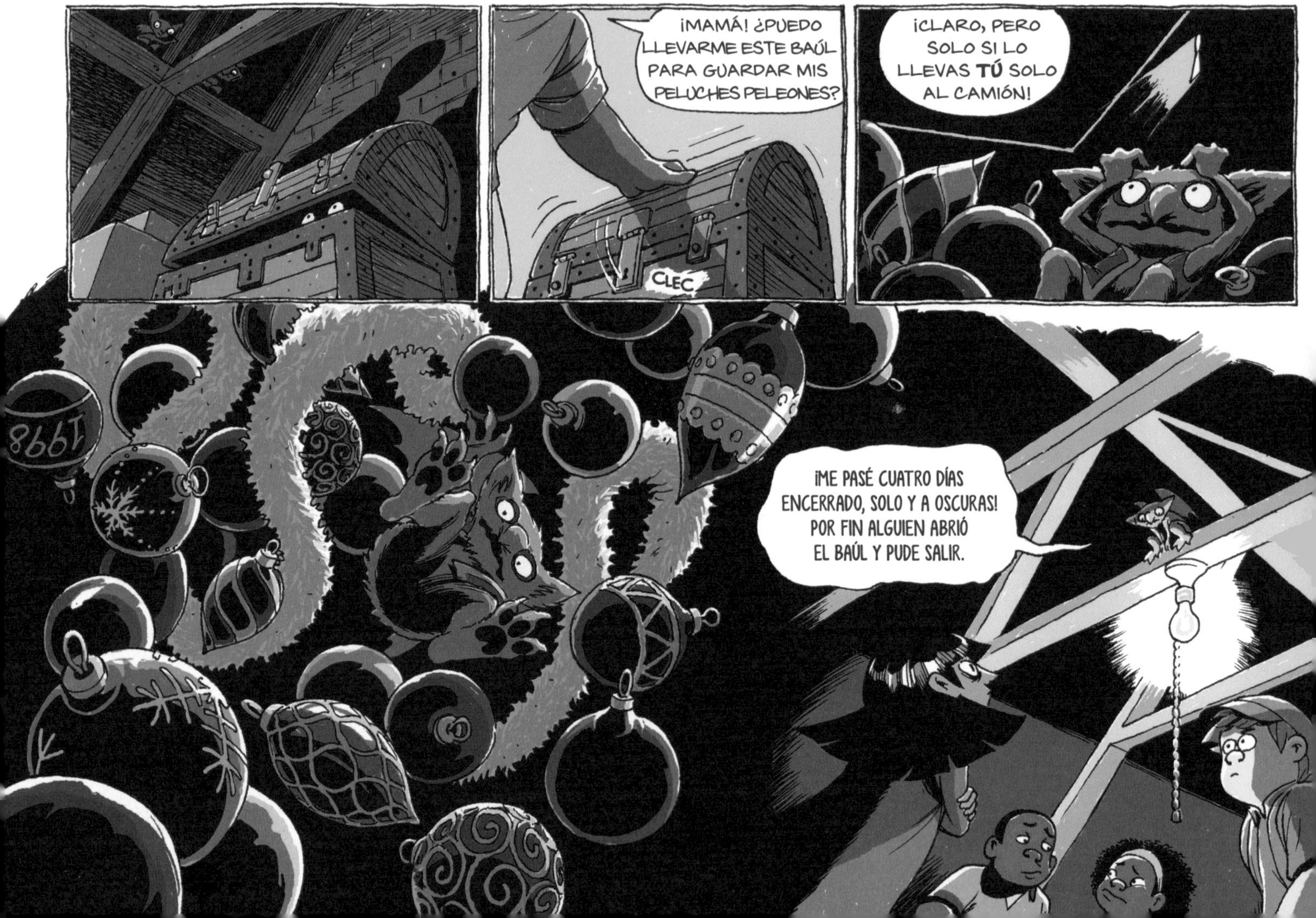
¡MAMÁ! ¿PUEDO LLEVARME ESTE BAÚL PARA GUARDAR MIS PELUCHES PELEONES?
CLEC
¡CLARO, PERO SOLO SI LO LLEVAS **TÚ** SOLO AL CAMIÓN!
1998
¡ME PASÉ CUATRO DÍAS ENCERRADO, SOLO Y A OSCURAS! POR FIN ALGUIEN ABRIÓ EL BAÚL Y PUDE SALIR.

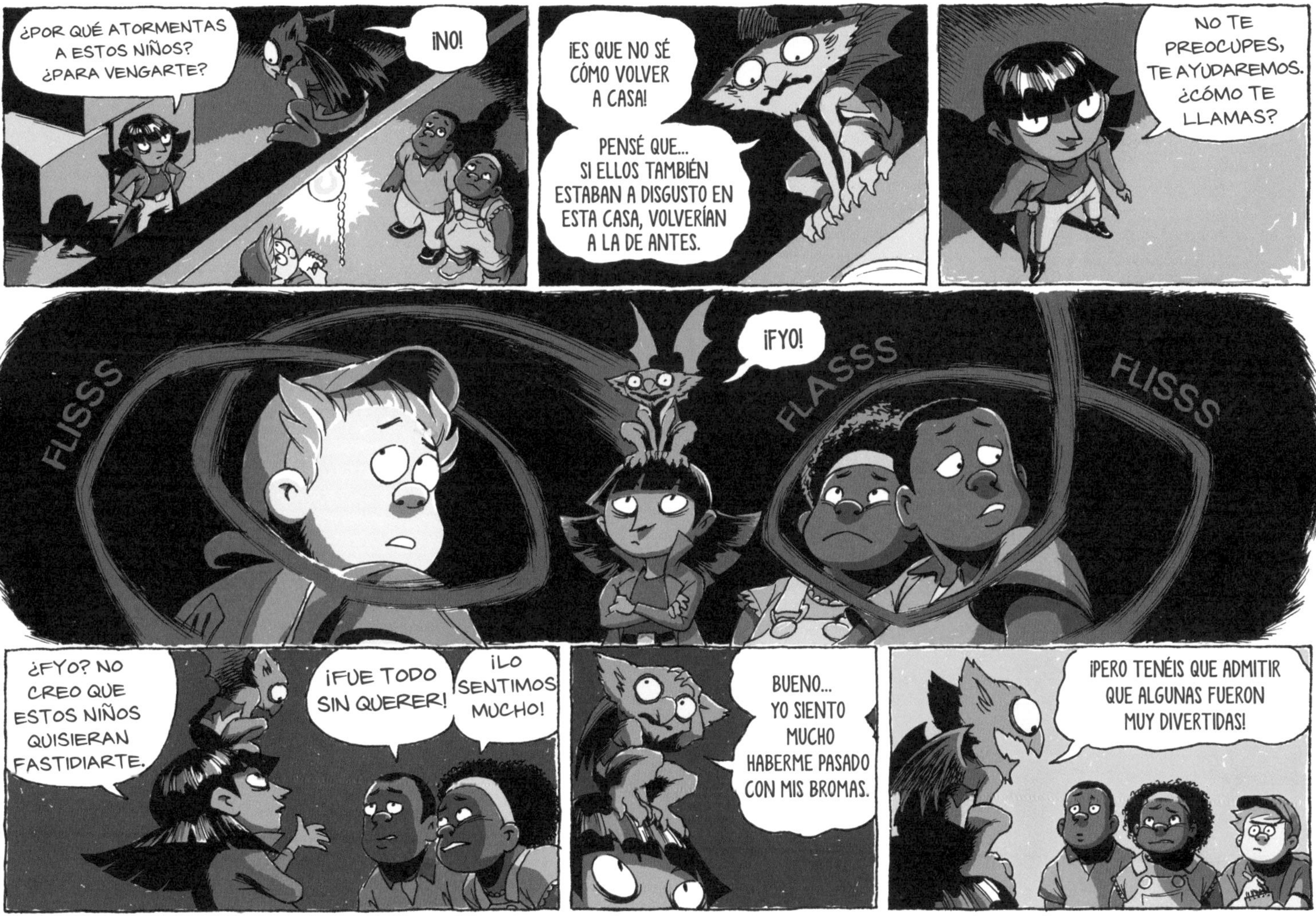
¿POR QUÉ ATORMENTAS A ESTOS NIÑOS? ¿PARA VENGARTE?
¡NO!
¡ES QUE NO SÉ CÓMO VOLVER A CASA!
PENSÉ QUE... SI ELLOS TAMBIÉN ESTABAN A DISGUSTO EN ESTA CASA, VOLVERÍAN A LA DE ANTES.
NO TE PREOCUPES, TE AYUDAREMOS. ¿CÓMO TE LLAMAS?
FLISSS
¡FYO!
FLASSS
FLISSS
¿FYO? NO CREO QUE ESTOS NIÑOS QUISIERAN FASTIDIARTE.
¡FUE TODO SIN QUERER!
¡LO SENTIMOS MUCHO!
BUENO... YO SIENTO MUCHO HABERME PASADO CON MIS BROMAS.
¡PERO TENÉIS QUE ADMITIR QUE ALGUNAS FUERON MUY DIVERTIDAS!

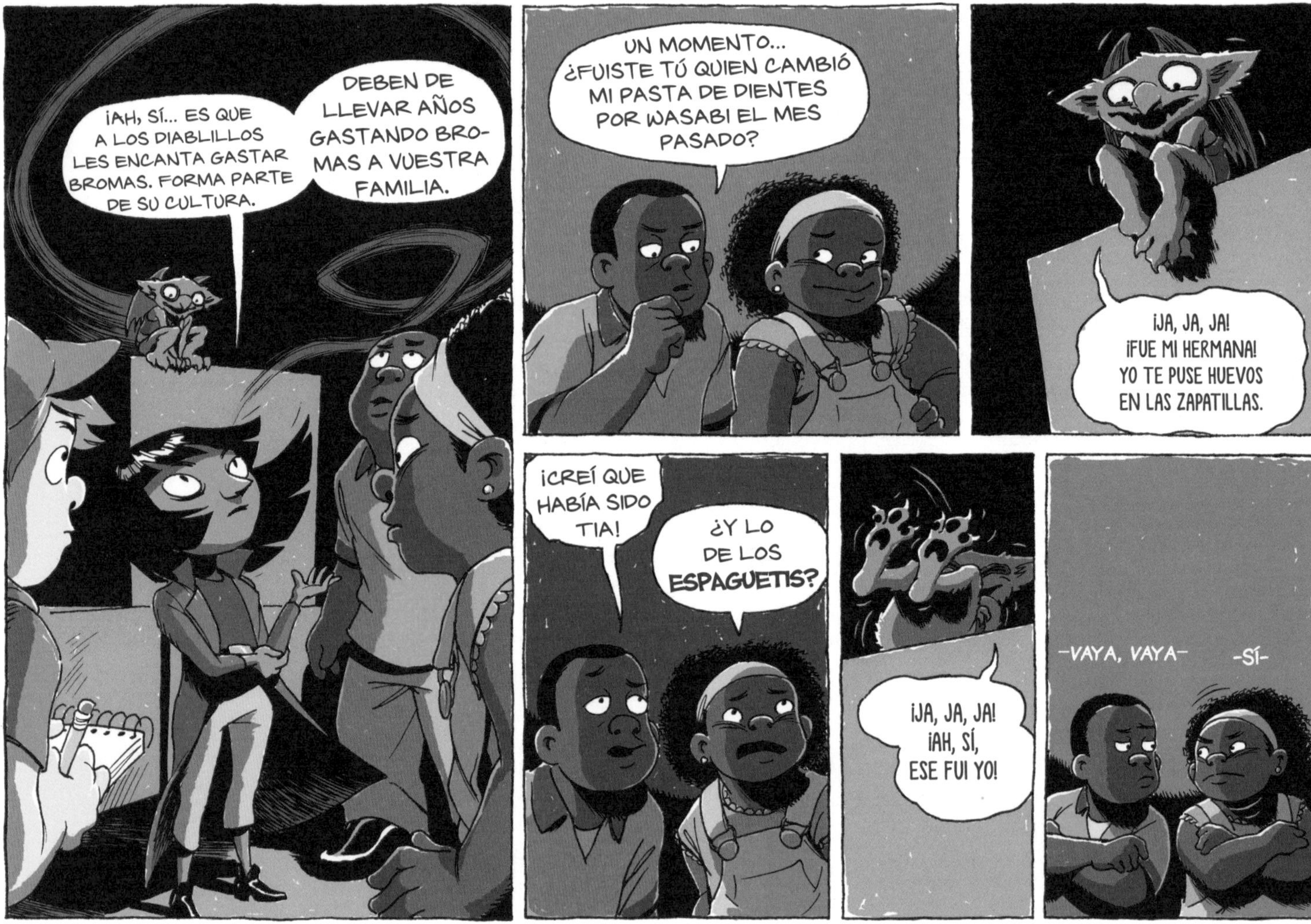
¡AH, SÍ... ES QUE A LOS DIABLILLOS LES ENCANTA GASTAR BROMAS. FORMA PARTE DE SU CULTURA.
DEBEN DE LLEVAR AÑOS GASTANDO BROMAS A VUESTRA FAMILIA.
UN MOMENTO... ¿FUISTE TÚ QUIEN CAMBIÓ MI PASTA DE DIENTES POR WASABI EL MES PASADO?
¡JA, JA, JA! ¡FUE MI HERMANA! YO TE PUSE HUEVOS EN LAS ZAPATILLAS.
¡CREÍ QUE HABÍA SIDO TIA!
¿Y LO DE LOS ESPAGUETIS?
¡JA, JA, JA! ¡AH, SÍ, ESE FUI YO!
-VAYA, VAYA-
-SÍ-

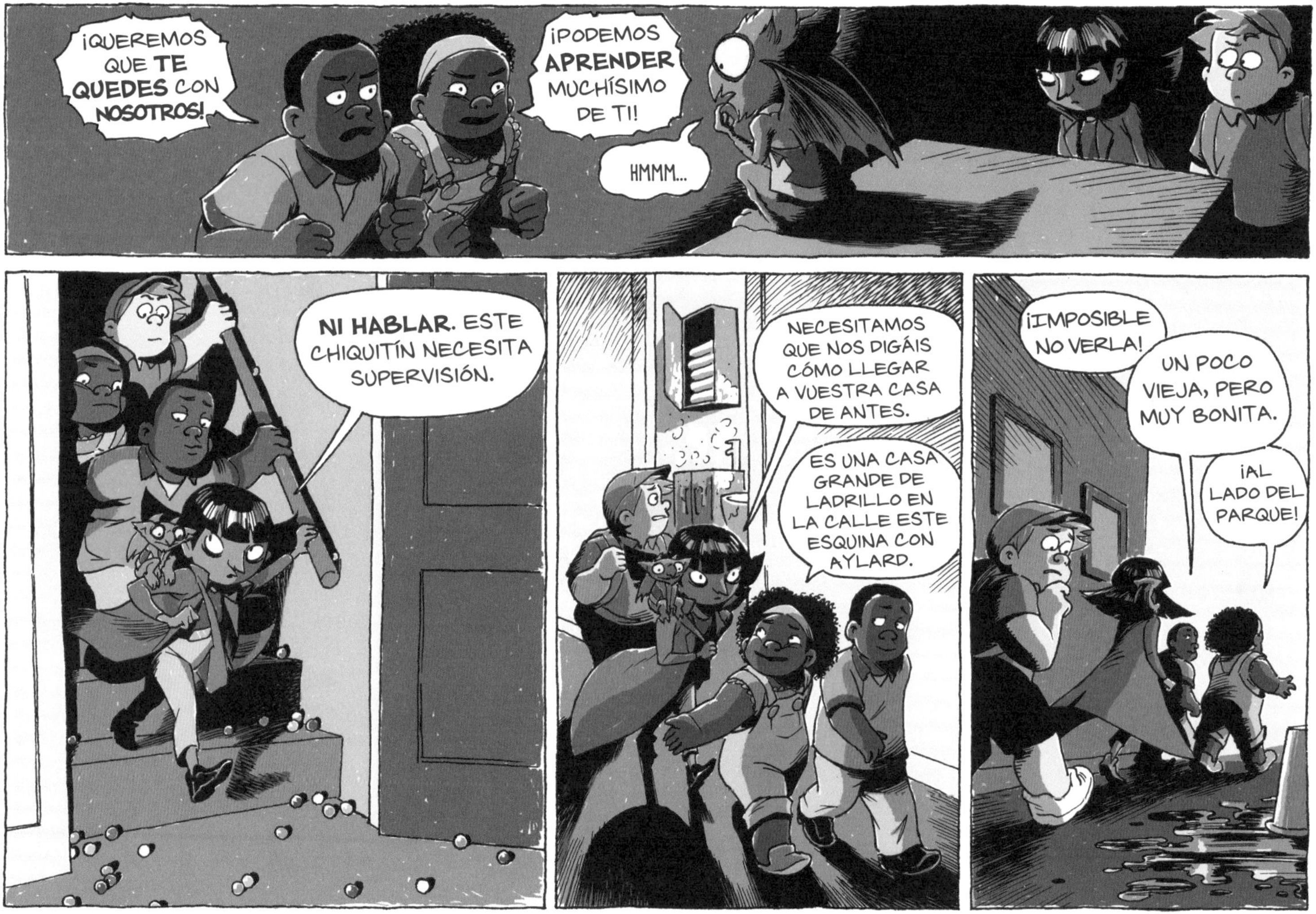
¡QUEREMOS QUE TE QUEDES CON NOSOTROS!
¡PODEMOS APRENDER MUCHÍSIMO DE TI!
HMMM...
NI HABLAR. ESTE CHIQUITÍN NECESITA SUPERVISIÓN.
NECESITAMOS QUE NOS DIGÁIS CÓMO LLEGAR A VUESTRA CASA DE ANTES.
ES UNA CASA GRANDE DE LADRILLO EN LA CALLE ESTE ESQUINA CON AYLARD.
¡IMPOSIBLE NO VERLA!
UN POCO VIEJA, PERO MUY BONITA.
¡AL LADO DEL PARQUE!

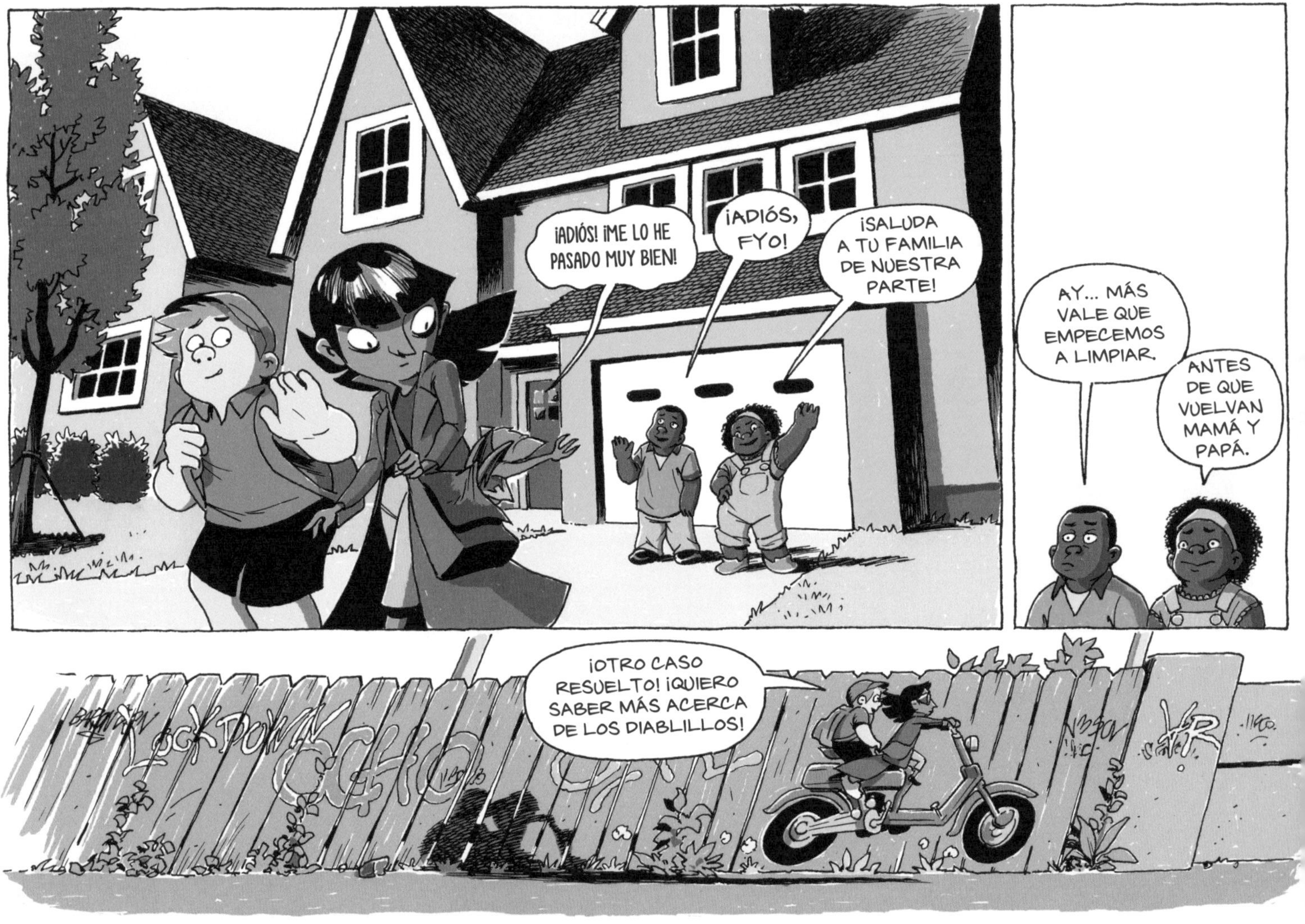
¡ADIÓS! ¡ME LO HE PASADO MUY BIEN!
¡ADIÓS, FYO!
¡SALUDA A TU FAMILIA DE NUESTRA PARTE!
AY... MÁS VALE QUE EMPECEMOS A LIMPIAR.
ANTES DE QUE VUELVAN MAMÁ Y PAPÁ.
¡OTRO CASO RESUELTO! ¡QUIERO SABER MÁS ACERCA DE LOS DIABLILLOS!

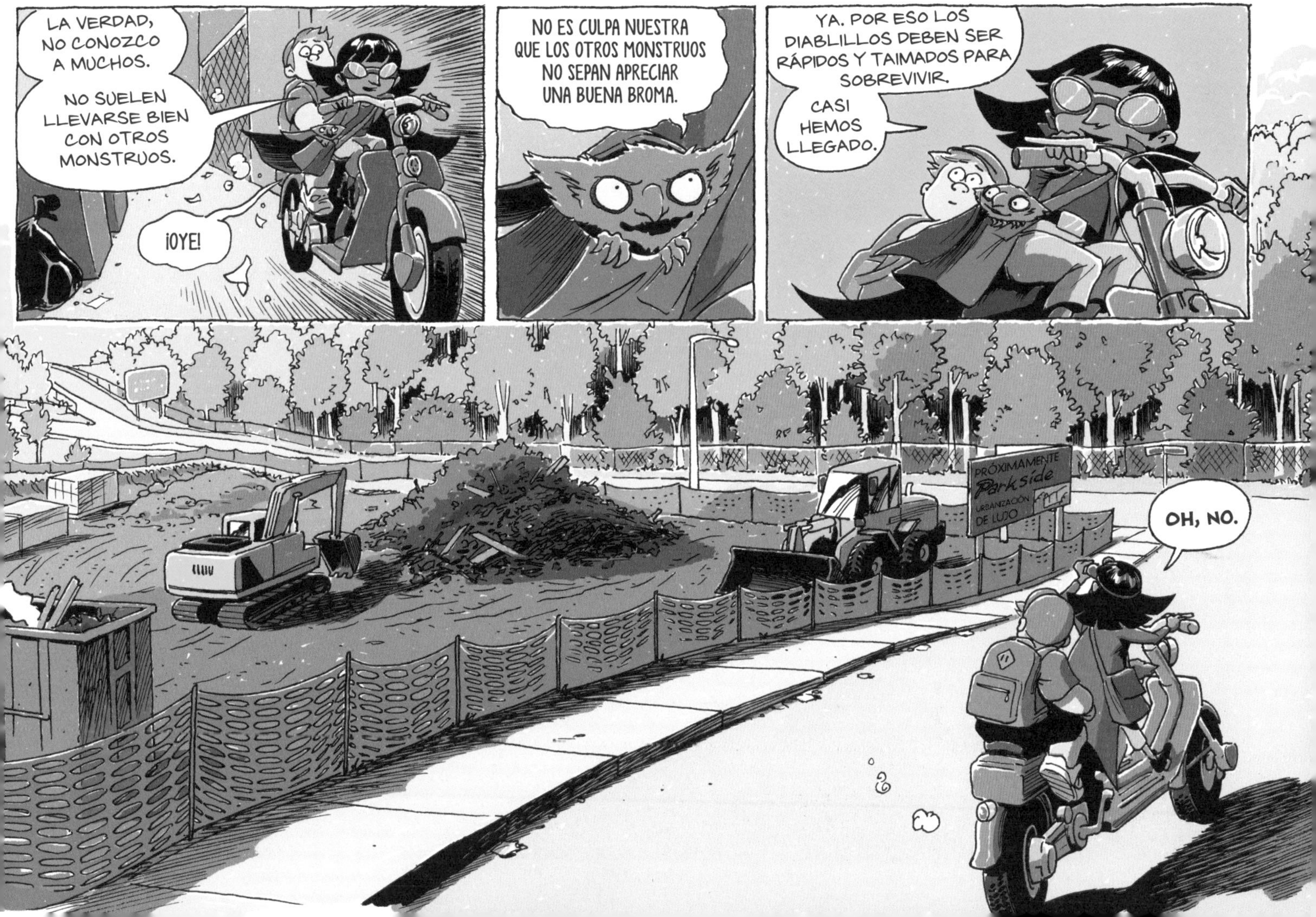
LA VERDAD, NO CONOZCO A MUCHOS.
NO SUELEN LLEVARSE BIEN CON OTROS MONSTRUOS.
¡OYE!
NO ES CULPA NUESTRA QUE LOS OTROS MONSTRUOS NO SEPAN APRECIAR UNA BUENA BROMA.
YA. POR ESO LOS DIABLILLOS DEBEN SER RÁPIDOS Y TAIMADOS PARA SOBREVIVIR.
CASI HEMOS LLEGADO.
PRÓXIMAMENTE
Parkside
URBANIZACIÓN DE LUJO
OH, NO.

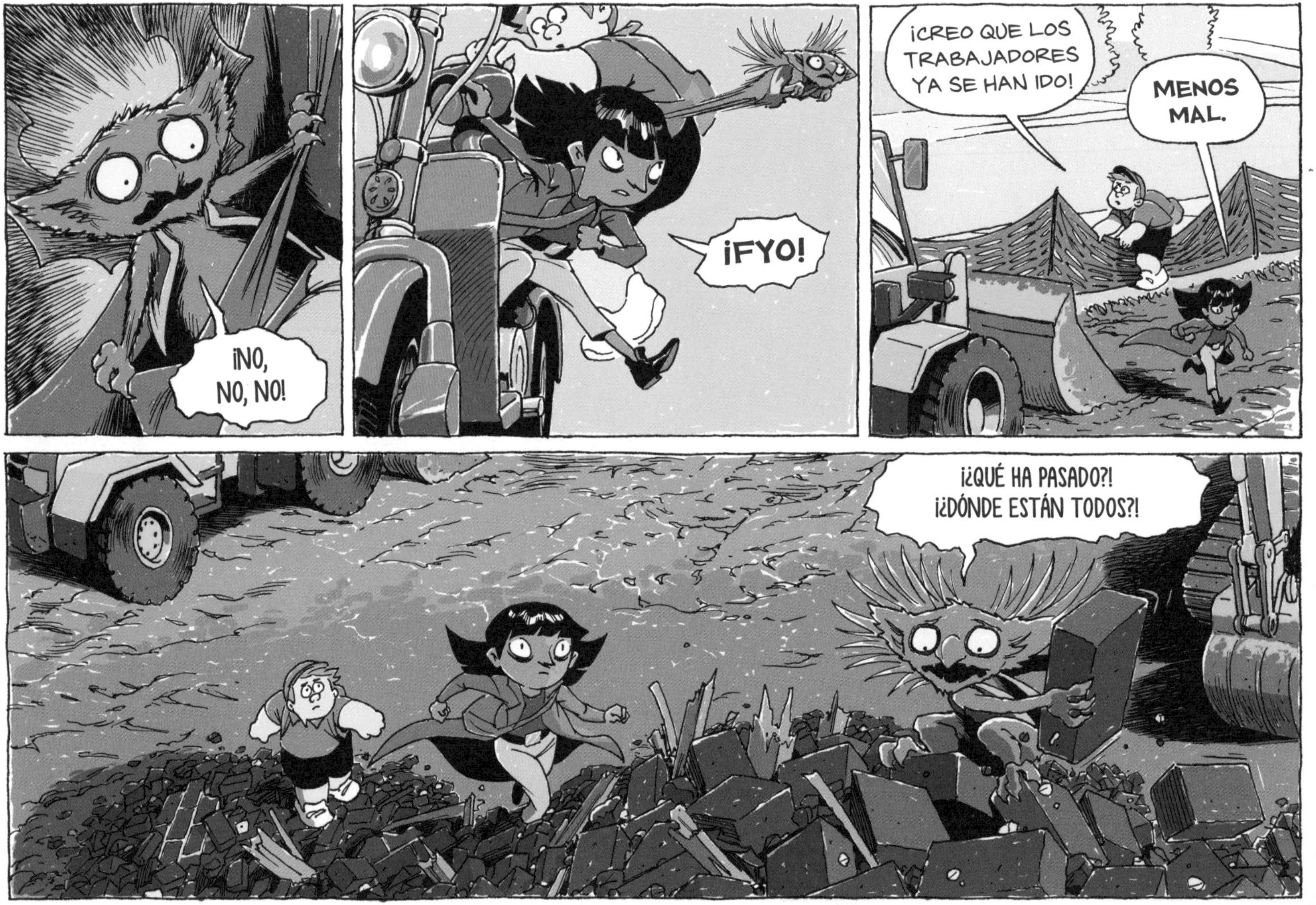
¡NO,
NO, NO!
¡FYO!
¡CREO QUE LOS TRABAJADORES YA SE HAN IDO!
MENOS MAL.
¡¿QUÉ HA PASADO?!
¡¿DÓNDE ESTÁN TODOS?!

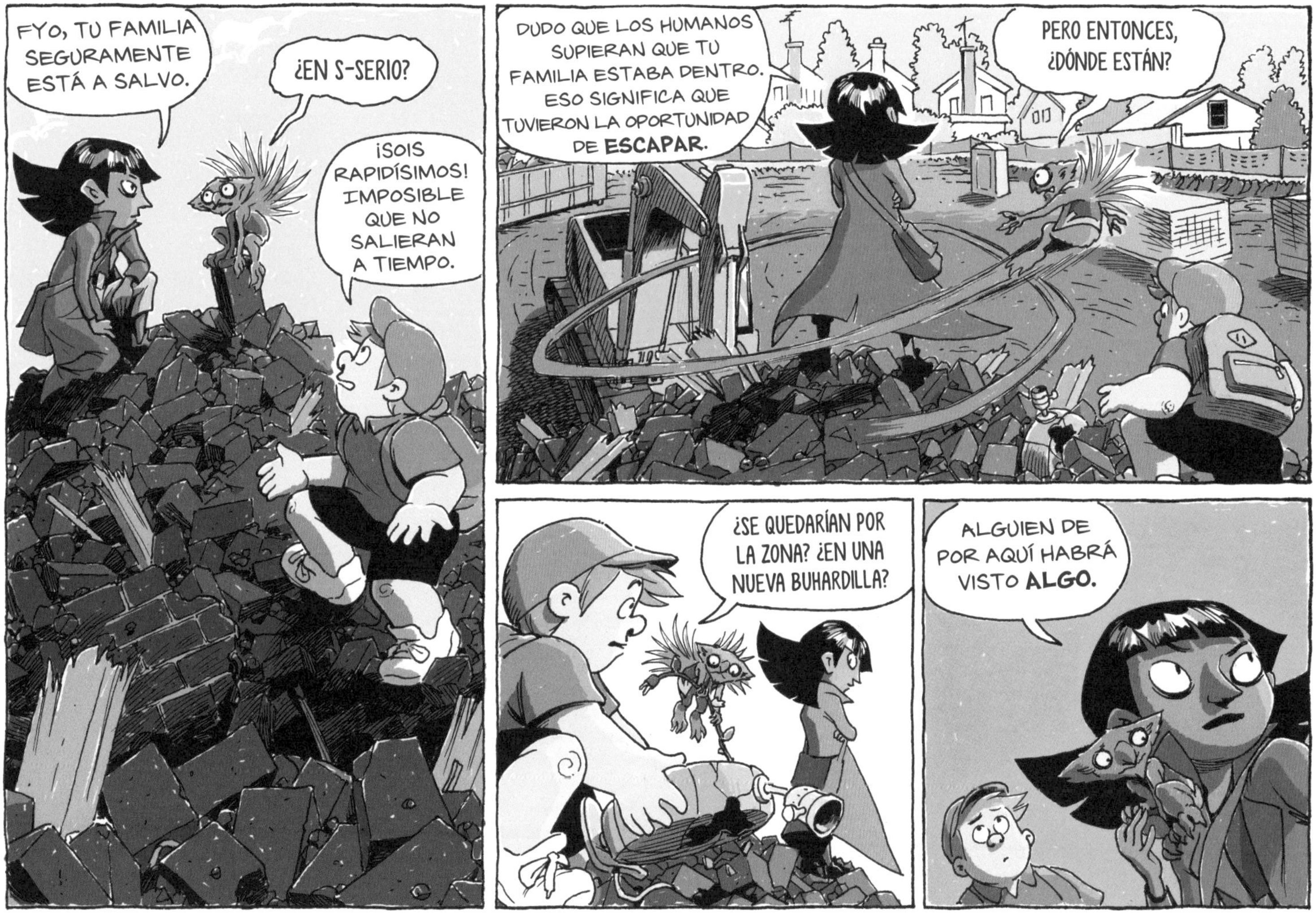
FYO, TU FAMILIA SEGURAMENTE ESTÁ A SALVO.
¿EN S-SERIO?
¡SOIS RAPIDÍSIMOS! IMPOSIBLE QUE NO SALIERAN A TIEMPO.
DUDO QUE LOS HUMANOS SUPIERAN QUE TU FAMILIA ESTABA DENTRO. ESO SIGNIFICA QUE TUVIERON LA OPORTUNIDAD DE **ESCAPAR**.
PERO ENTONCES, ¿DÓNDE ESTÁN?
¿SE QUEDARÍAN POR LA ZONA? ¿EN UNA NUEVA BUHARDILLA?
ALGUIEN DE POR AQUÍ HABRÁ VISTO **ALGO.**

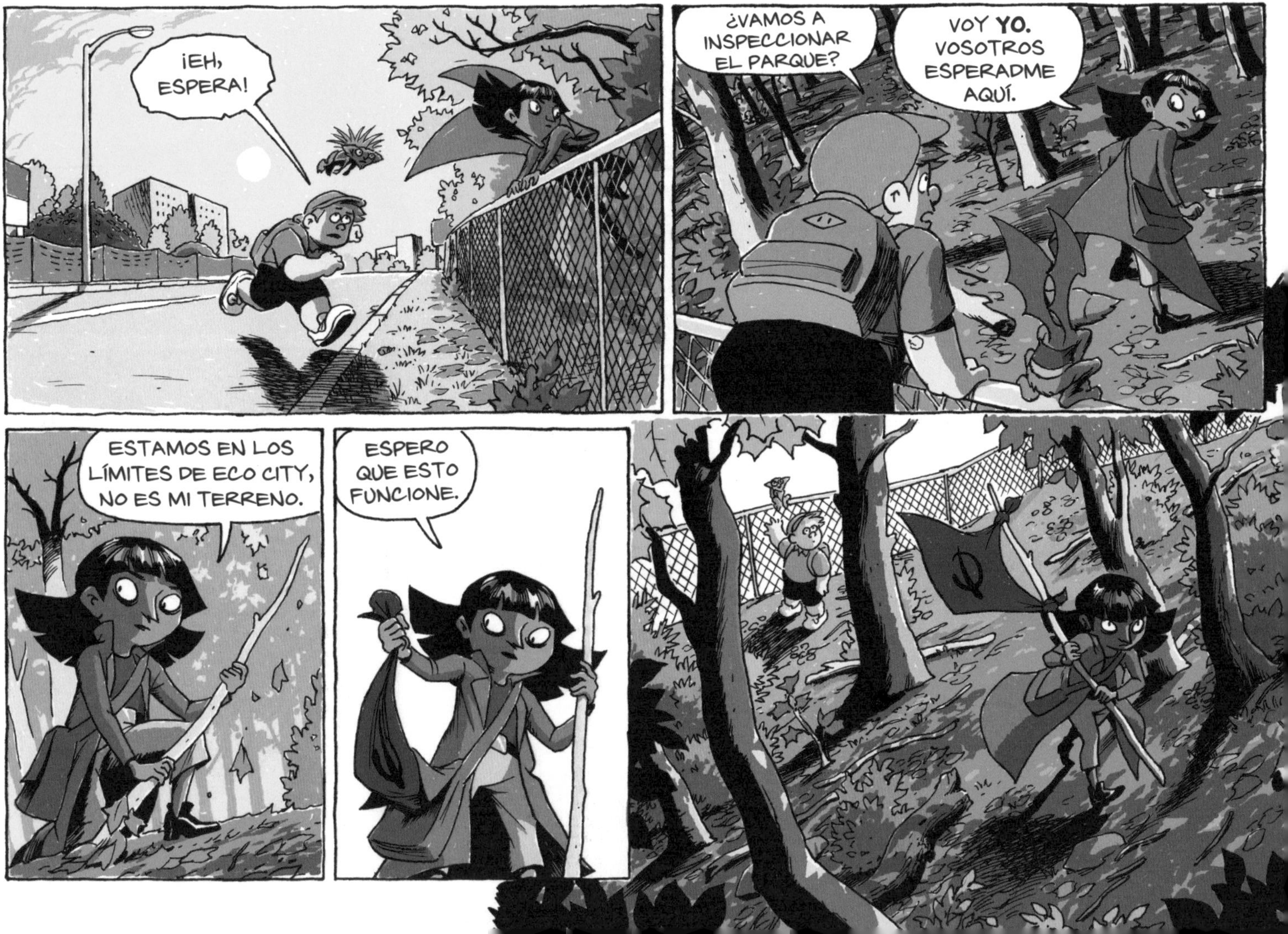
¡EH, ESPERA!
¿VAMOS A INSPECCIONAR EL PARQUE?
VOY YO. VOSOTROS ESPERADME AQUÍ.
ESTAMOS EN LOS LÍMITES DE ECO CITY, NO ES MI TERRENO.
ESPERO QUE ESTO FUNCIONE.

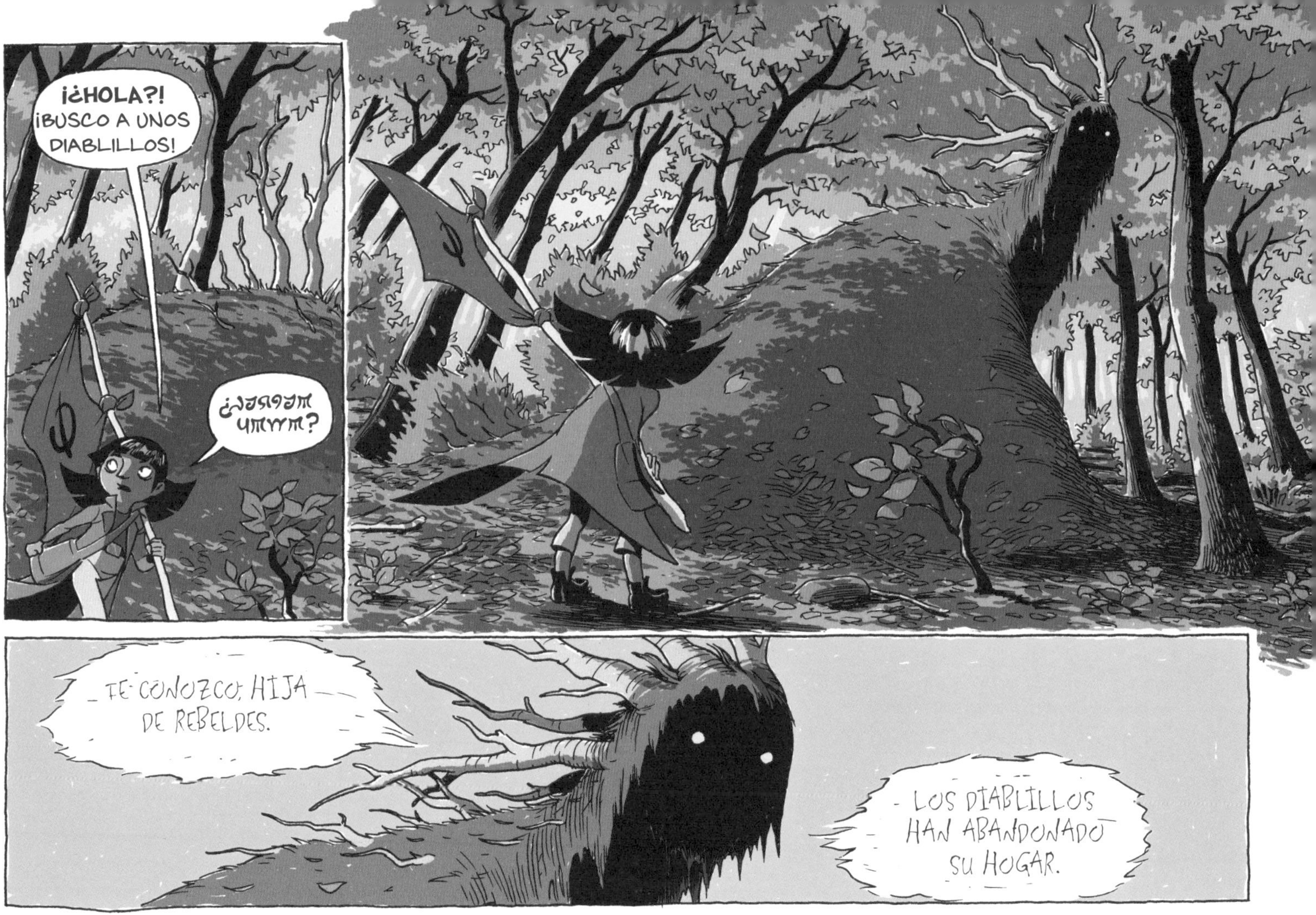
¡¿HOLA?! ¡BUSCO A UNOS DIABLILLOS!
—TE CONOZCO, HIJA DE REBELDES.
—LOS DIABLILLOS HAN ABANDONADO SU HOGAR.

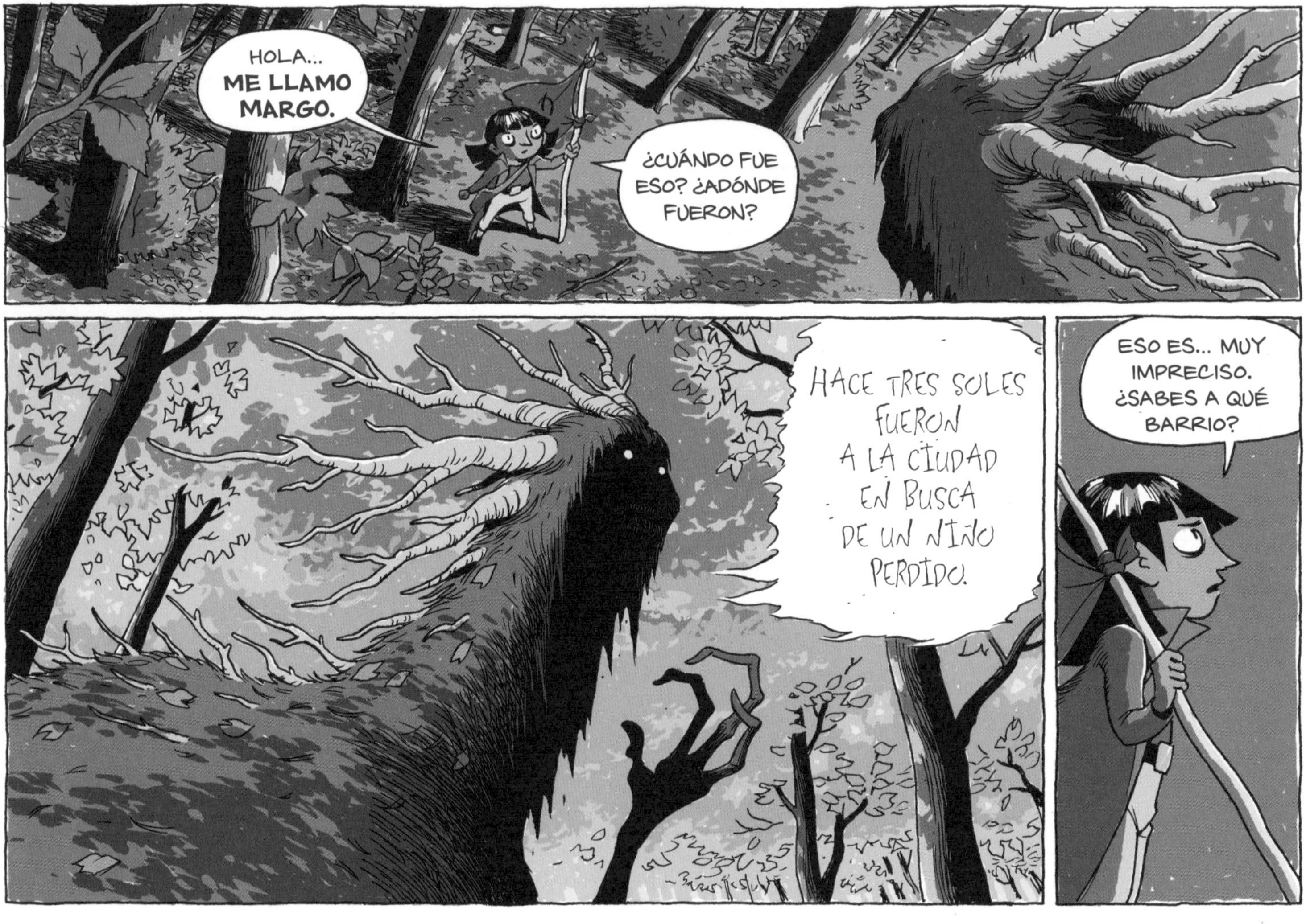
HOLA... ME LLAMO MARGO.
¿CUÁNDO FUE ESO? ¿ADÓNDE FUERON?
HACE TRES SOLES FUERON A LA CIUDAD EN BUSCA DE UN NIÑO PERDIDO.
ESO ES... MUY IMPRECISO. ¿SABES A QUÉ BARRIO?

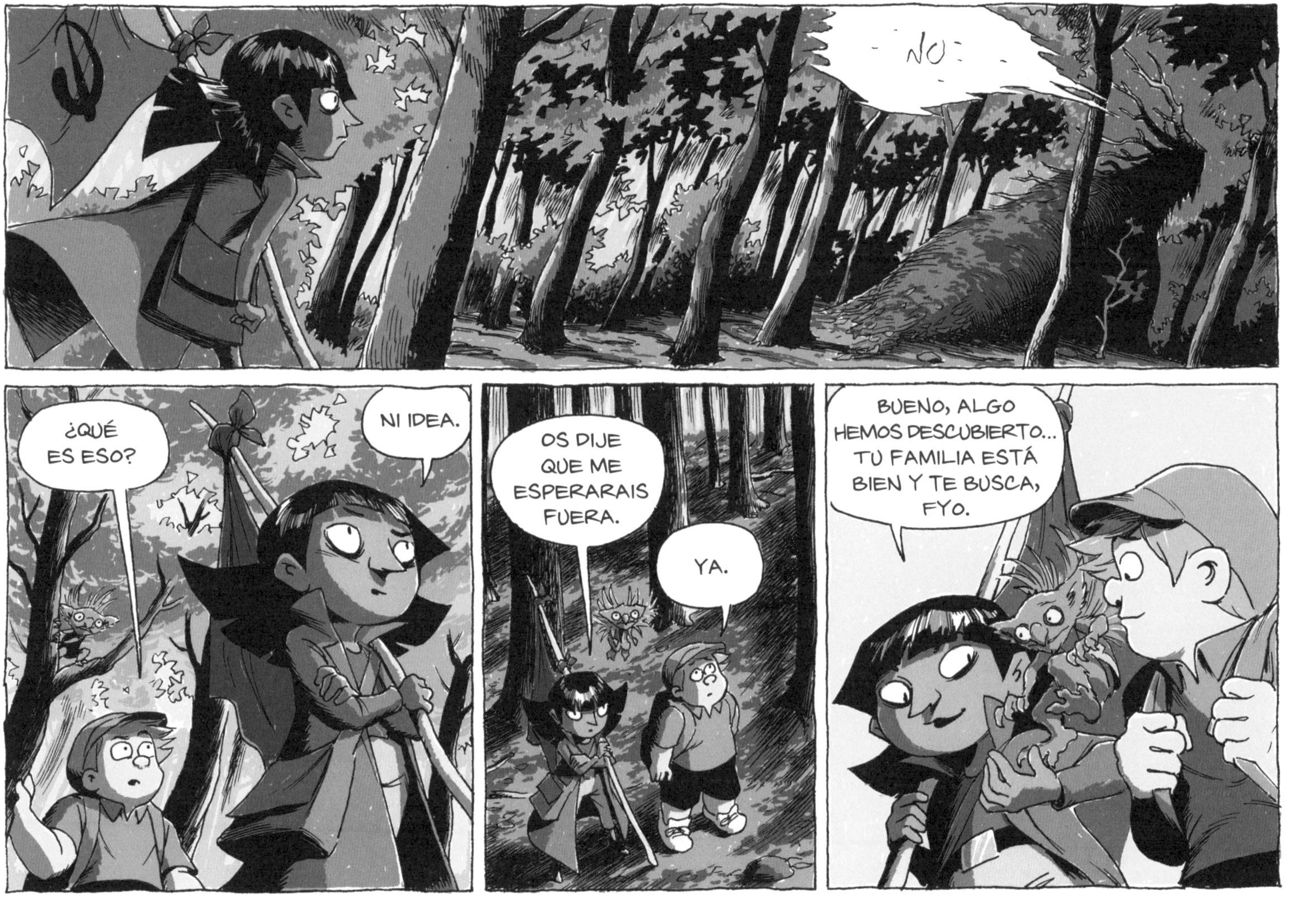
NO
¿QUÉ ES ESO?
NI IDEA.
OS DIJE QUE ME ESPERARAIS FUERA.
YA.
BUENO, ALGO HEMOS DESCUBIERTO... TU FAMILIA ESTÁ BIEN Y TE BUSCA, FYO.

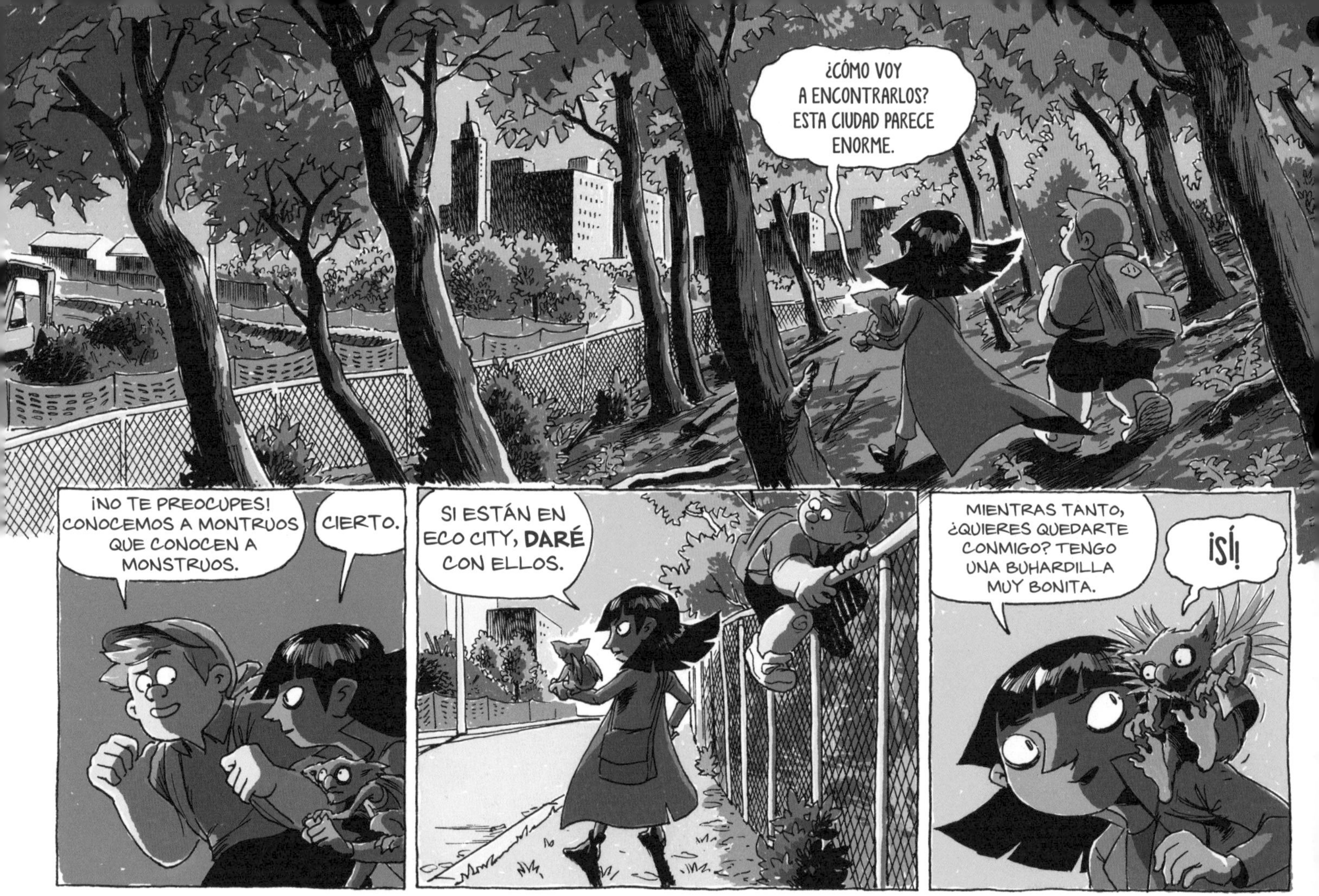
¿CÓMO VOY A ENCONTRARLOS? ESTA CIUDAD PARECE ENORME.
¡NO TE PREOCUPES! CONOCEMOS A MONTRUOS QUE CONOCEN A MONSTRUOS.
CIERTO.
SI ESTÁN EN ECO CITY, **DARÉ** CON ELLOS.
MIENTRAS TANTO, ¿QUIERES QUEDARTE CONMIGO? TENGO UNA BUHARDILLA MUY BONITA.
¡SÍ!

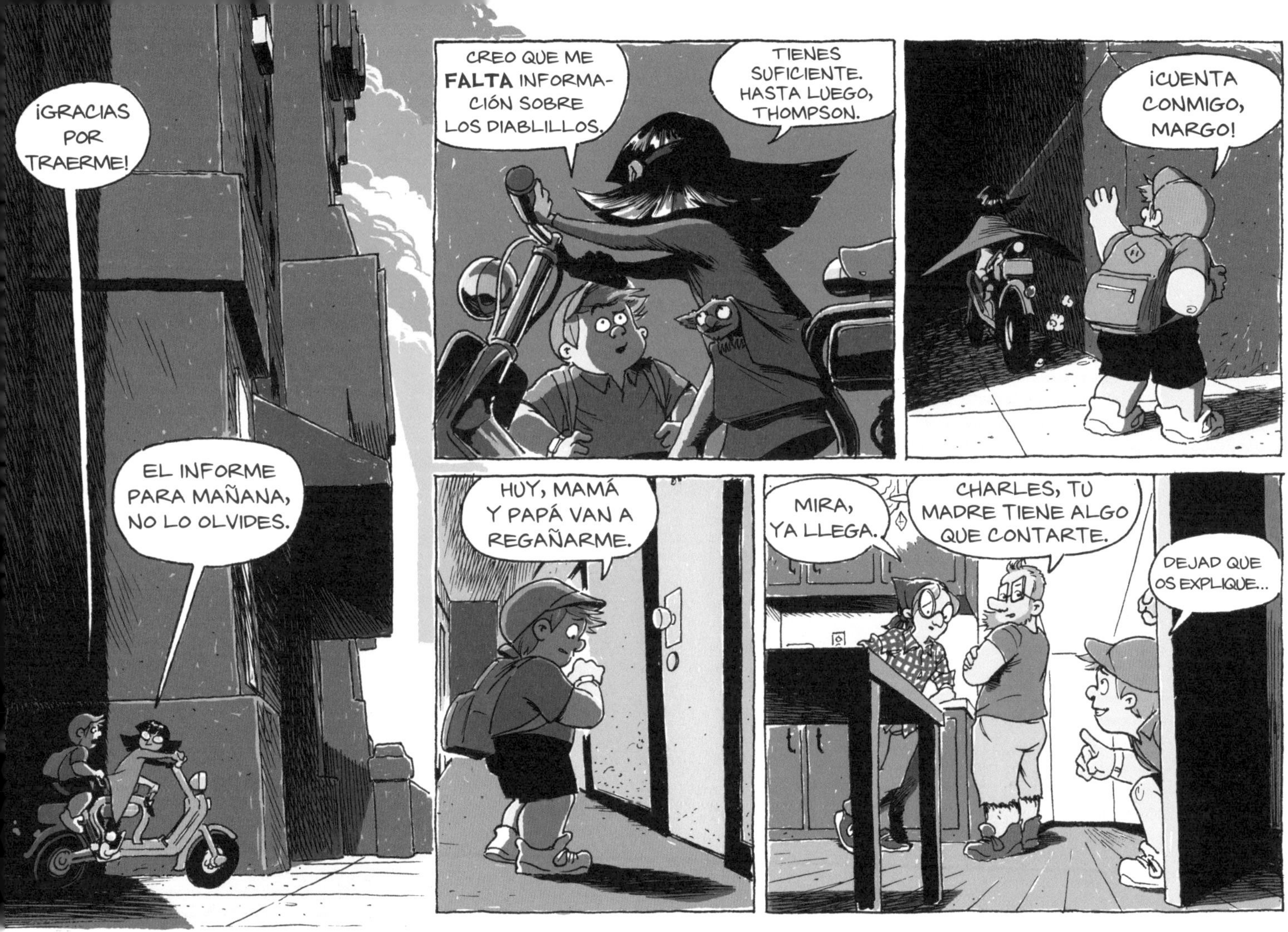
¡GRACIAS POR TRAERME!
EL INFORME PARA MAÑANA, NO LO OLVIDES.
CREO QUE ME **FALTA** INFORMACIÓN SOBRE LOS DIABLILLOS.
TIENES SUFICIENTE. HASTA LUEGO, THOMPSON.
¡CUENTA CONMIGO, MARGO!
HUY, MAMÁ Y PAPÁ VAN A REGAÑARME.
MIRA, YA LLEGA.
CHARLES, TU MADRE TIENE ALGO QUE CONTARTE.
DEJAD QUE OS EXPLIQUE...

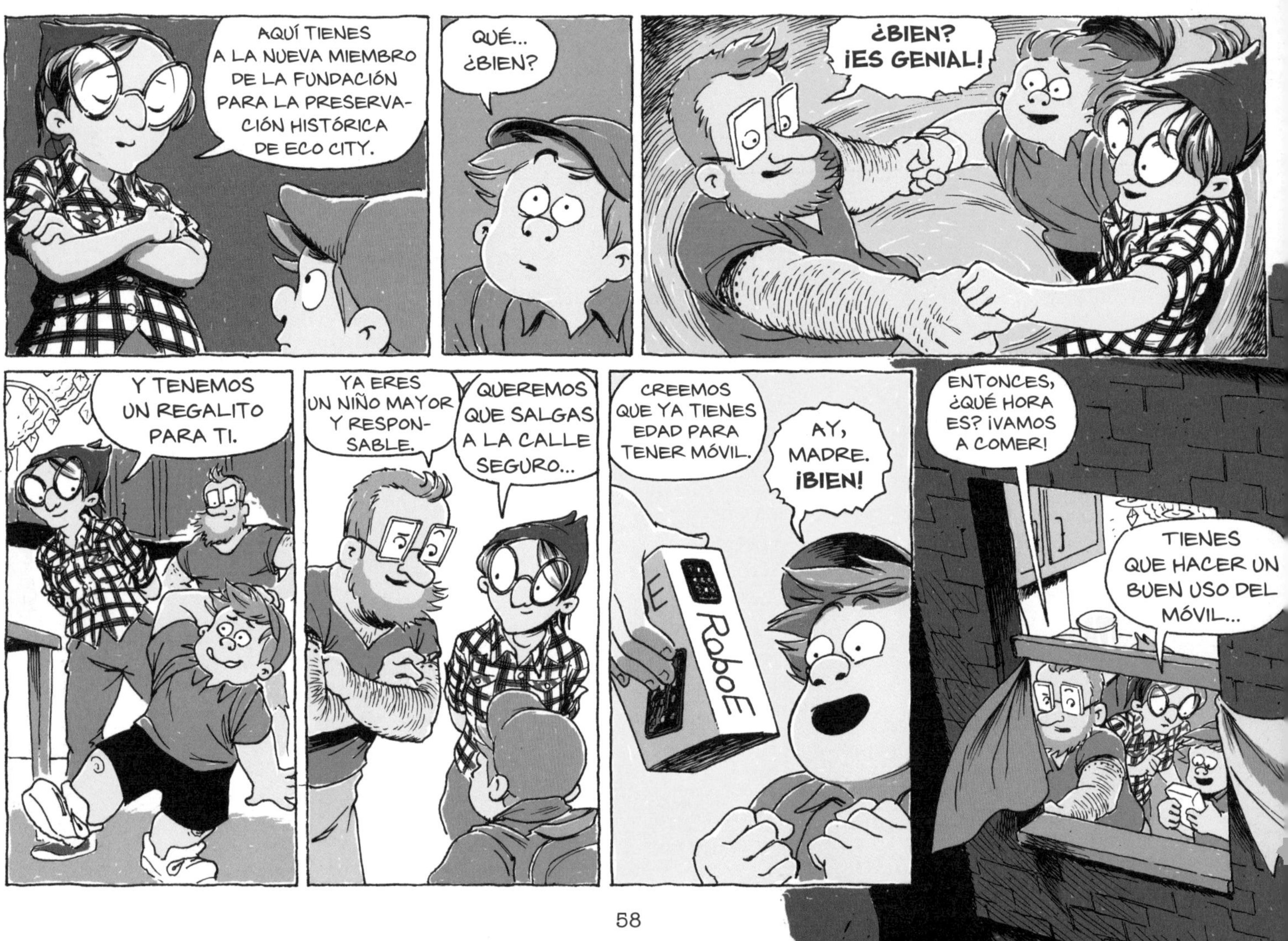
AQUÍ TIENES A LA NUEVA MIEMBRO DE LA FUNDACIÓN PARA LA PRESERVACIÓN HISTÓRICA DE ECO CITY.
QUÉ... ¿BIEN?
¿BIEN? ¡ES GENIAL!
Y TENEMOS UN REGALITO PARA TI.
YA ERES UN NIÑO MAYOR Y RESPONSABLE.
QUEREMOS QUE SALGAS A LA CALLE SEGURO...
CREEMOS QUE YA TIENES EDAD PARA TENER MÓVIL.
AY, MADRE. ¡BIEN!
RoboE
ENTONCES, ¿QUÉ HORA ES? ¡VAMOS A COMER!
TIENES QUE HACER UN BUEN USO DEL MÓVIL...

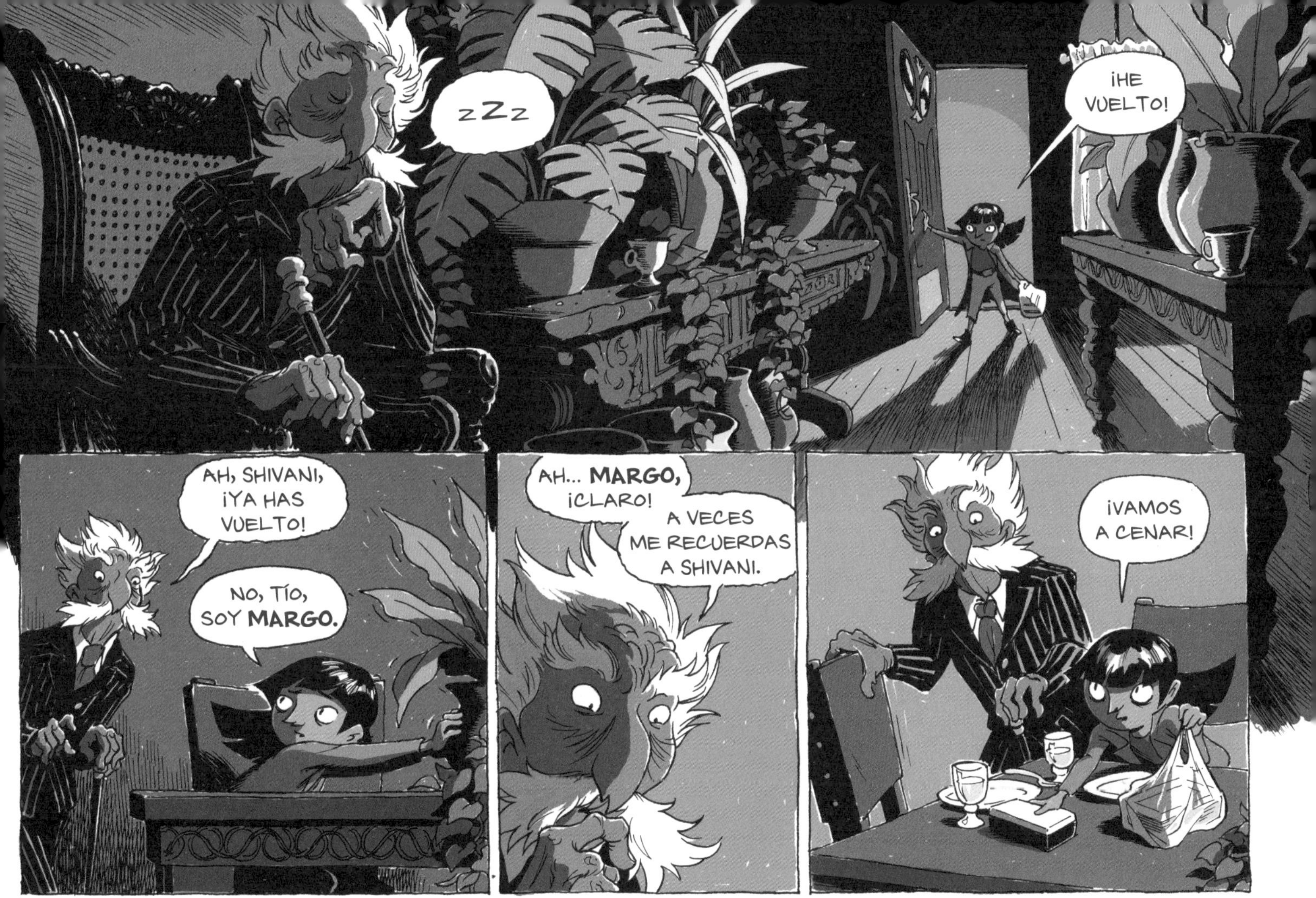
zZz
¡HE VUELTO!
AH, SHIVANI, ¡YA HAS VUELTO!
NO, TÍO, SOY **MARGO.**
AH... **MARGO,** ¡CLARO!
A VECES ME RECUERDAS A SHIVANI.
¡VAMOS A CENAR!

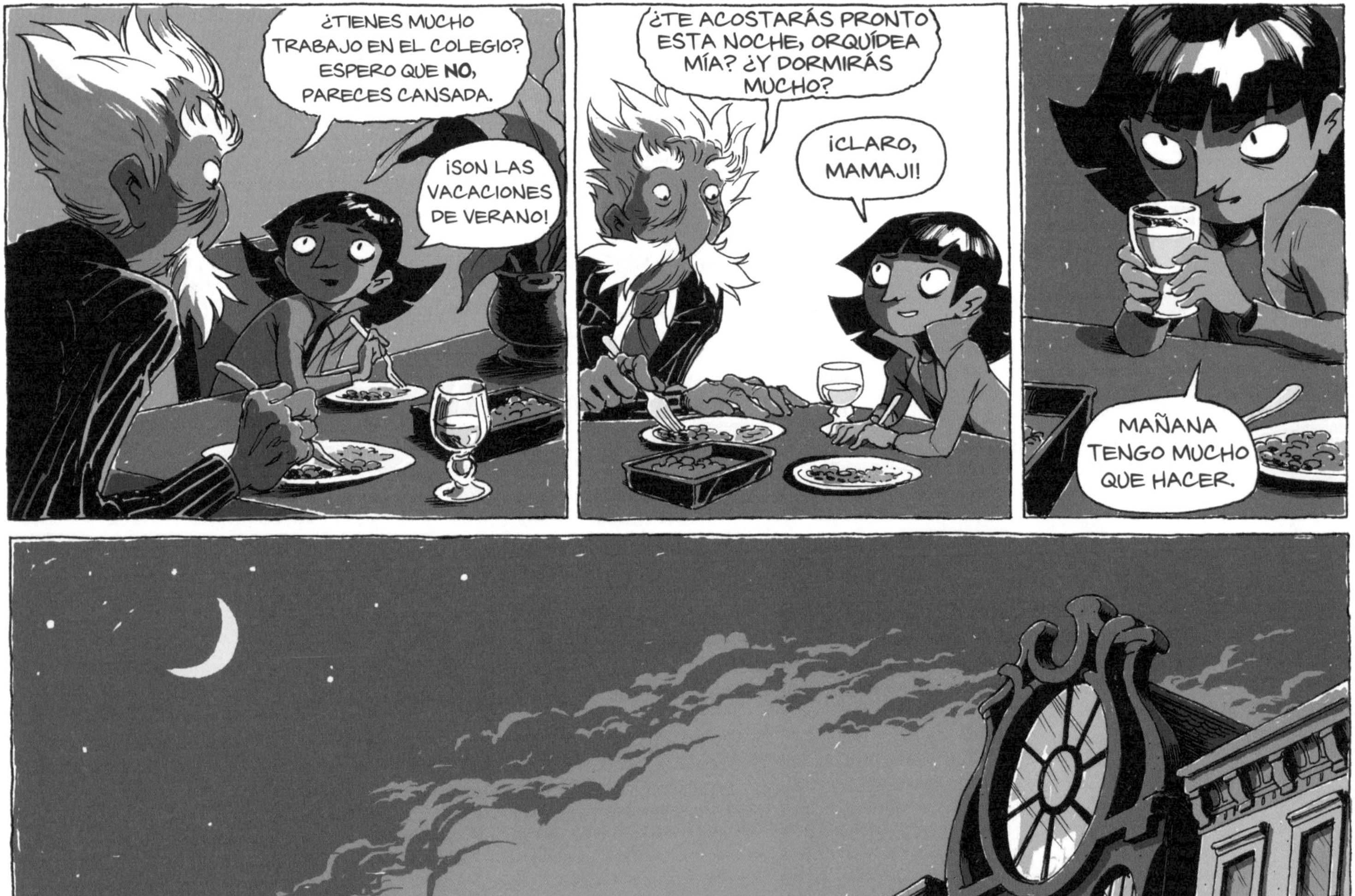
¿TIENES MUCHO TRABAJO EN EL COLEGIO? ESPERO QUE **NO**, PARECES CANSADA.
¡SON LAS VACACIONES DE VERANO!
¿TE ACOSTARÁS PRONTO ESTA NOCHE, ORQUÍDEA MÍA? ¿Y DORMIRÁS MUCHO?
¡CLARO, MAMAJI!
MAÑANA TENGO MUCHO QUE HACER.

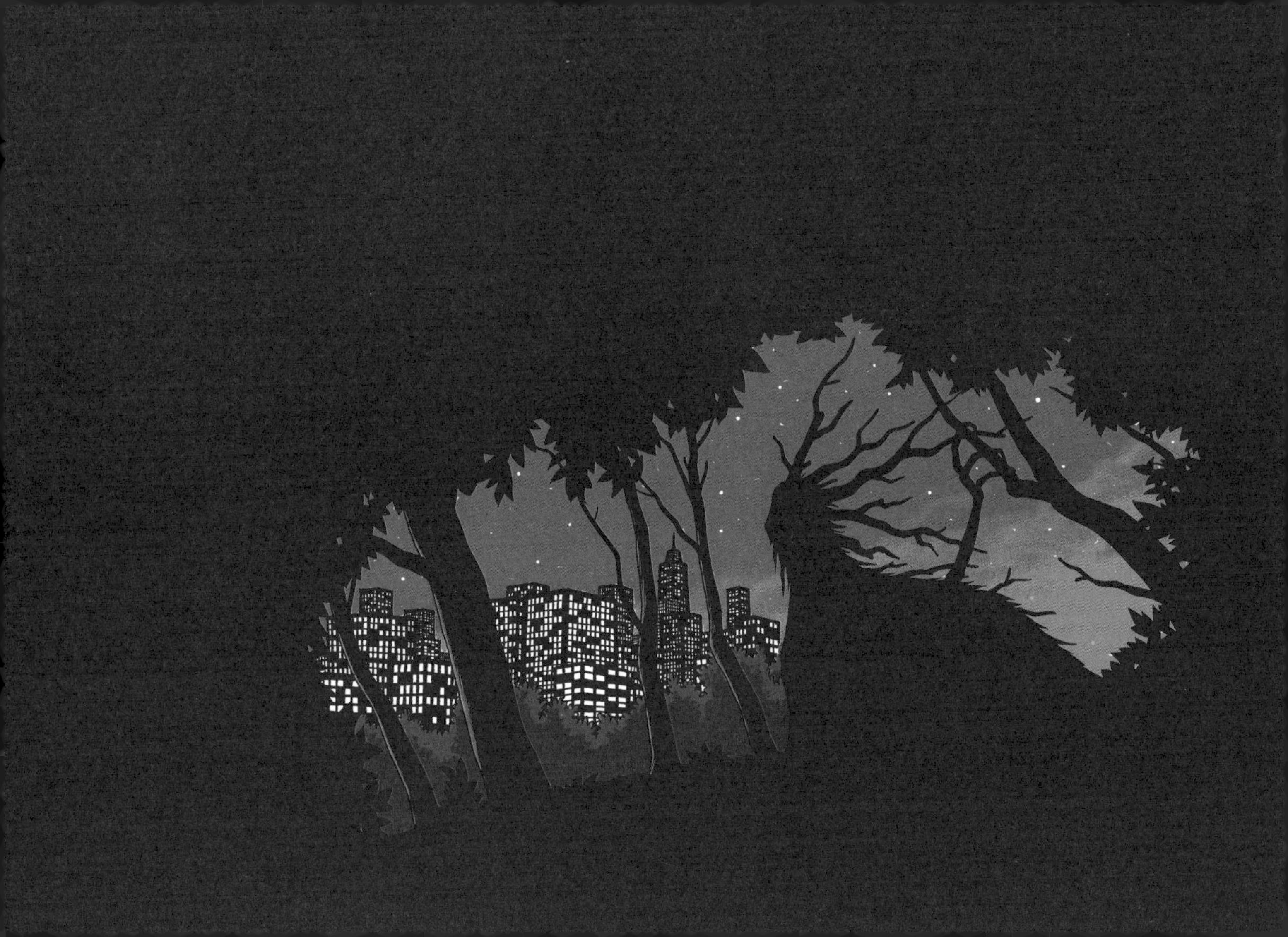

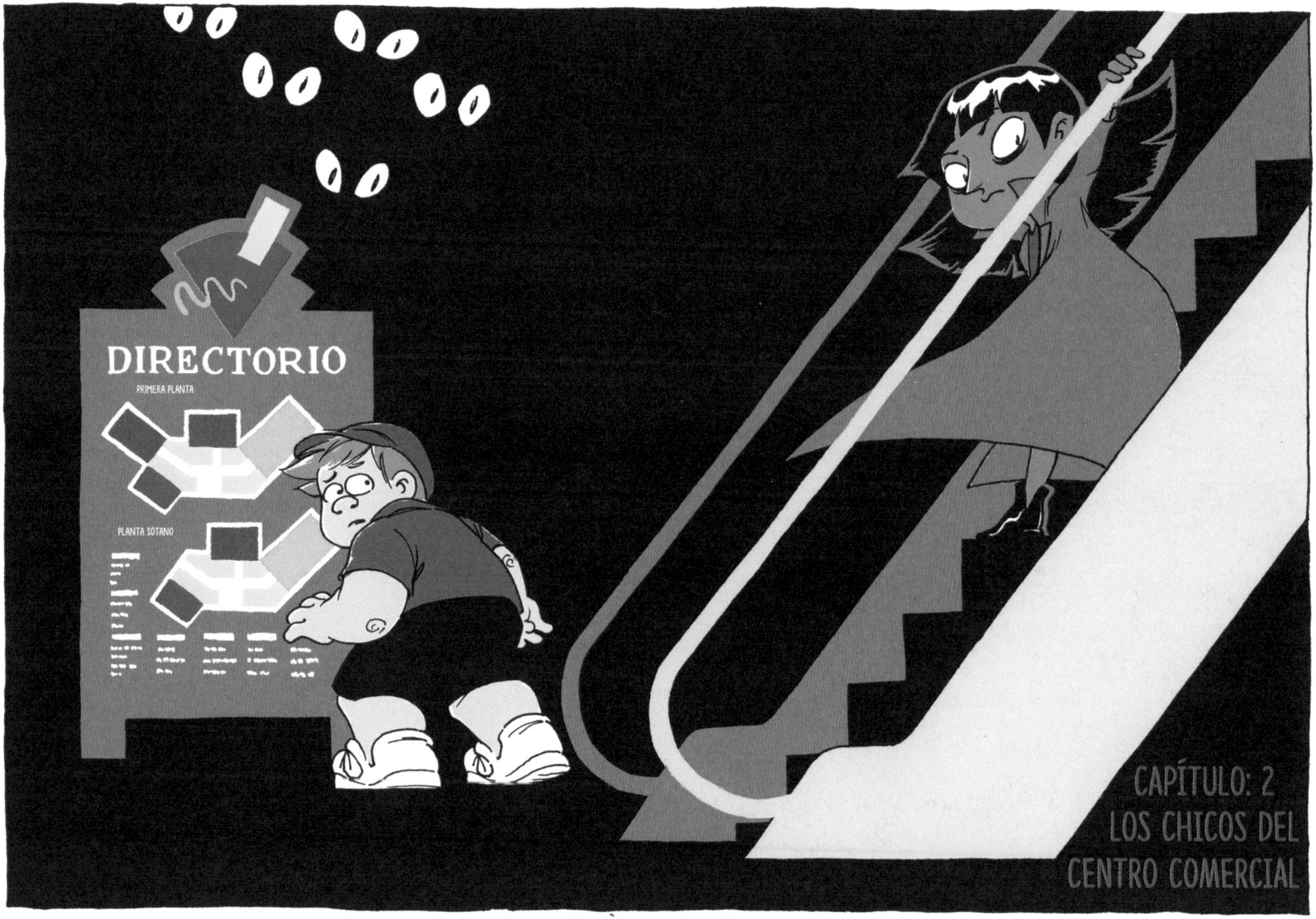
DIRECTORIO
PRIMERA PLANTA
PLANTA SÓTANO
CAPÍTULO: 2
LOS CHICOS DEL
CENTRO COMERCIAL

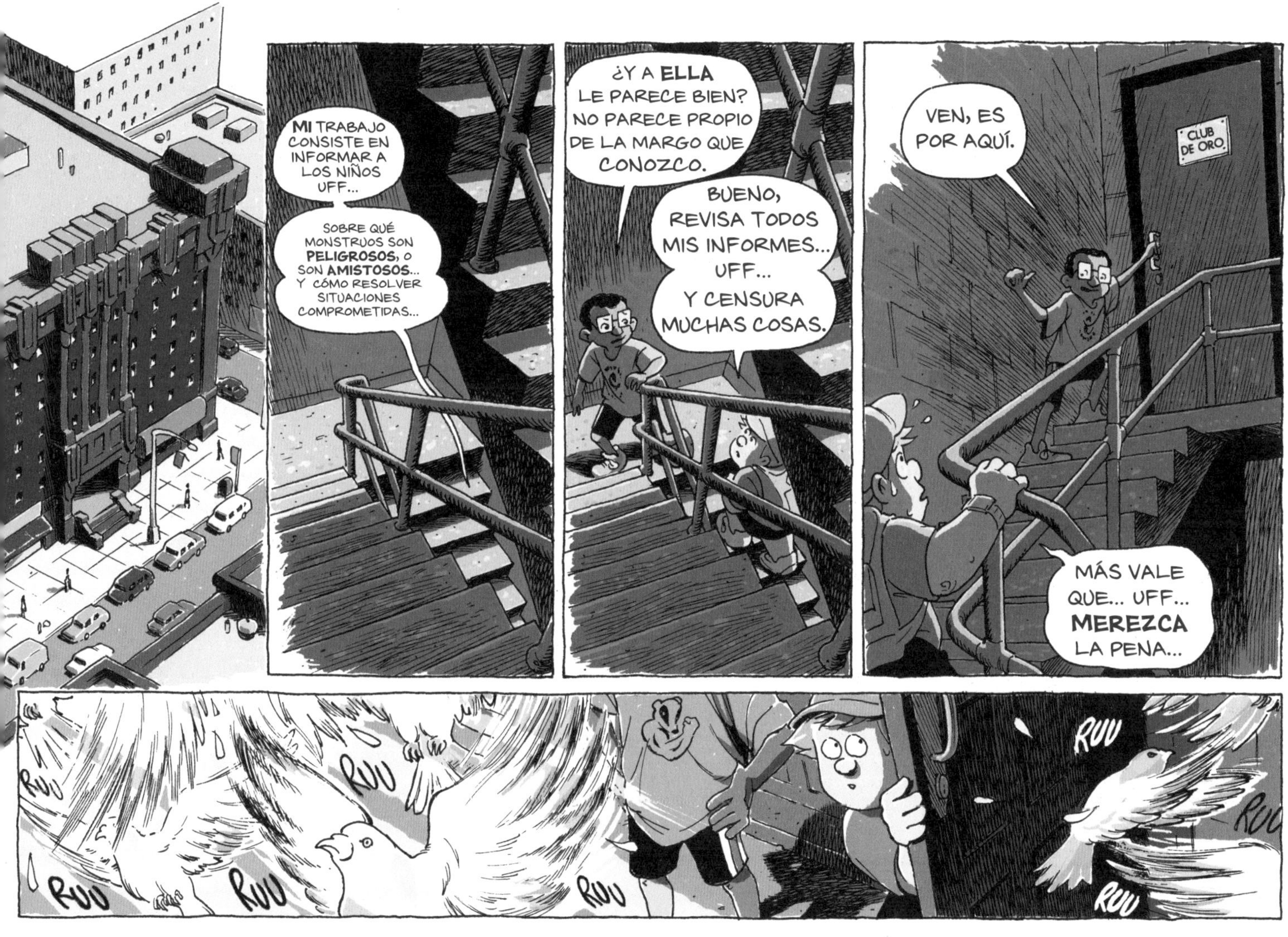
MI TRABAJO CONSISTE EN INFORMAR A LOS NIÑOS UFF...
SOBRE QUÉ MONSTRUOS SON PELIGROSOS, O SON AMISTOSOS... Y CÓMO RESOLVER SITUACIONES COMPROMETIDAS...
¿Y A ELLA LE PARECE BIEN? NO PARECE PROPIO DE LA MARGO QUE CONOZCO.
BUENO, REVISA TODOS MIS INFORMES... UFF...
Y CENSURA MUCHAS COSAS.
CLUB DE ORO
VEN, ES POR AQUÍ.
MÁS VALE QUE... UFF... MEREZCA LA PENA...
RUU
RUU
RUU
RUU
RUU
RUU
RUU
RUU

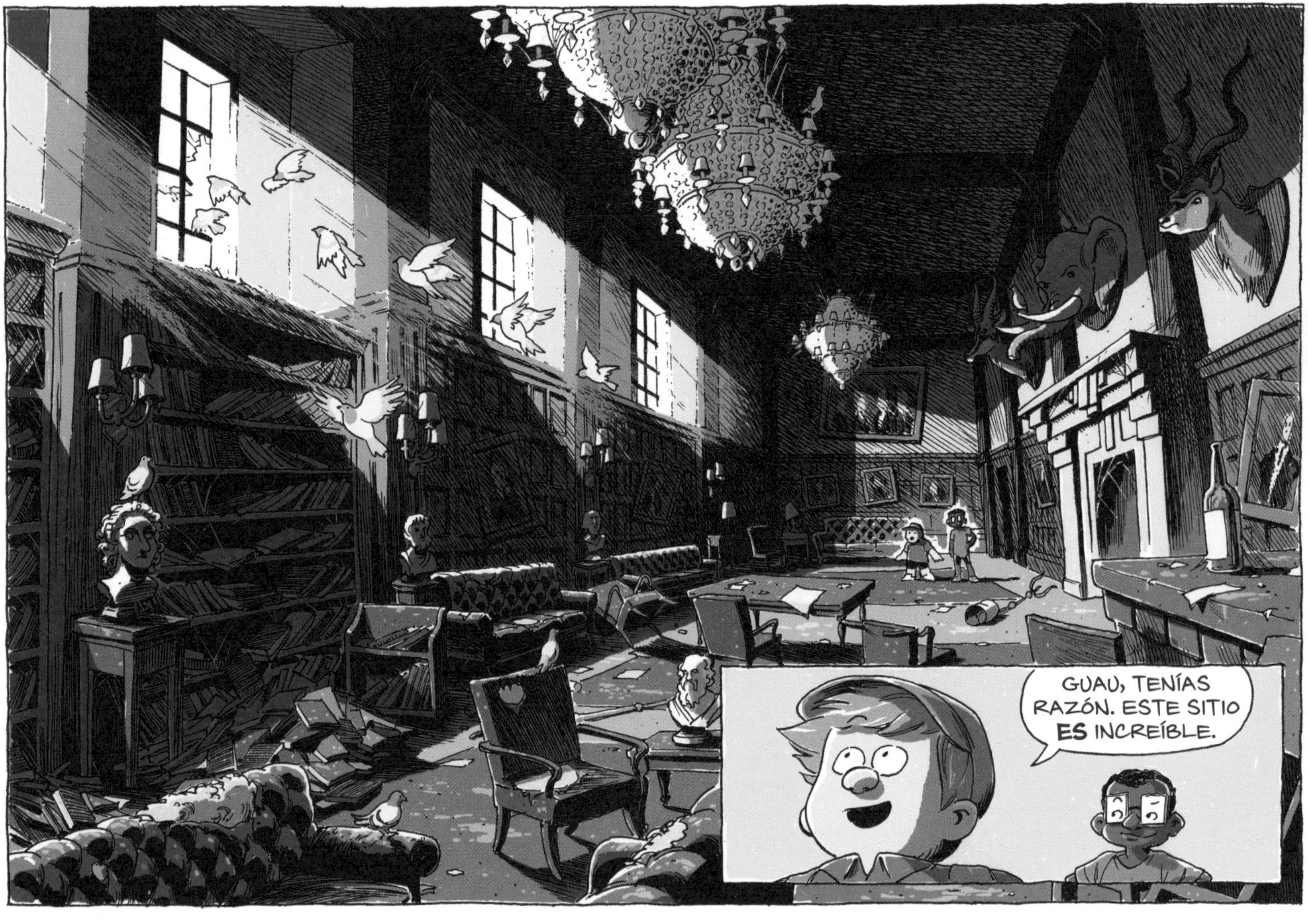
GUAU, TENÍAS RAZÓN. ESTE SITIO **ES** INCREÍBLE.

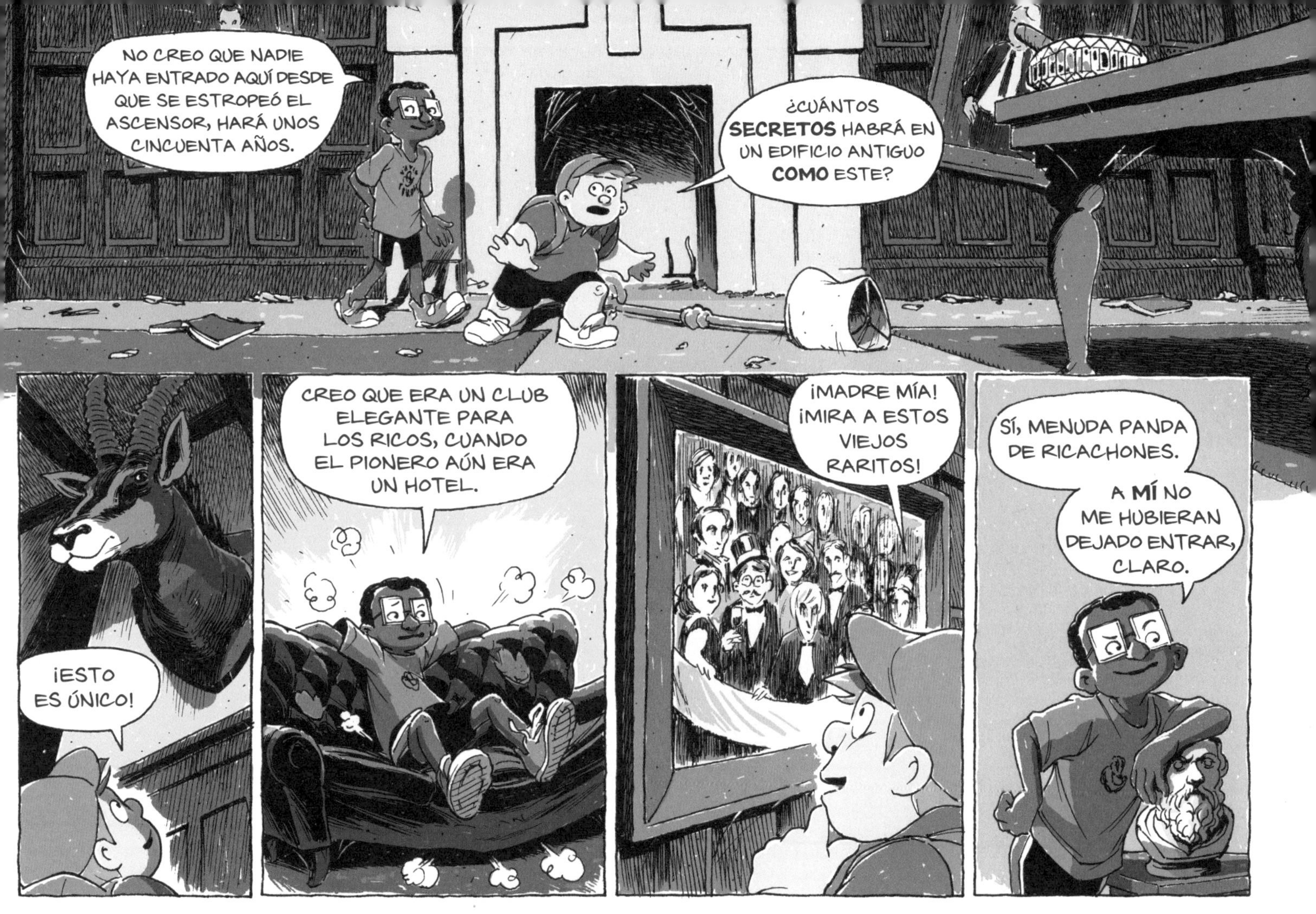
NO CREO QUE NADIE HAYA ENTRADO AQUÍ DESDE QUE SE ESTROPEÓ EL ASCENSOR, HARÁ UNOS CINCUENTA AÑOS.
¿CUÁNTOS **SECRETOS** HABRÁ EN UN EDIFICIO ANTIGUO **COMO** ESTE?
¡ESTO ES ÚNICO!
CREO QUE ERA UN CLUB ELEGANTE PARA LOS RICOS, CUANDO EL PIONERO AÚN ERA UN HOTEL.
¡MADRE MÍA! ¡MIRA A ESTOS VIEJOS RARITOS!
SÍ, MENUDA PANDA DE RICACHONES.
A **MÍ** NO ME HUBIERAN DEJADO ENTRAR, CLARO.

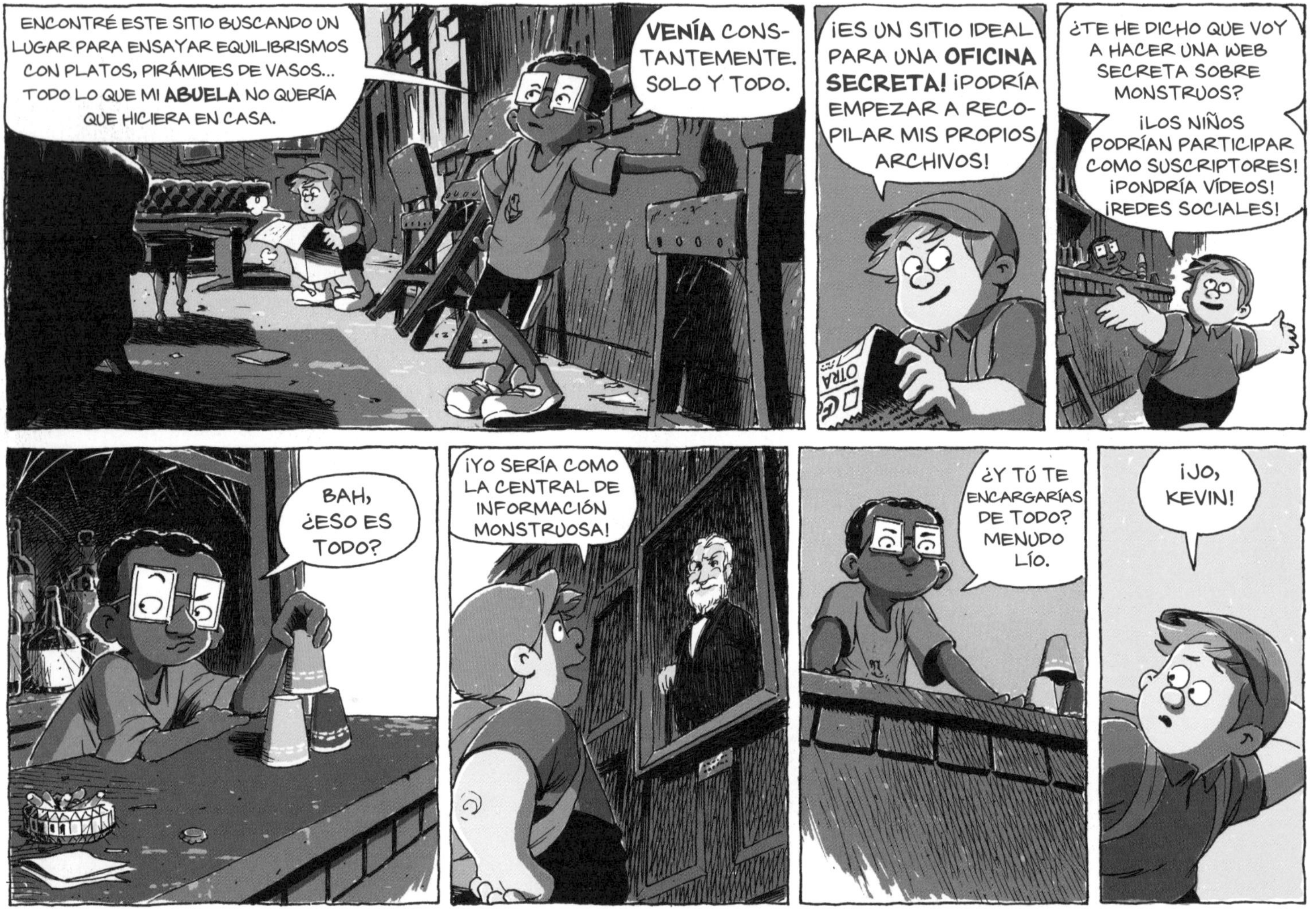
ENCONTRÉ ESTE SITIO BUSCANDO UN LUGAR PARA ENSAYAR EQUILIBRISMOS CON PLATOS, PIRÁMIDES DE VASOS... TODO LO QUE MI **ABUELA** NO QUERÍA QUE HICIERA EN CASA.
VENÍA CONSTANTEMENTE. SOLO Y TODO.
¡ES UN SITIO IDEAL PARA UNA **OFICINA SECRETA!** ¡PODRÍA EMPEZAR A RECOPILAR MIS PROPIOS ARCHIVOS!
OTRA
¿TE HE DICHO QUE VOY A HACER UNA WEB SECRETA SOBRE MONSTRUOS?
¡LOS NIÑOS PODRÍAN PARTICIPAR COMO SUSCRIPTORES! ¡PONDRÍA VÍDEOS! ¡REDES SOCIALES!
BAH, ¿ESO ES TODO?
¡YO SERÍA COMO LA CENTRAL DE INFORMACIÓN MONSTRUOSA!
¿Y TÚ TE ENCARGARÍAS DE TODO? MENUDO LÍO.
¡JO, KEVIN!

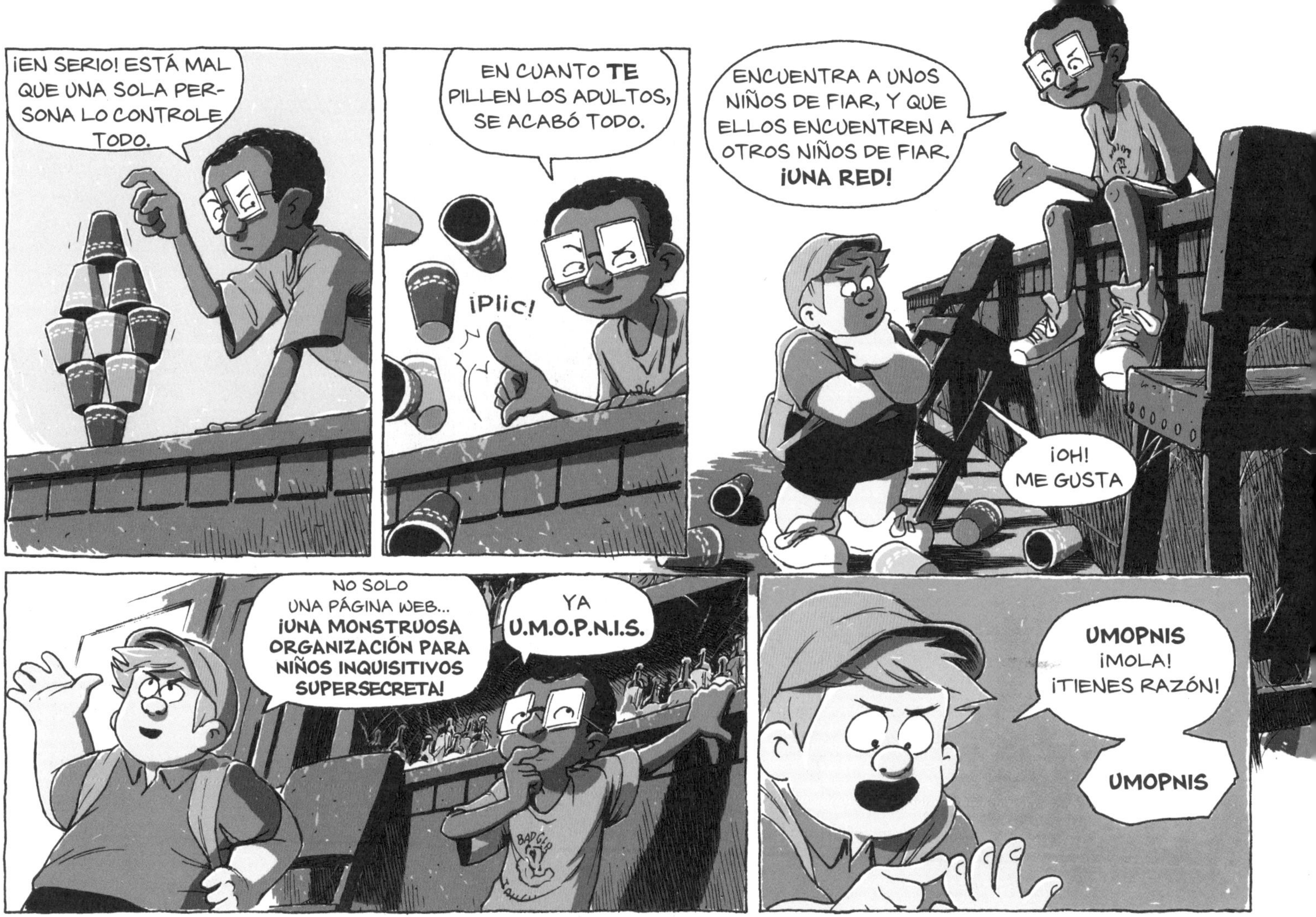
¡EN SERIO! ESTÁ MAL QUE UNA SOLA PERSONA LO CONTROLE TODO.
EN CUANTO **TE** PILLEN LOS ADULTOS, SE ACABÓ TODO.
¡Plic!
ENCUENTRA A UNOS NIÑOS DE FIAR, Y QUE ELLOS ENCUENTREN A OTROS NIÑOS DE FIAR. **¡UNA RED!**
¡OH! ME GUSTA
NO SOLO UNA PÁGINA WEB... **¡UNA MONSTRUOSA ORGANIZACIÓN PARA NIÑOS INQUISITIVOS SUPERSECRETA!**
YA **U.M.O.P.N.I.S.**
UMOPNIS ¡MOLA! ¡TIENES RAZÓN!
UMOPNIS

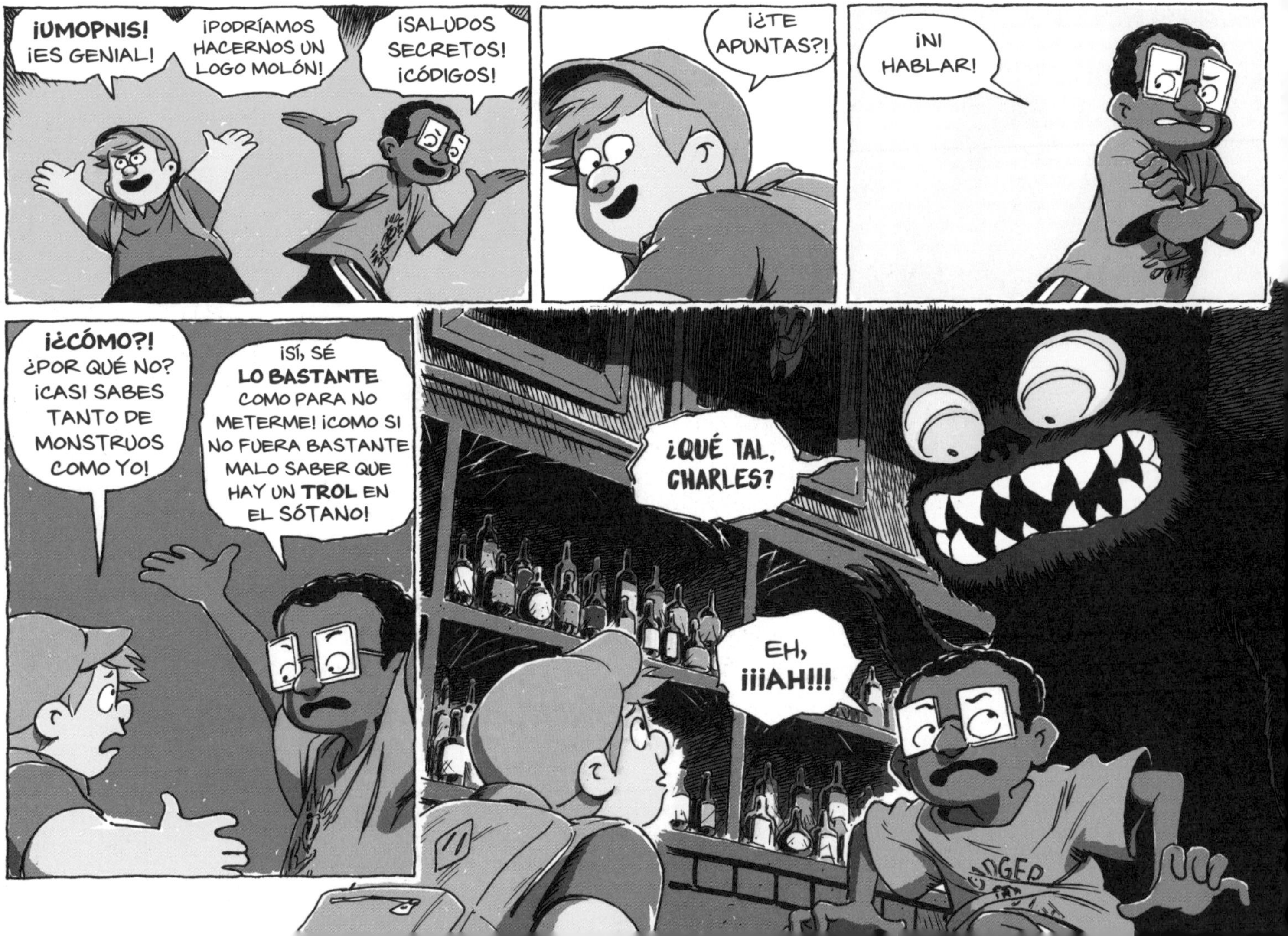
¡UMOPNIS! ¡ES GENIAL!
¡PODRÍAMOS HACERNOS UN LOGO MOLÓN!
¡SALUDOS SECRETOS! ¡CÓDIGOS!
¡¿TE APUNTAS?!
¡NI HABLAR!
¡¿CÓMO?! ¿POR QUÉ NO? ¡CASI SABES TANTO DE MONSTRUOS COMO YO!
¡SÍ, SÉ LO BASTANTE COMO PARA NO METERME! ¡COMO SI NO FUERA BASTANTE MALO SABER QUE HAY UN TROL EN EL SÓTANO!
¿QUÉ TAL, CHARLES?
EH, ¡¡¡AH!!!

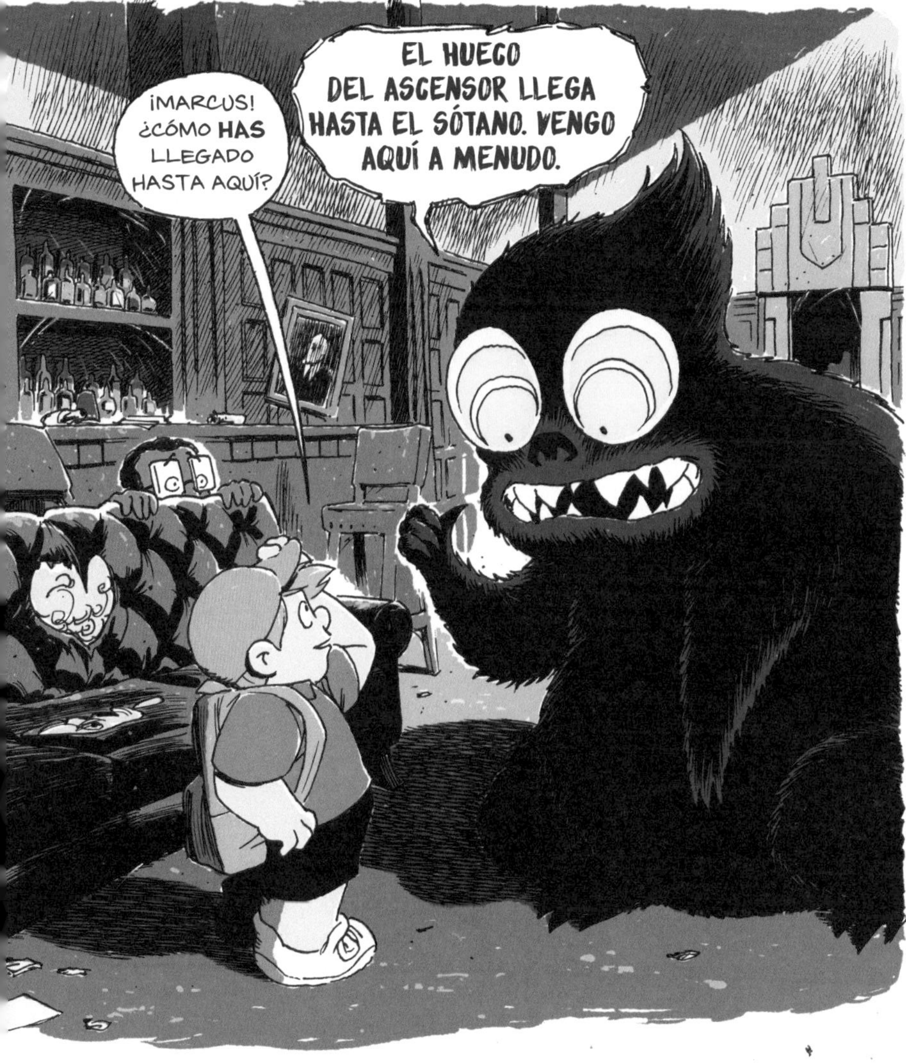
¡MARCUS! ¿CÓMO **HAS** LLEGADO HASTA AQUÍ?
EL HUECO DEL ASCENSOR LLEGA HASTA EL SÓTANO. VENGO AQUÍ A MENUDO.

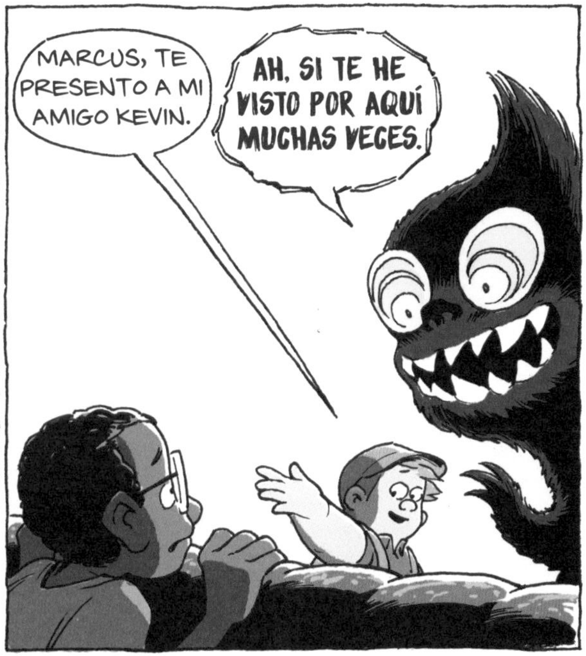
MARCUS, TE PRESENTO A MI AMIGO KEVIN.
AH, SI TE HE VISTO POR AQUÍ MUCHAS VECES.

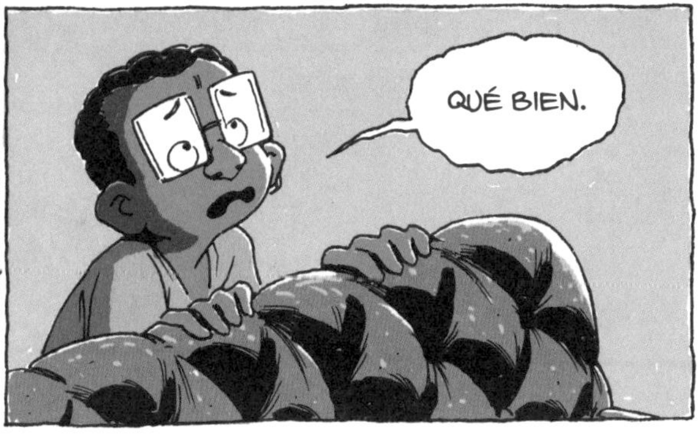
QUÉ BIEN.

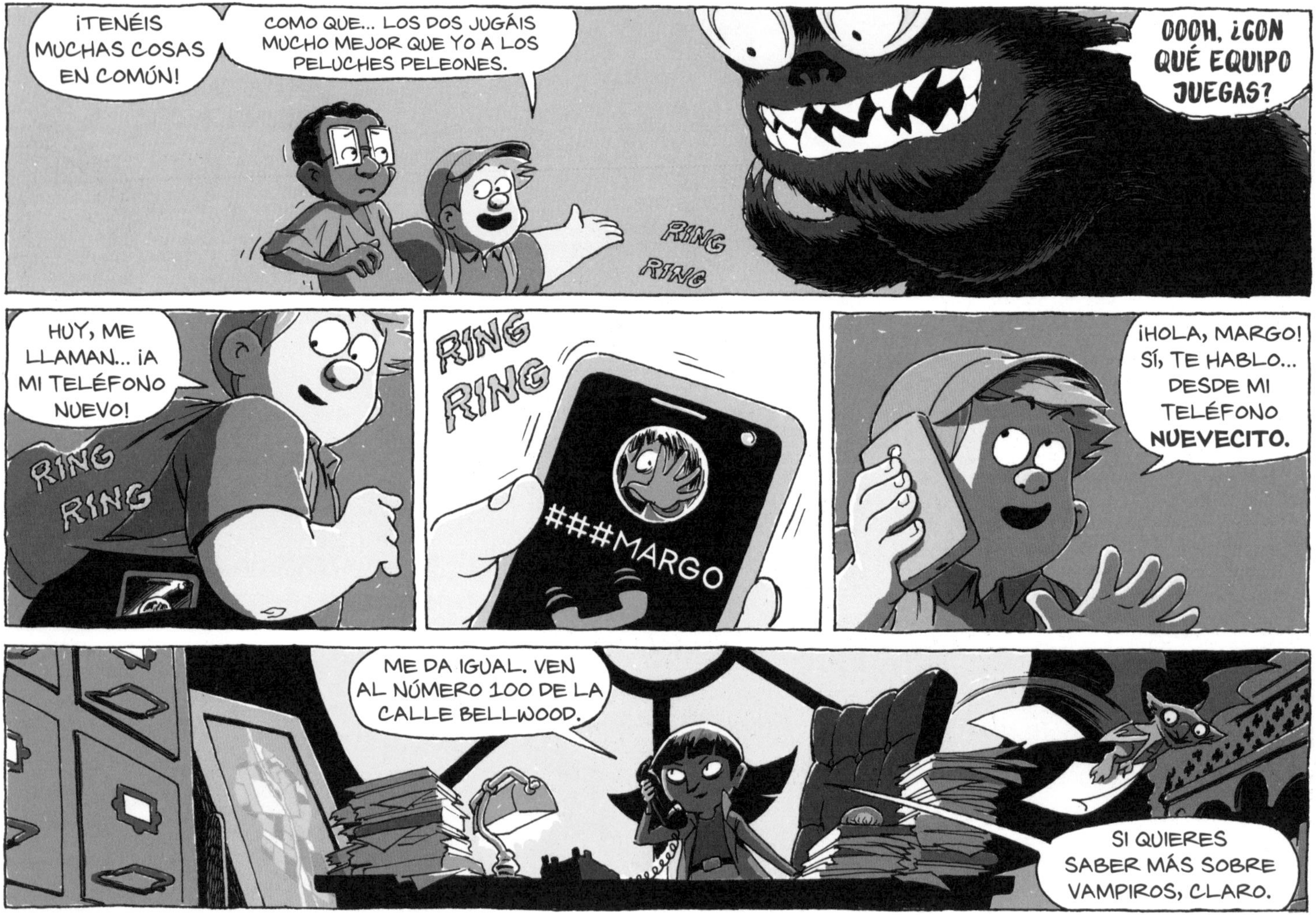
¡TENÉIS MUCHAS COSAS EN COMÚN!
COMO QUE... LOS DOS JUGÁIS MUCHO MEJOR QUE YO A LOS PELUCHES PELEONES.
OOOH, ¿CON QUÉ EQUIPO JUEGAS?
RING RING
HUY, ME LLAMAN... ¡A MI TELÉFONO NUEVO!
RING RING
RING RING
###MARGO
¡HOLA, MARGO! SÍ, TE HABLO... DESDE MI TELÉFONO **NUEVECITO.**
ME DA IGUAL. VEN AL NÚMERO 100 DE LA CALLE BELLWOOD.
SI QUIERES SABER MÁS SOBRE VAMPIROS, CLARO.

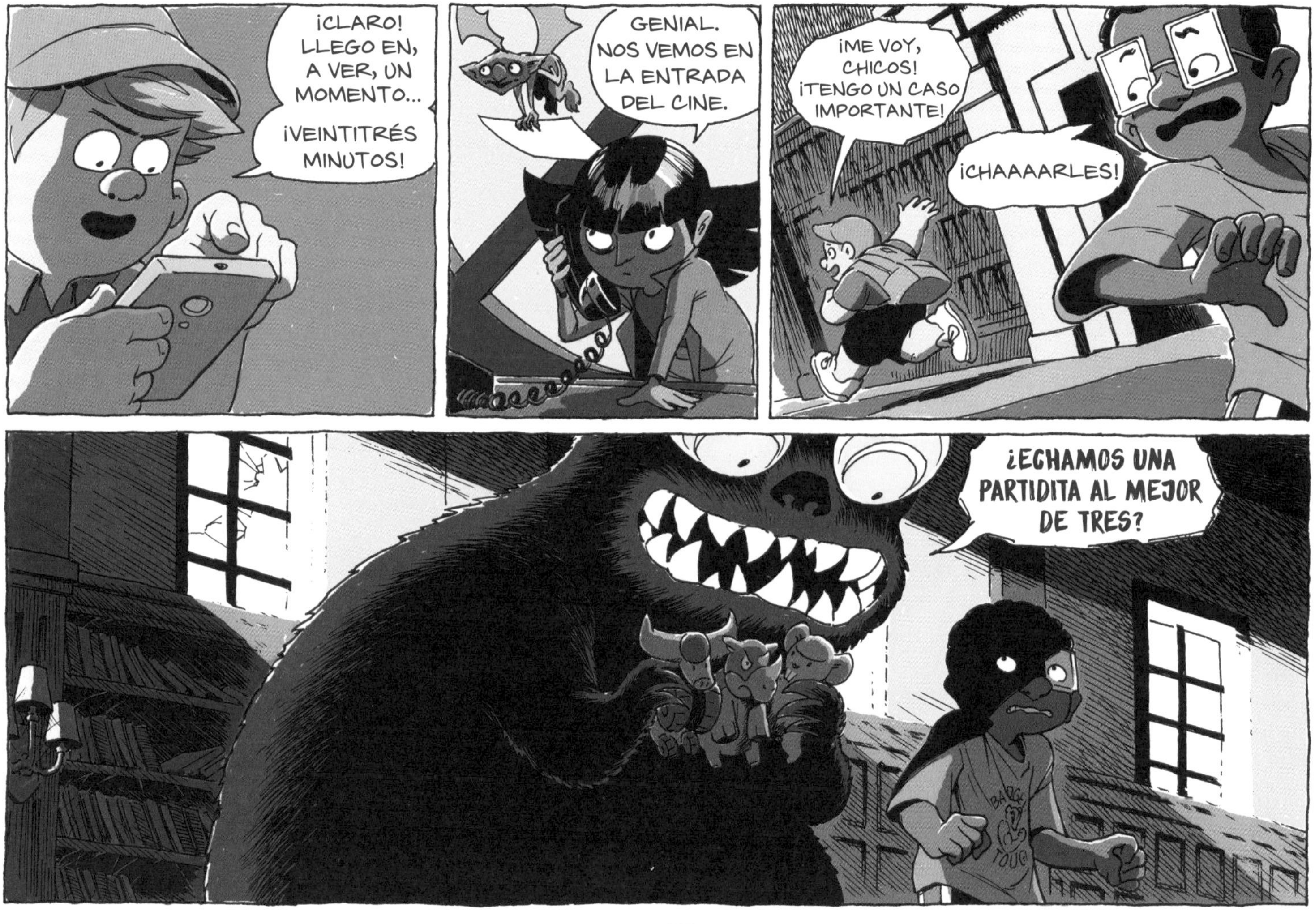
¡CLARO! LLEGO EN, A VER, UN MOMENTO...
¡VEINTITRÉS MINUTOS!
GENIAL. NOS VEMOS EN LA ENTRADA DEL CINE.
¡ME VOY, CHICOS! ¡TENGO UN CASO IMPORTANTE!
¡CHAAAARLES!
¿ECHAMOS UNA PARTIDITA AL MEJOR DE TRES?

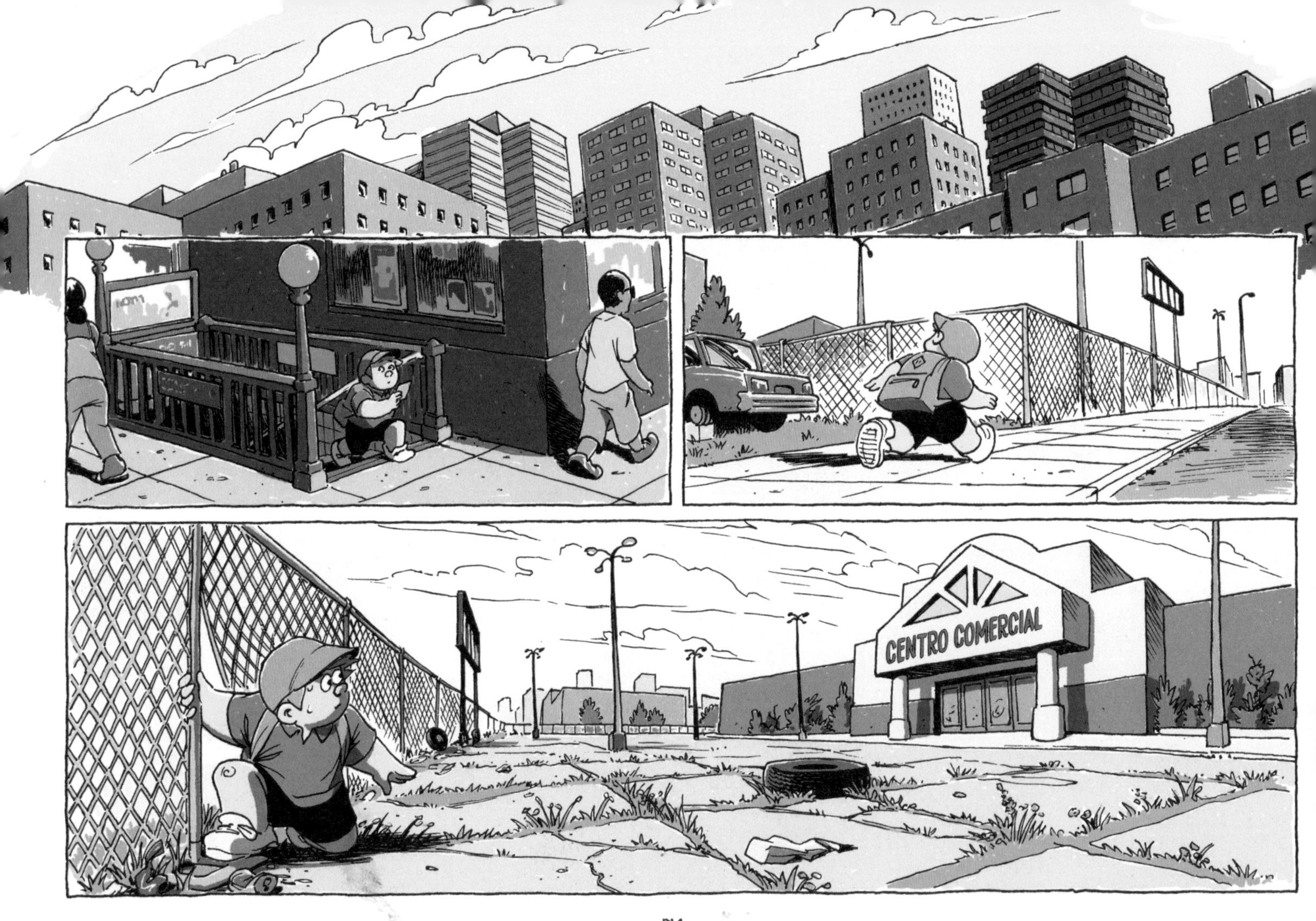
CENTRO COMERCIAL

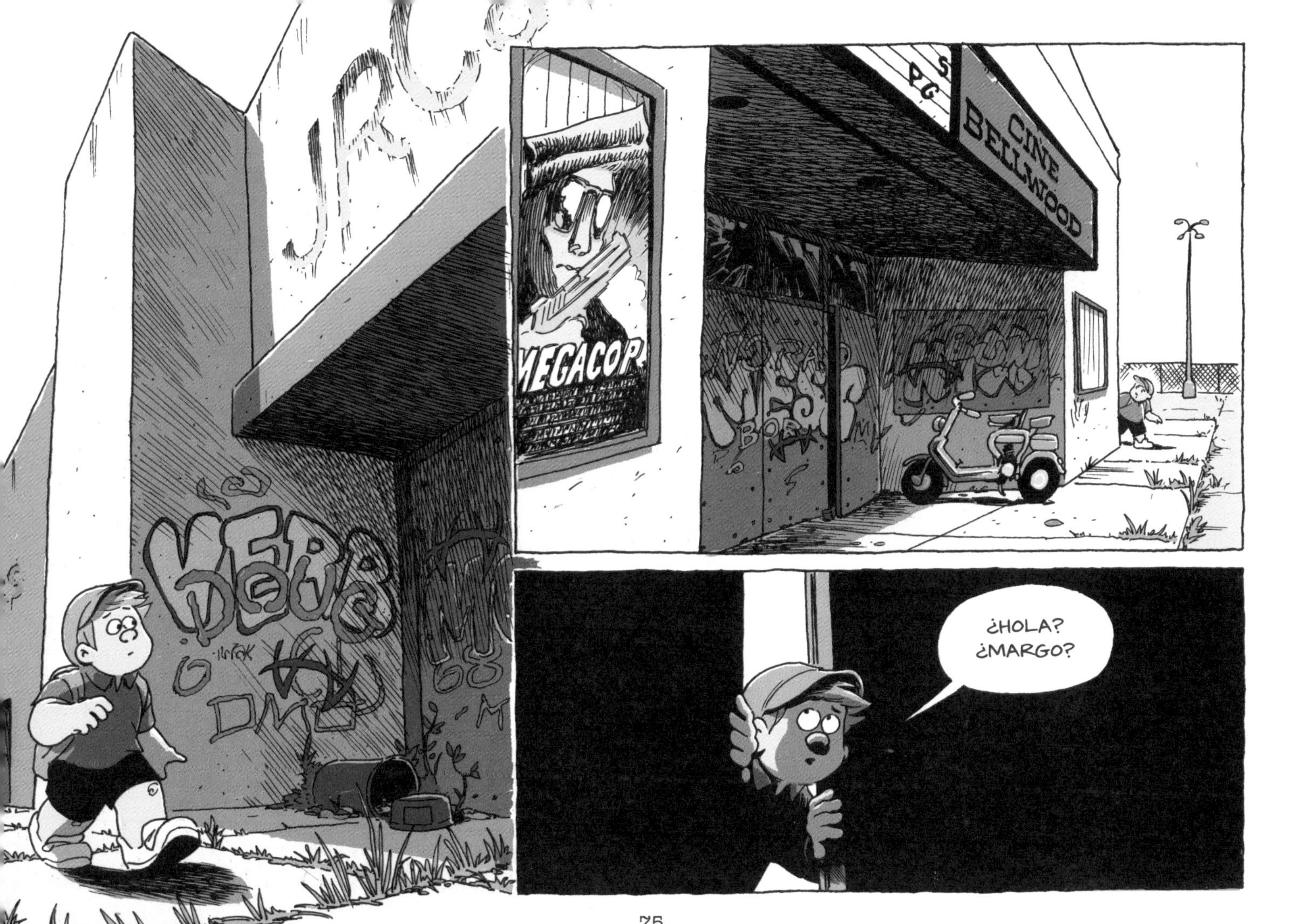
MEGACOP
PG
CINE BELLWOOD
¿HOLA?
¿MARGO?

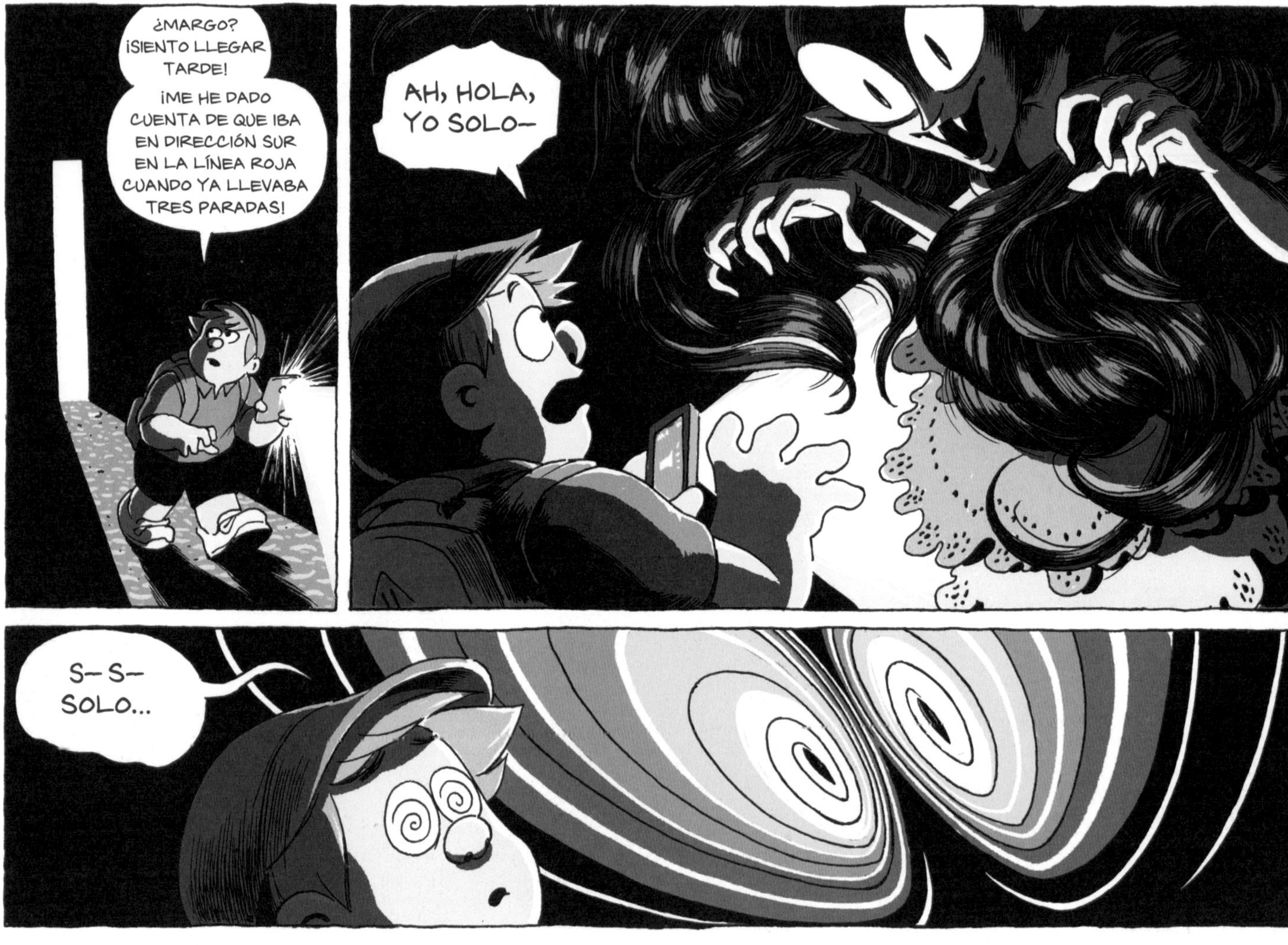
¿MARGO?
¡SIENTO LLEGAR TARDE!
¡ME HE DADO CUENTA DE QUE IBA EN DIRECCIÓN SUR EN LA LÍNEA ROJA CUANDO YA LLEVABA TRES PARADAS!
AH, HOLA, YO SOLO–
S– S– SOLO...

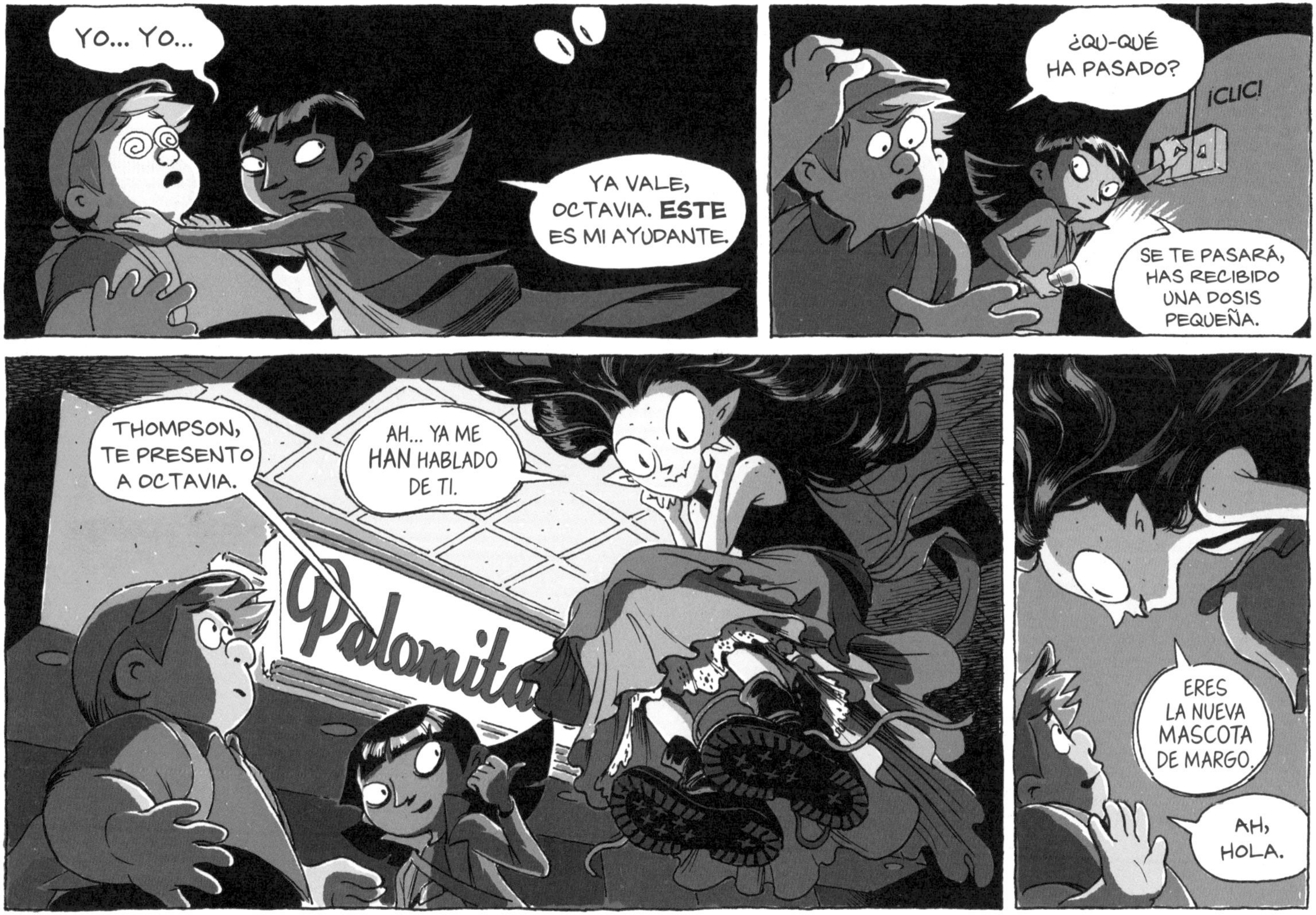
YO... YO...
YA VALE, OCTAVIA. ESTE ES MI AYUDANTE.
¿QU-QUÉ HA PASADO?
¡CLIC!
SE TE PASARÁ, HAS RECIBIDO UNA DOSIS PEQUEÑA.
THOMPSON, TE PRESENTO A OCTAVIA.
AH... YA ME HAN HABLADO DE TI.
Palomita
ERES LA NUEVA MASCOTA DE MARGO.
AH, HOLA.

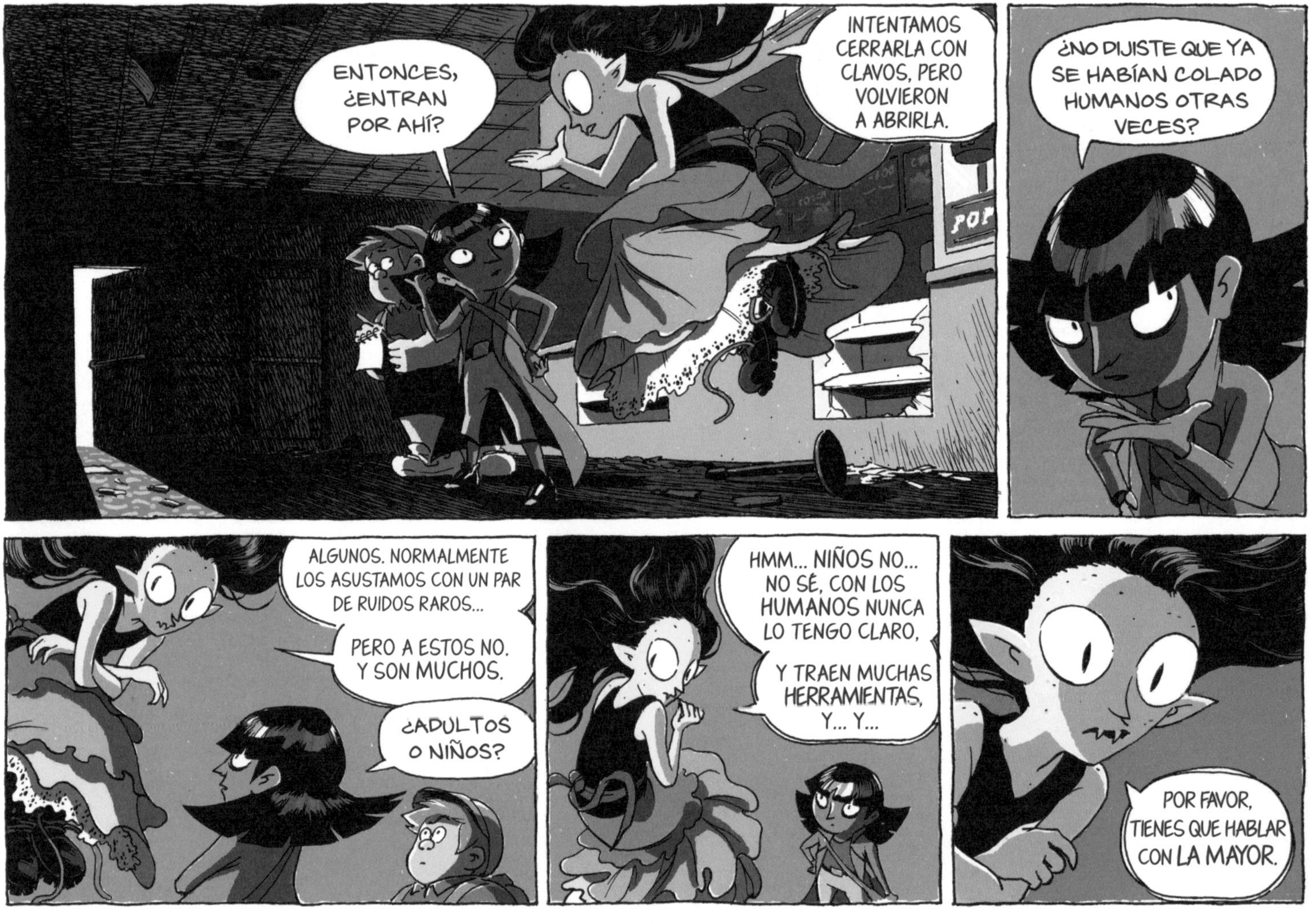
ENTONCES, ¿ENTRAN POR AHÍ?
INTENTAMOS CERRARLA CON CLAVOS, PERO VOLVIERON A ABRIRLA.
POP
¿NO DIJISTE QUE YA SE HABÍAN COLADO HUMANOS OTRAS VECES?
ALGUNOS. NORMALMENTE LOS ASUSTAMOS CON UN PAR DE RUIDOS RAROS...
PERO A ESTOS NO. Y SON MUCHOS.
¿ADULTOS O NIÑOS?
HMM... NIÑOS NO... NO SÉ, CON LOS HUMANOS NUNCA LO TENGO CLARO,
Y TRAEN MUCHAS HERRAMIENTAS, Y... Y...
POR FAVOR, TIENES QUE HABLAR CON LA MAYOR.

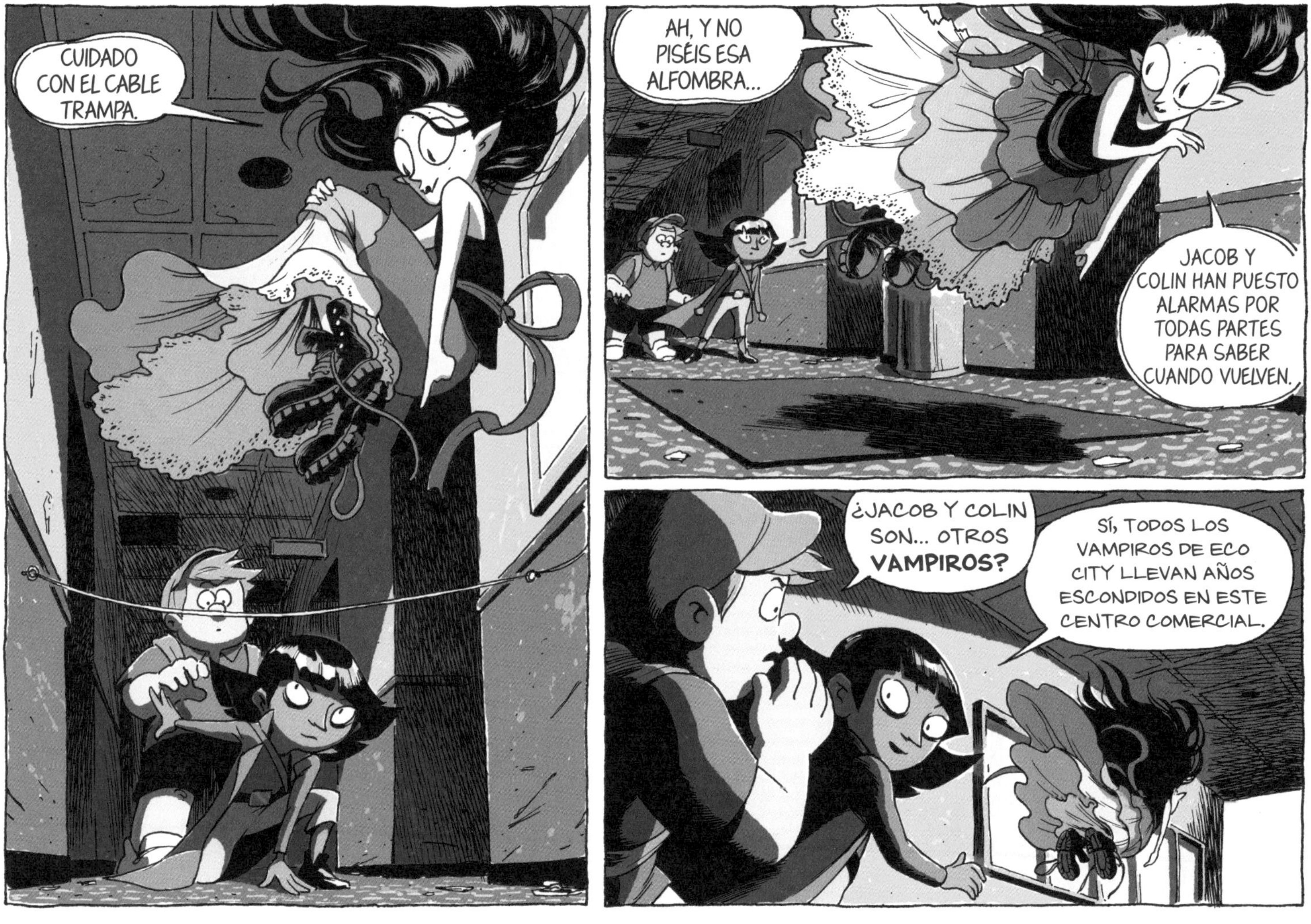
CUIDADO CON EL CABLE TRAMPA.
AH, Y NO PISÉIS ESA ALFOMBRA...
JACOB Y COLIN HAN PUESTO ALARMAS POR TODAS PARTES PARA SABER CUANDO VUELVEN.
¿JACOB Y COLIN SON... OTROS **VAMPIROS?**
SÍ, TODOS LOS VAMPIROS DE ECO CITY LLEVAN AÑOS ESCONDIDOS EN ESTE CENTRO COMERCIAL.

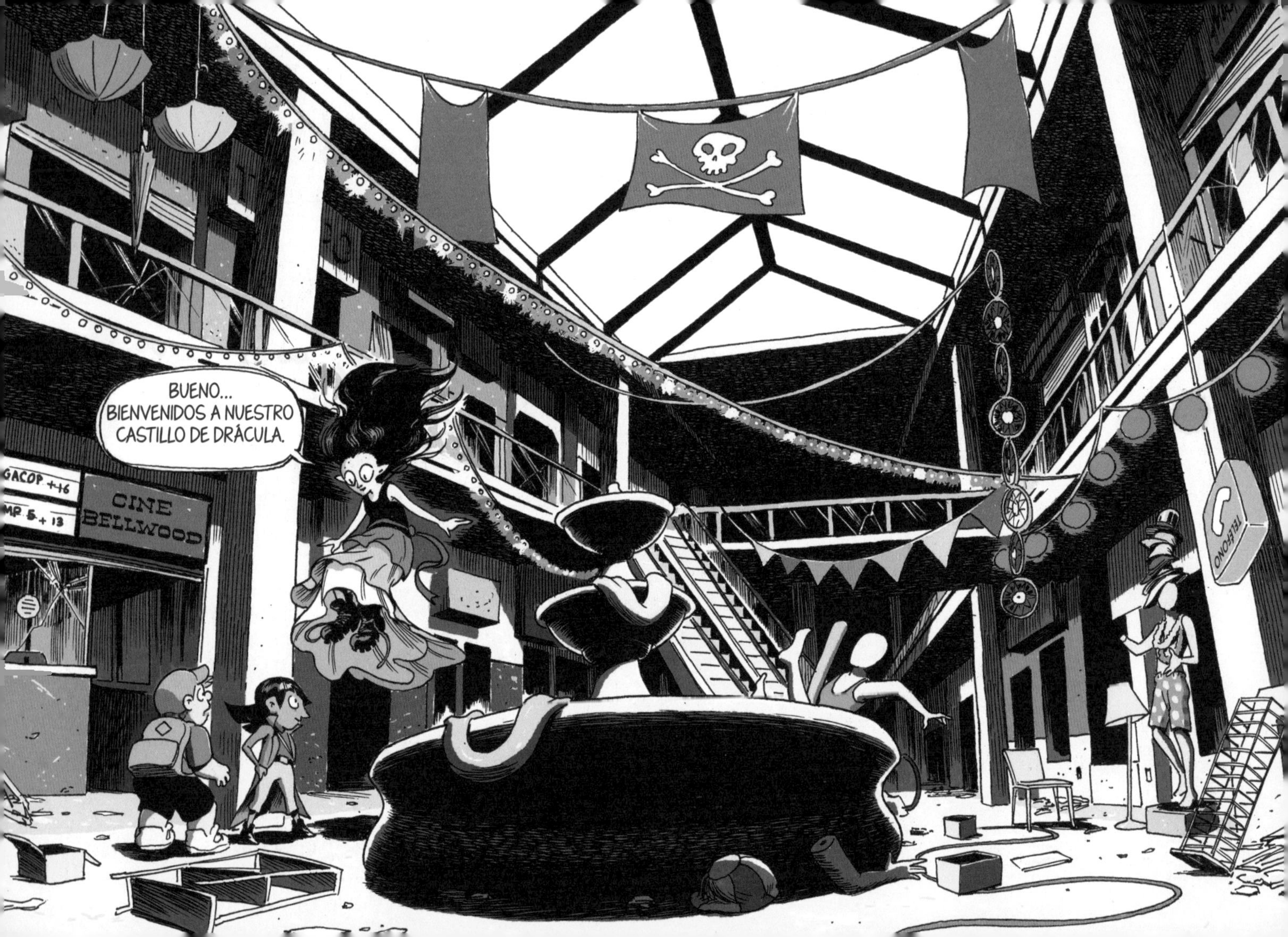
BUENO...
BIENVENIDOS A NUESTRO
CASTILLO DE DRÁCULA.
CINE
BELLWOOD
TELÉFONO

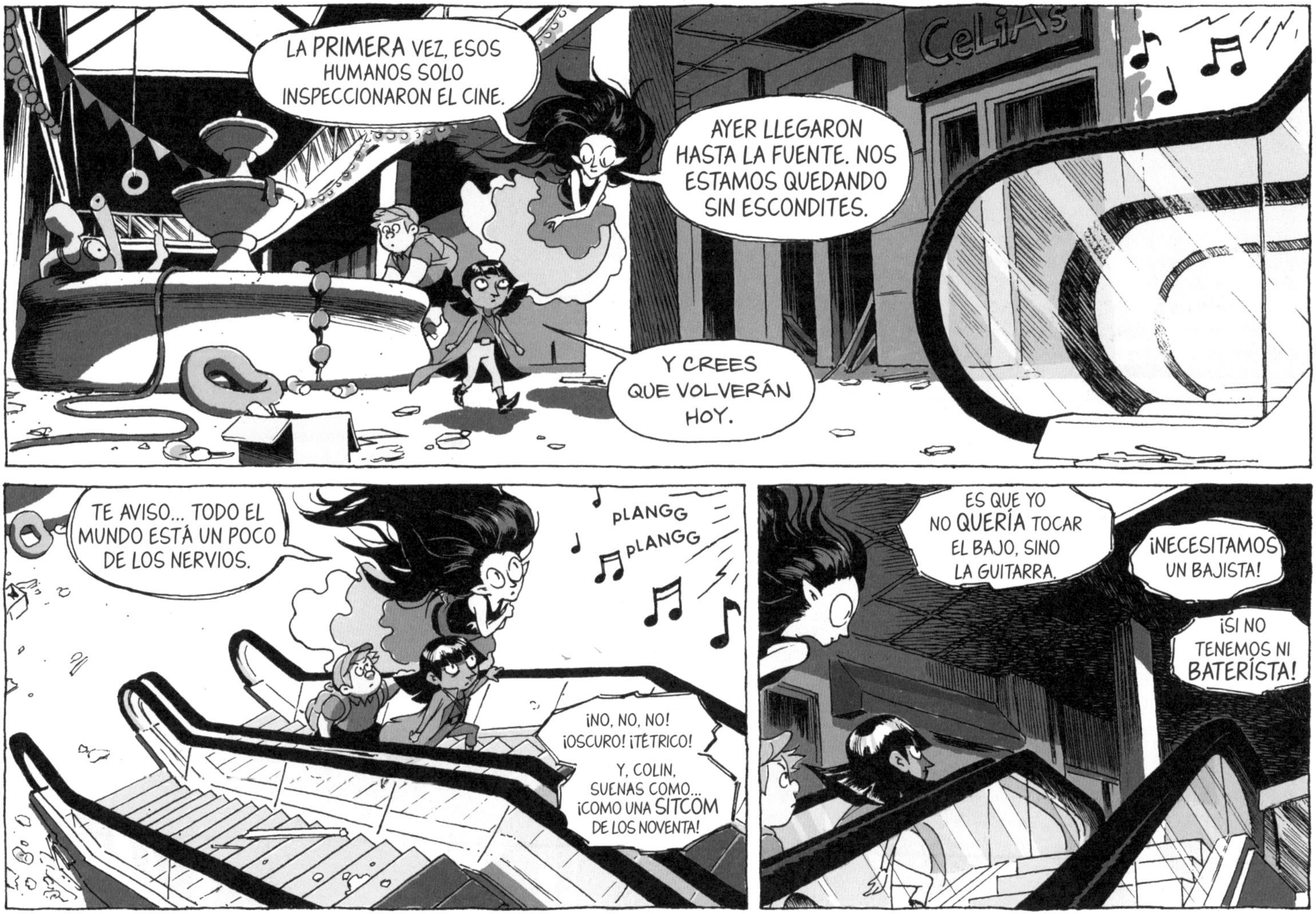

CeLiAs
LA PRIMERA VEZ, ESOS HUMANOS SOLO INSPECCIONARON EL CINE.
AYER LLEGARON HASTA LA FUENTE. NOS ESTAMOS QUEDANDO SIN ESCONDITES.
Y CREES QUE VOLVERÁN HOY.
TE AVISO... TODO EL MUNDO ESTÁ UN POCO DE LOS NERVIOS.
PLANGG
PLANGG
¡NO, NO, NO! ¡OSCURO! ¡TÉTRICO!
Y, COLIN, SUENAS COMO... ¡COMO UNA SITCOM DE LOS NOVENTA!
ES QUE YO NO QUERÍA TOCAR EL BAJO, SINO LA GUITARRA.
¡NECESITAMOS UN BAJISTA!
¡SI NO TENEMOS NI BATERÍSTA!

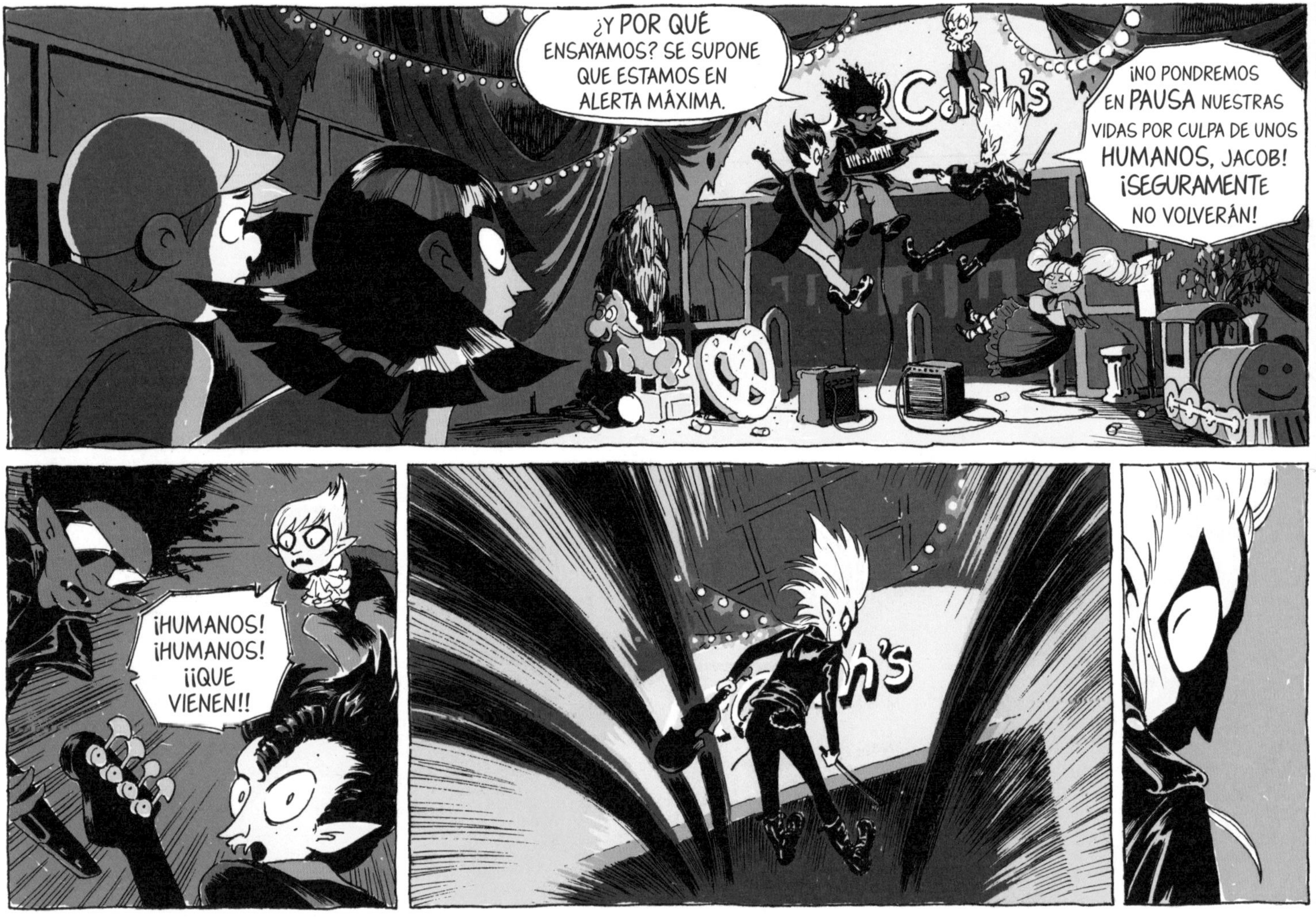
¿Y POR QUÉ ENSAYAMOS? SE SUPONE QUE ESTAMOS EN ALERTA MÁXIMA.
¡NO PONDREMOS EN PAUSA NUESTRAS VIDAS POR CULPA DE UNOS HUMANOS, JACOB! ¡SEGURAMENTE NO VOLVERÁN!
¡HUMANOS! ¡HUMANOS! ¡¡QUE VIENEN!!

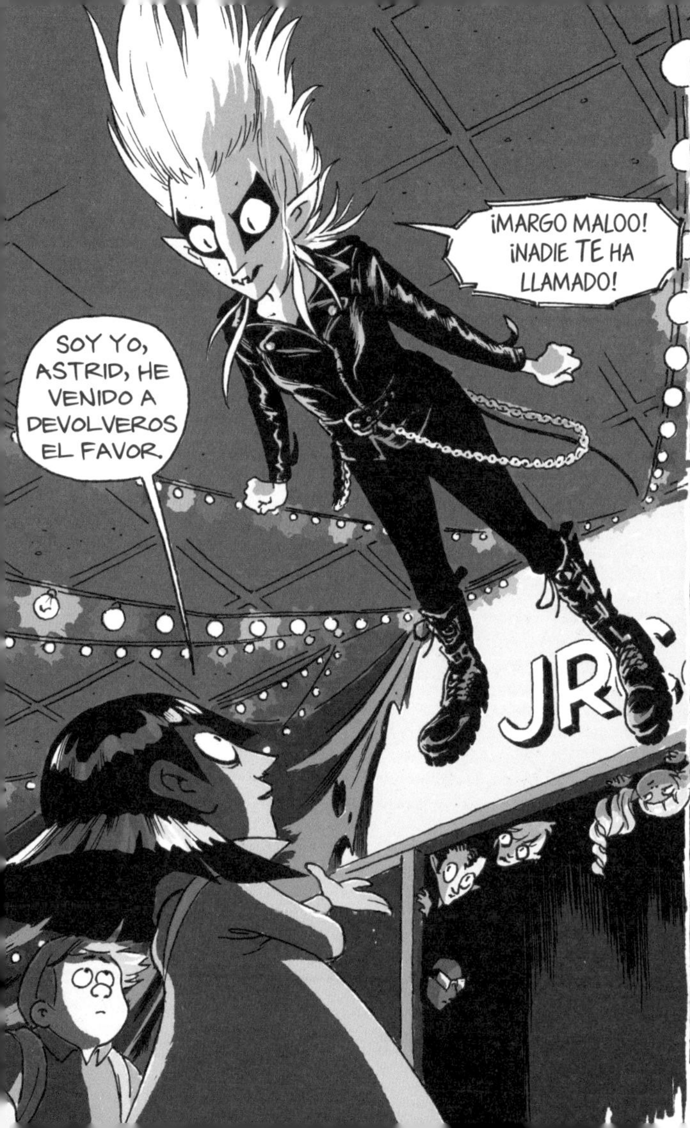
¡MARGO MALOO! ¡NADIE TE HA LLAMADO!
SOY YO, ASTRID, HE VENIDO A DEVOLVEROS EL FAVOR.
JR

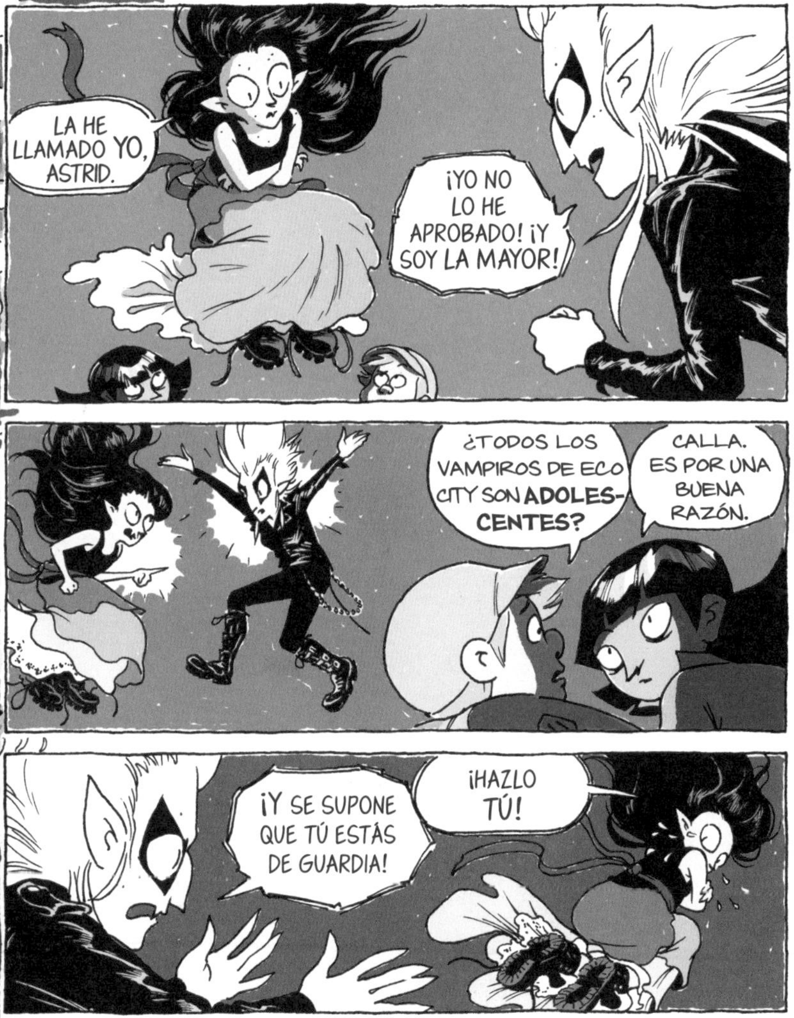
LA HE LLAMADO YO, ASTRID.
¡YO NO LO HE APROBADO! ¡Y SOY LA MAYOR!
¿TODOS LOS VAMPIROS DE ECO CITY SON **ADOLES-CENTES?**
CALLA. ES POR UNA BUENA RAZÓN.
¡Y SE SUPONE QUE TÚ ESTÁS DE GUARDIA!
¡HAZLO TÚ!

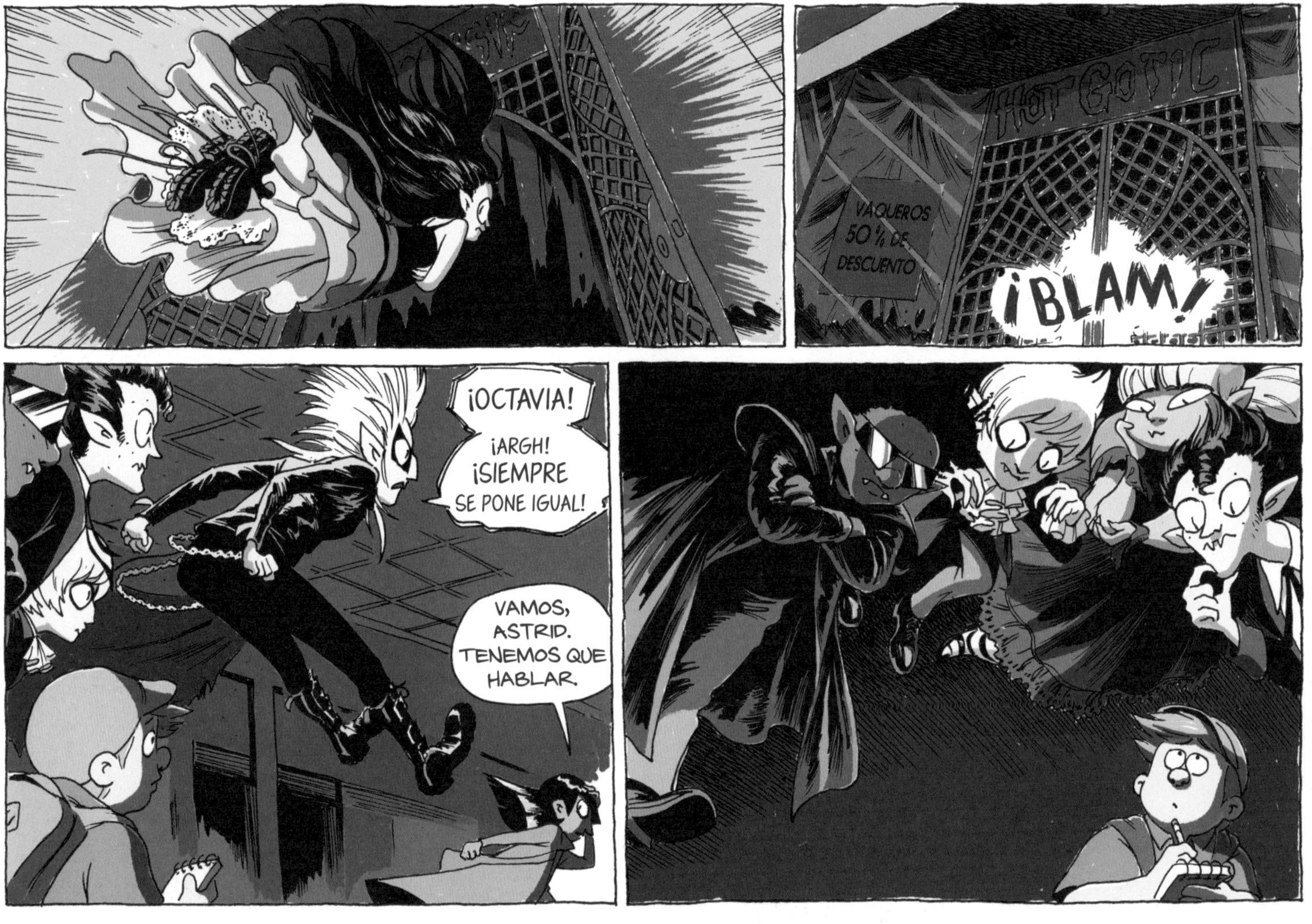
HOT GOTIC
VAQUEROS 50 % DE DESCUENTO
¡BLAM!
¡OCTAVIA!
¡ARGH! ¡SIEMPRE SE PONE IGUAL!
VAMOS, ASTRID. TENEMOS QUE HABLAR.

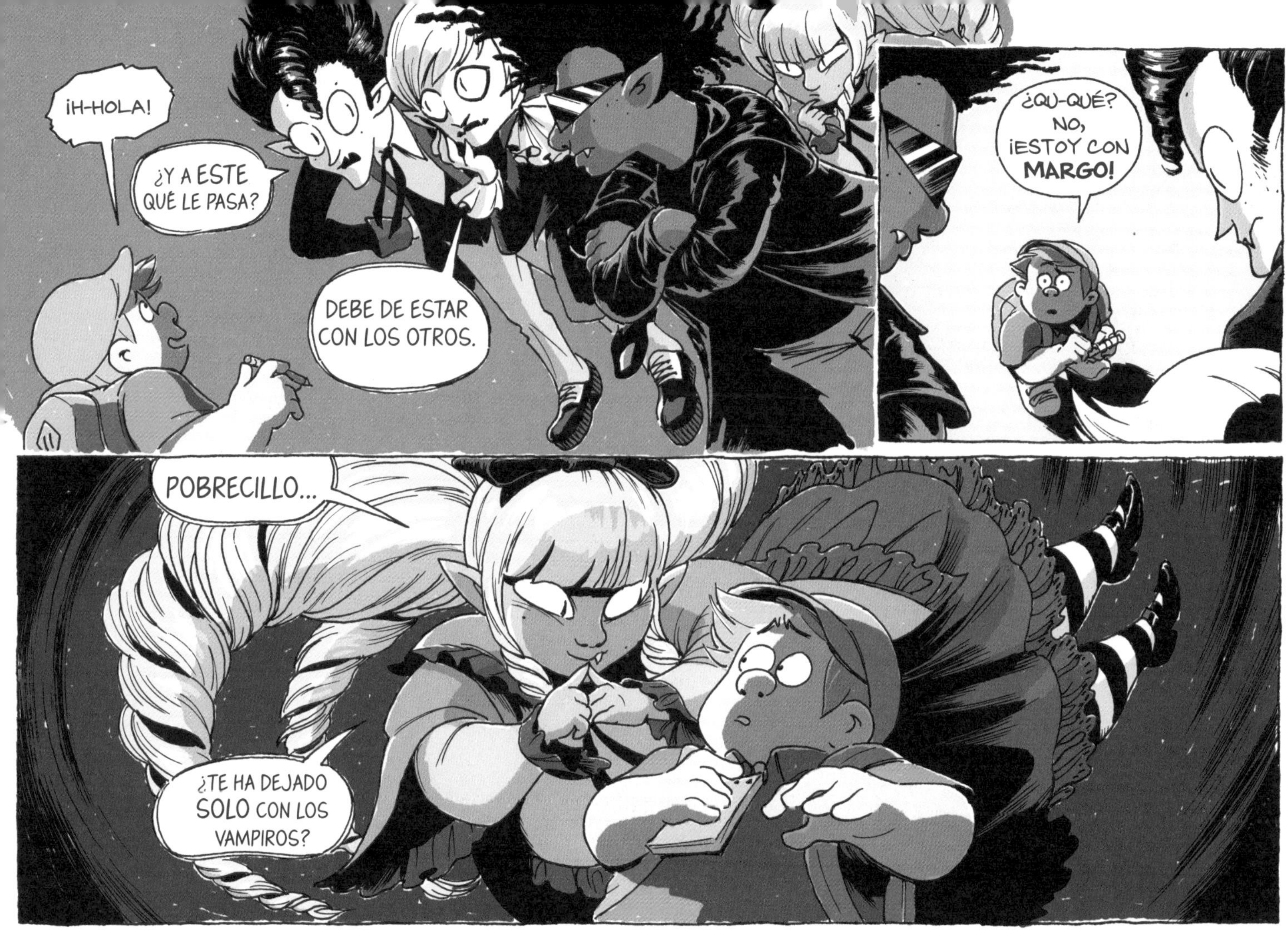
¡H-HOLA!
¿Y A ESTE QUÉ LE PASA?
DEBE DE ESTAR CON LOS OTROS.
¿QU-QUÉ? NO, ¡ESTOY CON MARGO!
POBRECILLO...
¿TE HA DEJADO SOLO CON LOS VAMPIROS?

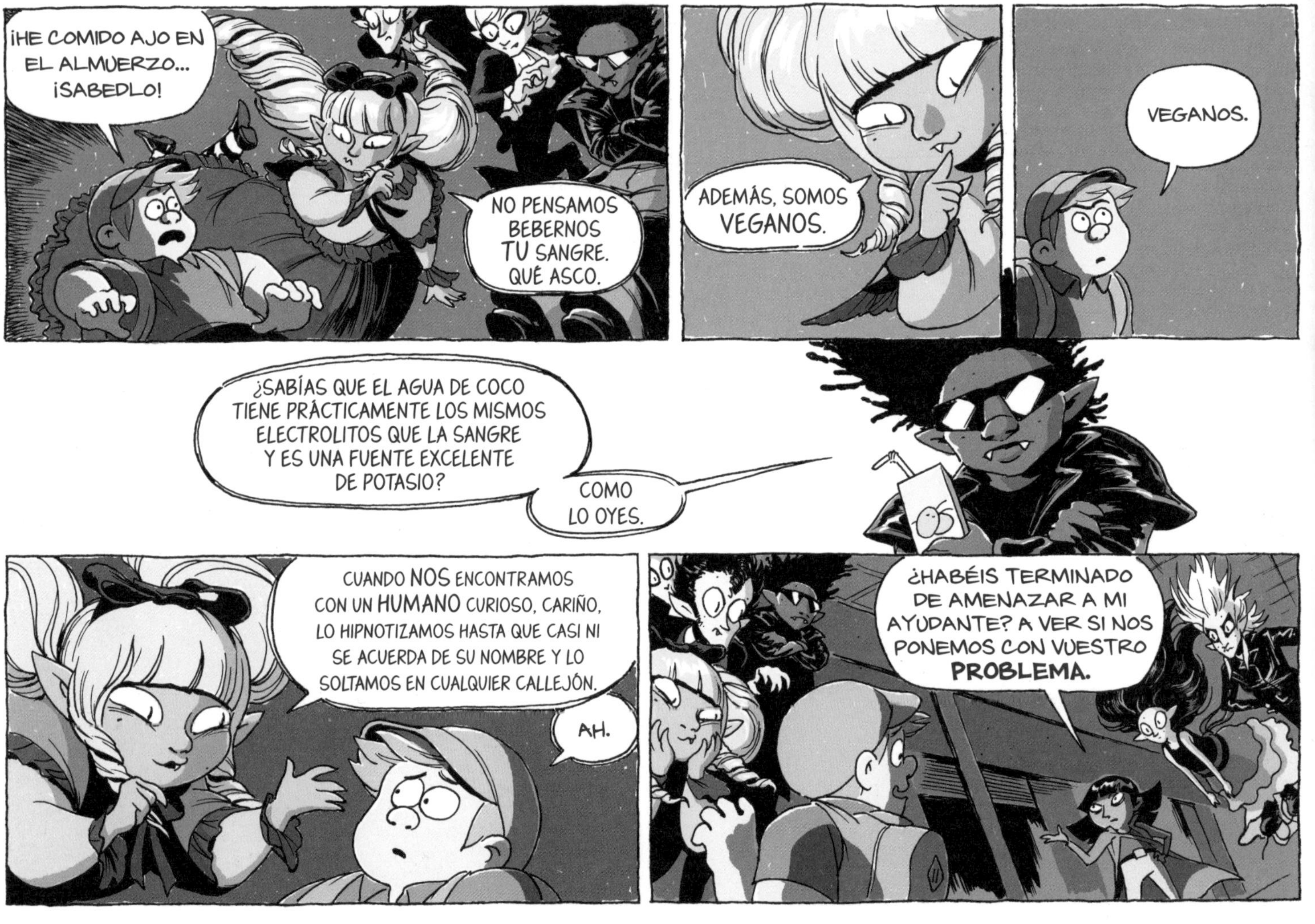
¡HE COMIDO AJO EN EL ALMUERZO... ¡SABEDLO!
NO PENSAMOS BEBERNOS TU SANGRE. QUÉ ASCO.
ADEMÁS, SOMOS VEGANOS.
VEGANOS.
¿SABÍAS QUE EL AGUA DE COCO TIENE PRÁCTICAMENTE LOS MISMOS ELECTROLITOS QUE LA SANGRE Y ES UNA FUENTE EXCELENTE DE POTASIO?
COMO LO OYES.
CUANDO NOS ENCONTRAMOS CON UN HUMANO CURIOSO, CARIÑO, LO HIPNOTIZAMOS HASTA QUE CASI NI SE ACUERDA DE SU NOMBRE Y LO SOLTAMOS EN CUALQUIER CALLEJÓN.
AH.
¿HABÉIS TERMINADO DE AMENAZAR A MI AYUDANTE? A VER SI NOS PONEMOS CON VUESTRO PROBLEMA.

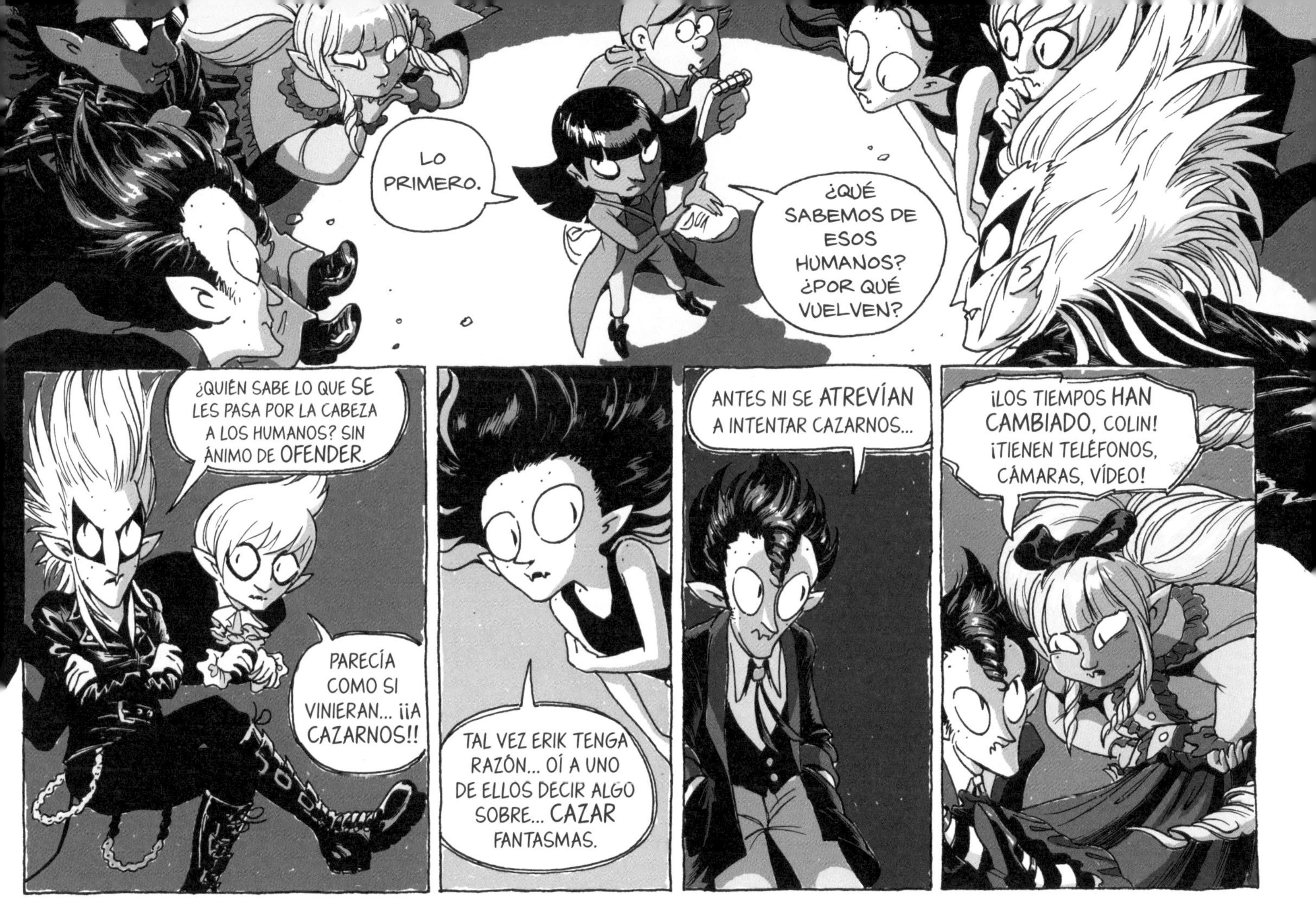
LO PRIMERO.
¿QUÉ SABEMOS DE ESOS HUMANOS? ¿POR QUÉ VUELVEN?
¿QUIÉN SABE LO QUE SE LES PASA POR LA CABEZA A LOS HUMANOS? SIN ÁNIMO DE OFENDER.
PARECÍA COMO SI VINIERAN... ¡¡A CAZARNOS!!
TAL VEZ ERIK TENGA RAZÓN... OÍ A UNO DE ELLOS DECIR ALGO SOBRE... CAZAR FANTASMAS.
ANTES NI SE ATREVÍAN A INTENTAR CAZARNOS...
¡LOS TIEMPOS HAN CAMBIADO, COLIN! ¡TIENEN TELÉFONOS, CÁMARAS, VÍDEO!

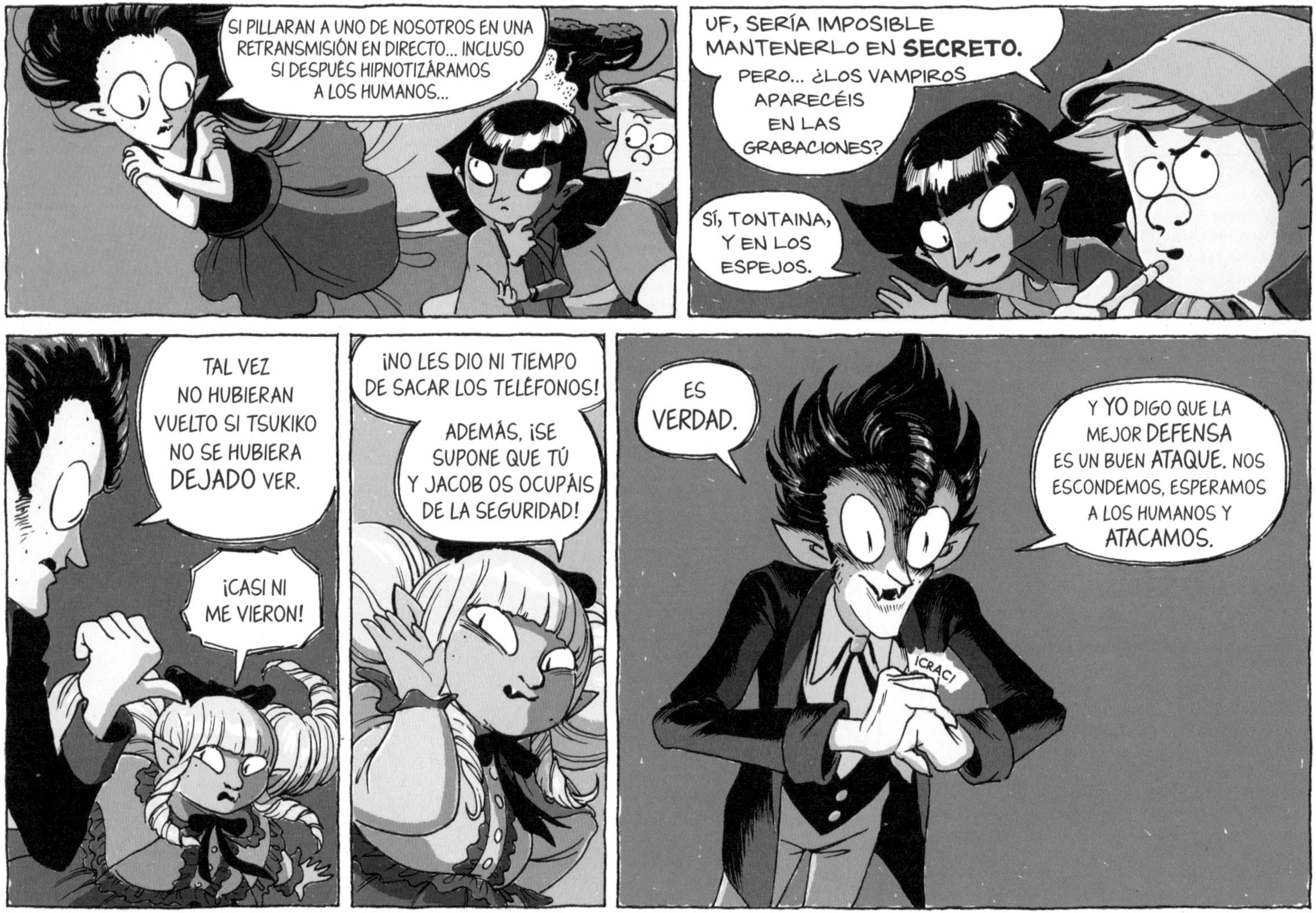
SI PILLARAN A UNO DE NOSOTROS EN UNA RETRANSMISIÓN EN DIRECTO... INCLUSO SI DESPUÉS HIPNOTIZÁRAMOS A LOS HUMANOS...
UF, SERÍA IMPOSIBLE MANTENERLO EN SECRETO.
PERO... ¿LOS VAMPIROS APARECÉIS EN LAS GRABACIONES?
SÍ, TONTAINA, Y EN LOS ESPEJOS.
TAL VEZ NO HUBIERAN VUELTO SI TSUKIKO NO SE HUBIERA DEJADO VER.
¡CASI NI ME VIERON!
¡NO LES DIO NI TIEMPO DE SACAR LOS TELÉFONOS!
ADEMÁS, ¡SE SUPONE QUE TÚ Y JACOB OS OCUPÁIS DE LA SEGURIDAD!
ES VERDAD.
Y YO DIGO QUE LA MEJOR DEFENSA ES UN BUEN ATAQUE. NOS ESCONDEMOS, ESPERAMOS A LOS HUMANOS Y ATACAMOS.
¡CRAC!

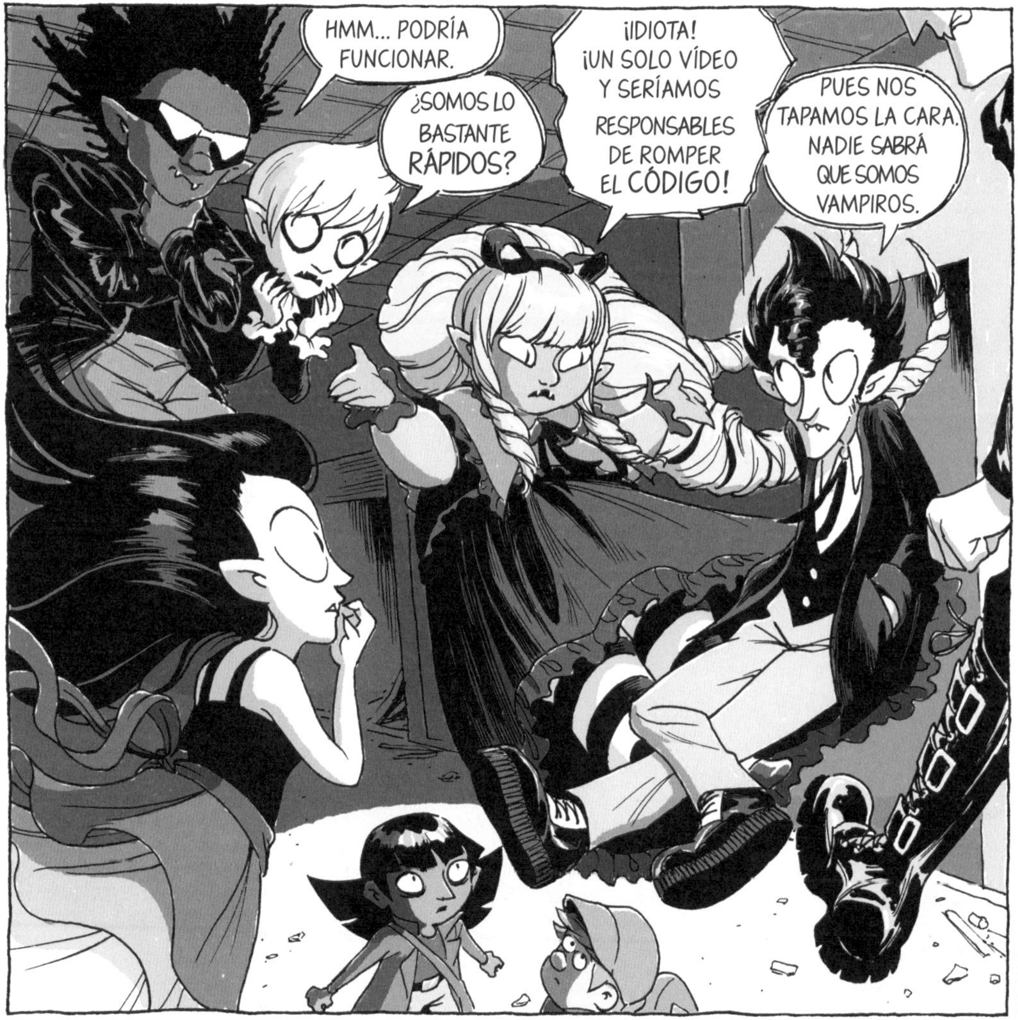
HMM... PODRÍA FUNCIONAR.
¿SOMOS LO BASTANTE RÁPIDOS?
¡IDIOTA! ¡UN SOLO VÍDEO Y SERÍAMOS RESPONSABLES DE ROMPER EL CÓDIGO!
PUES NOS TAPAMOS LA CARA. NADIE SABRÁ QUE SOMOS VAMPIROS.

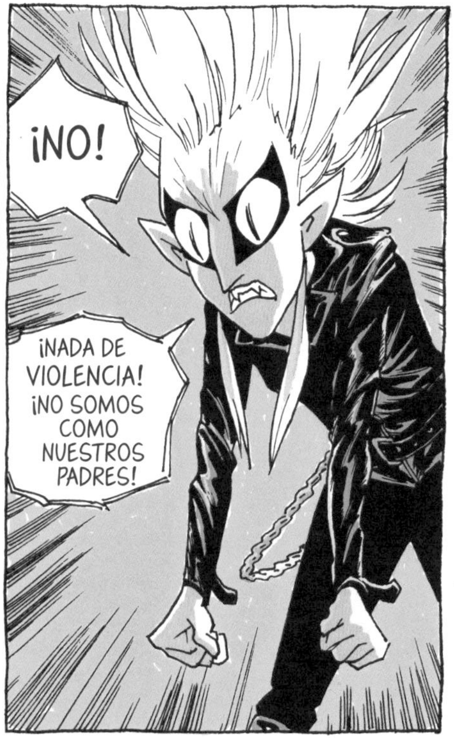
¡NO!
¡NADA DE VIOLENCIA! ¡NO SOMOS COMO NUESTROS PADRES!

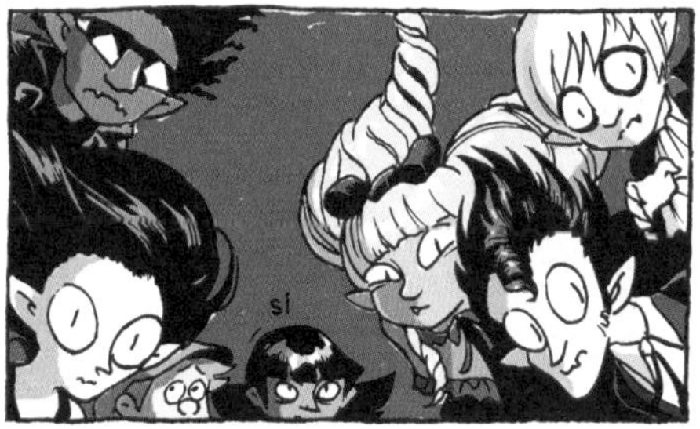
SÍ

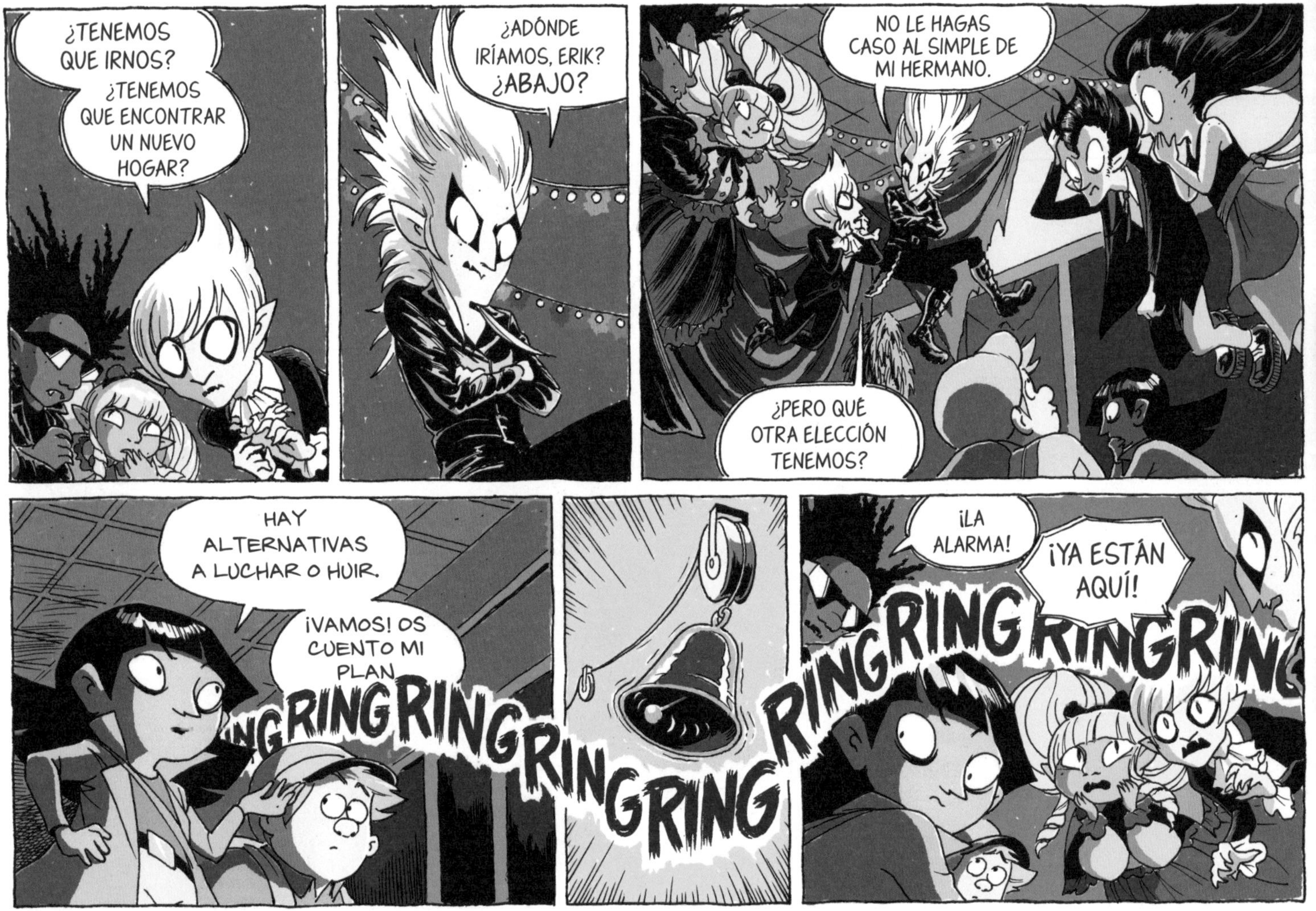
¿TENEMOS QUE IRNOS?
¿TENEMOS QUE ENCONTRAR UN NUEVO HOGAR?
¿ADÓNDE IRÍAMOS, ERIK? ¿ABAJO?
NO LE HAGAS CASO AL SIMPLE DE MI HERMANO.
¿PERO QUÉ OTRA ELECCIÓN TENEMOS?
HAY ALTERNATIVAS A LUCHAR O HUIR.
¡VAMOS! OS CUENTO MI PLAN
RINGRINGRINGRINGRINGRINGRINGRINGRINGRIN
¡LA ALARMA!
¡YA ESTÁN AQUÍ!

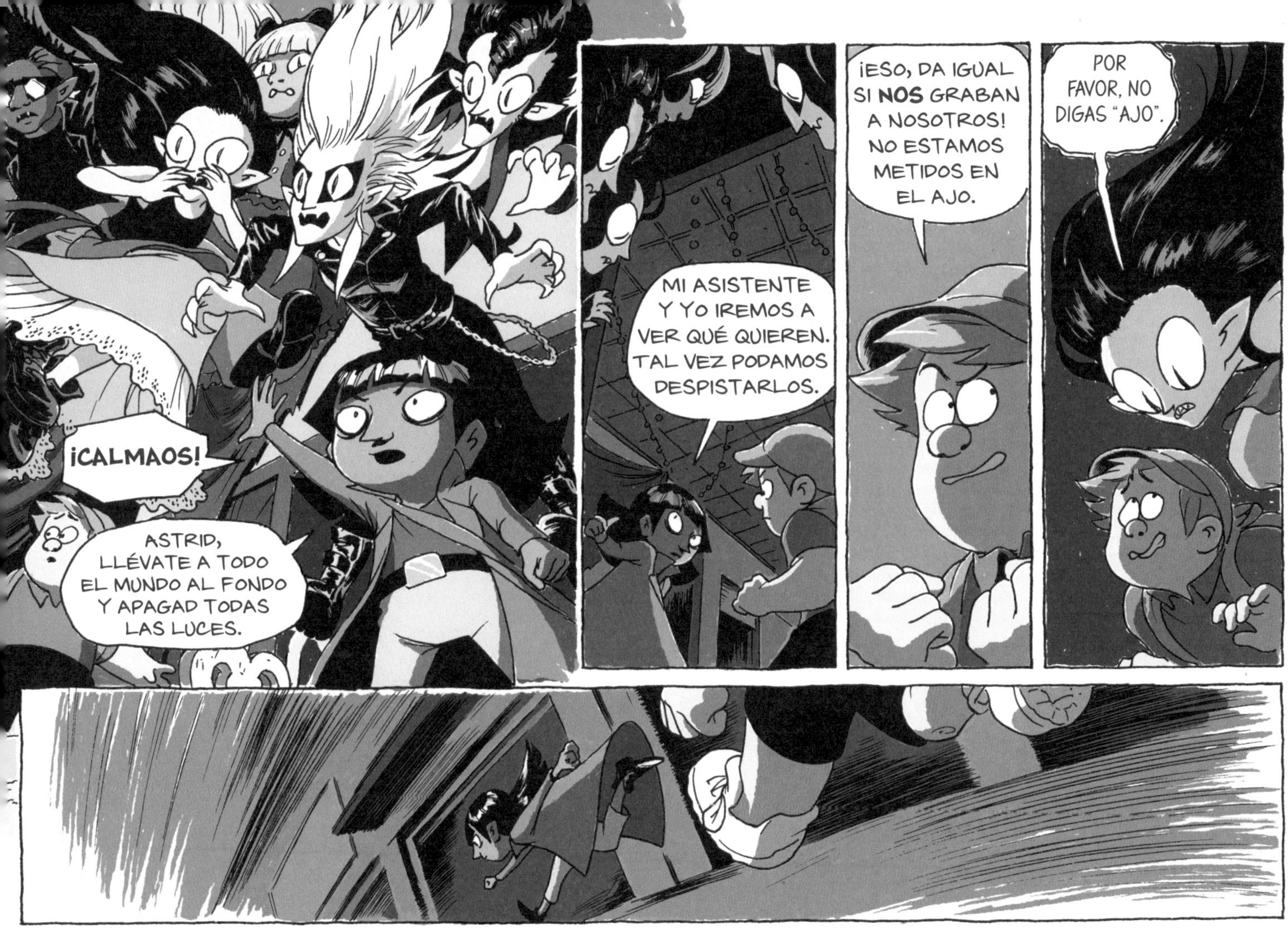
¡CALMAOS!
ASTRID, LLÉVATE A TODO EL MUNDO AL FONDO Y APAGAD TODAS LAS LUCES.
MI ASISTENTE Y YO IREMOS A VER QUÉ QUIEREN. TAL VEZ PODAMOS DESPISTARLOS.
¡ESO, DA IGUAL SI NOS GRABAN A NOSOTROS! NO ESTAMOS METIDOS EN EL AJO.
POR FAVOR, NO DIGAS "AJO".

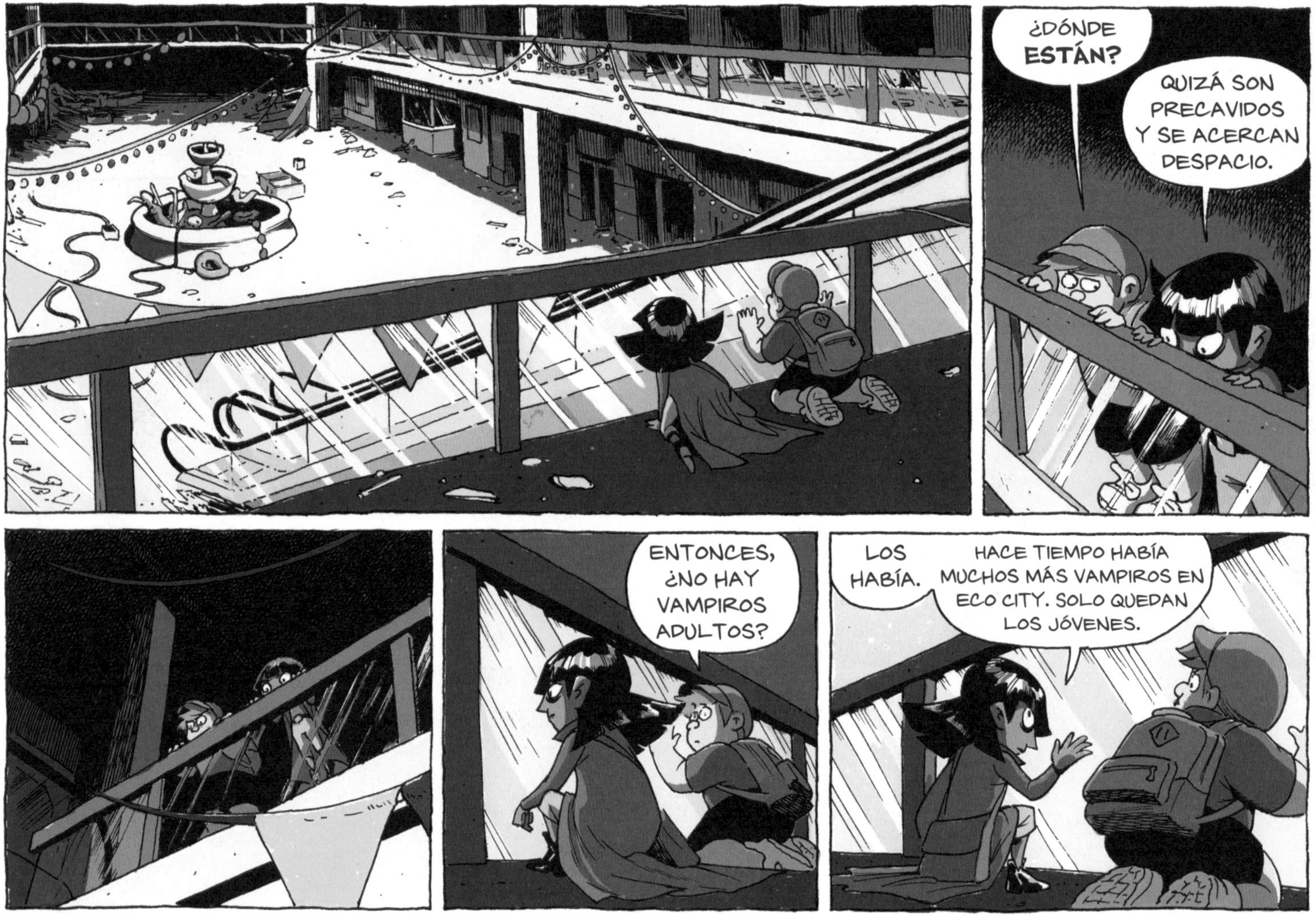
¿DÓNDE ESTÁN?
QUIZÁ SON PRECAVIDOS Y SE ACERCAN DESPACIO.
ENTONCES, ¿NO HAY VAMPIROS ADULTOS?
LOS HABÍA.
HACE TIEMPO HABÍA MUCHOS MÁS VAMPIROS EN ECO CITY. SOLO QUEDAN LOS JÓVENES.

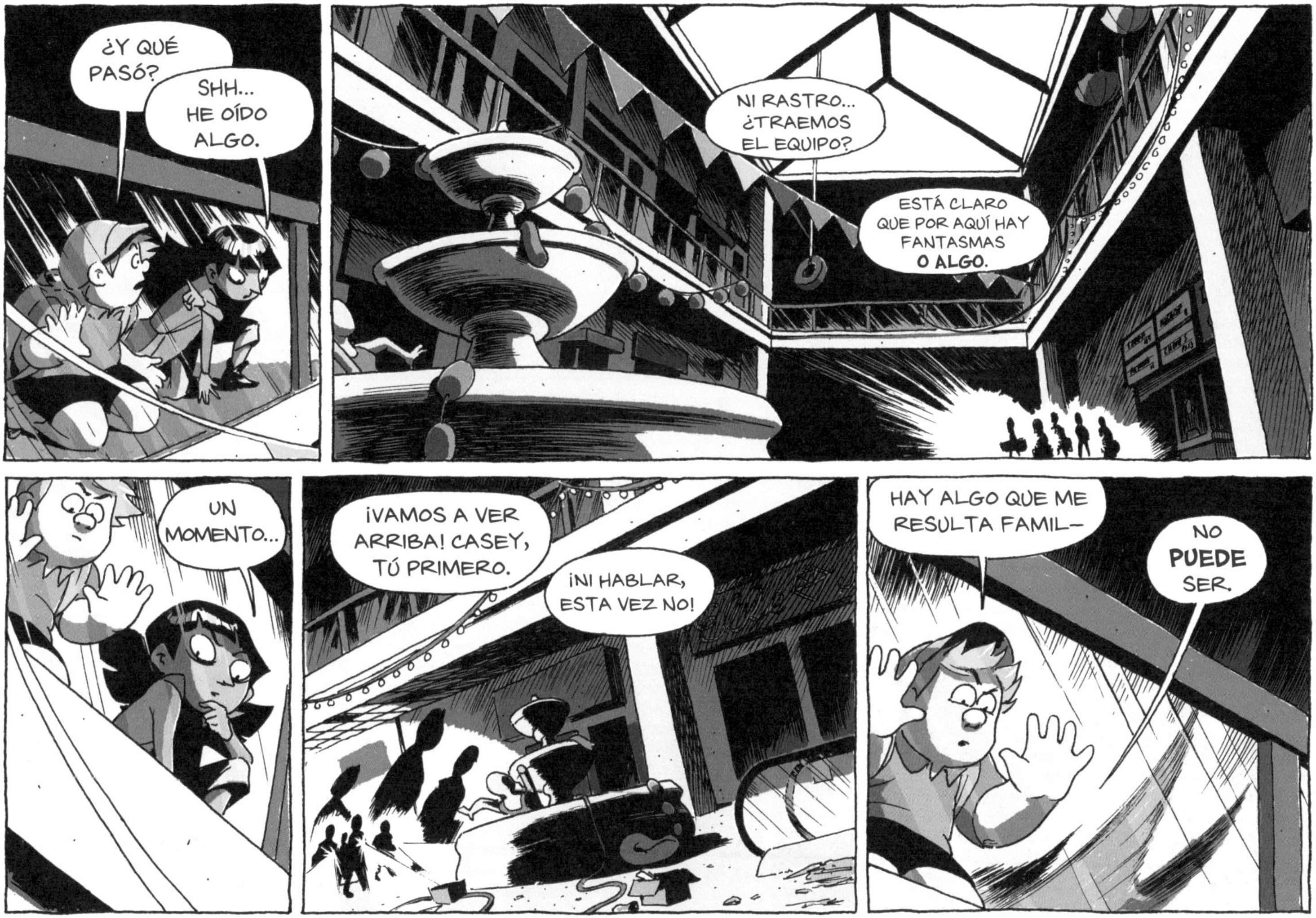
¿Y QUÉ PASÓ?
SHH... HE OÍDO ALGO.
NI RASTRO... ¿TRAEMOS EL EQUIPO?
ESTÁ CLARO QUE POR AQUÍ HAY FANTASMAS **O ALGO.**
UN MOMENTO...
¡VAMOS A VER ARRIBA! CASEY, TÚ PRIMERO.
¡NI HABLAR, ESTA VEZ NO!
HAY ALGO QUE ME RESULTA FAMIL—
NO **PUEDE** SER.

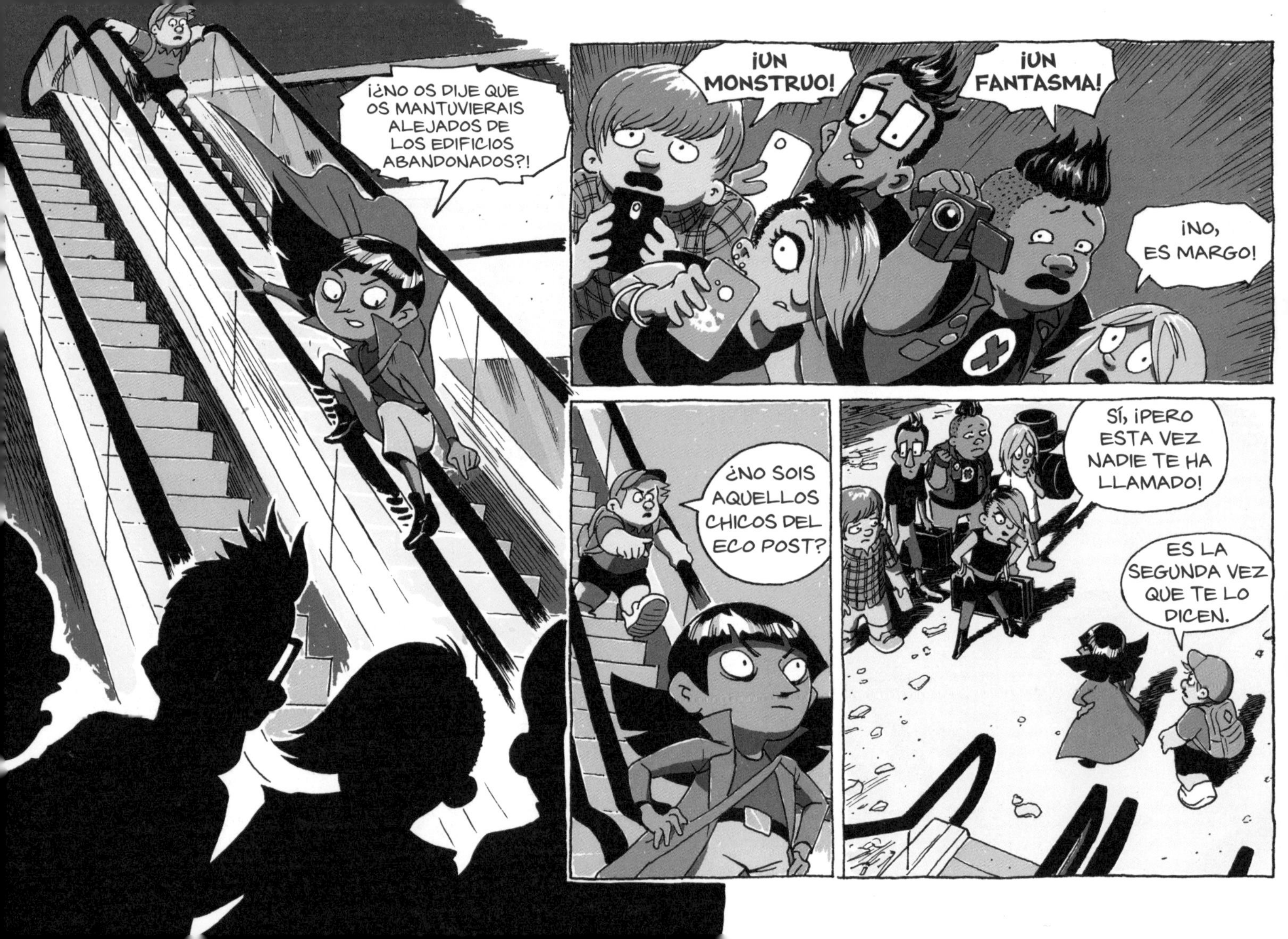
¡¿NO OS DIJE QUE OS MANTUVIERAIS ALEJADOS DE LOS EDIFICIOS ABANDONADOS?!
¡UN MONSTRUO!
¡UN FANTASMA!
¡NO, ES MARGO!
¿NO SOIS AQUELLOS CHICOS DEL ECO POST?
SÍ, ¡PERO ESTA VEZ NADIE TE HA LLAMADO!
ES LA SEGUNDA VEZ QUE TE LO DICEN.

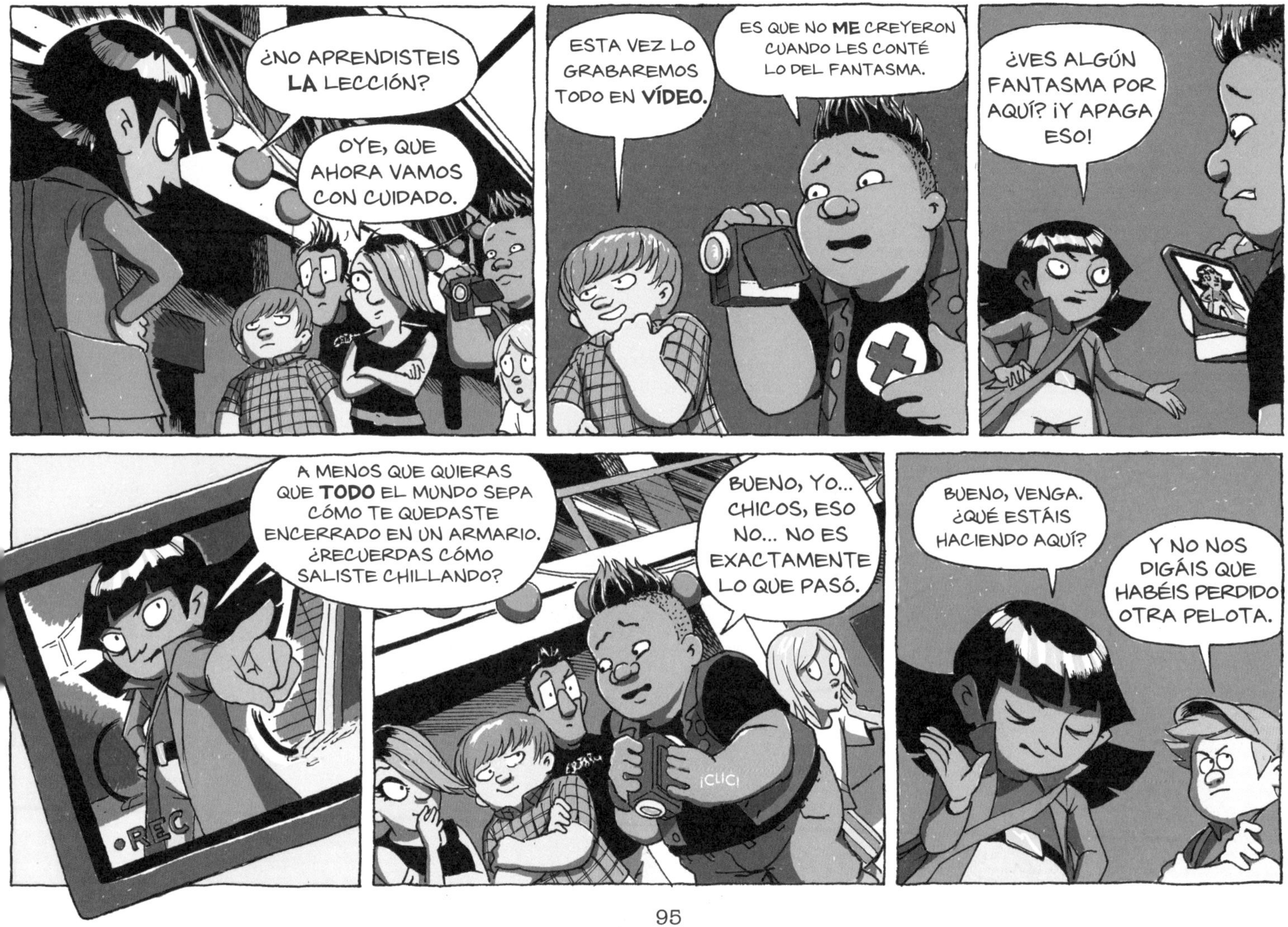
¿NO APRENDISTEIS LA LECCIÓN?
OYE, QUE AHORA VAMOS CON CUIDADO.
ESTA VEZ LO GRABAREMOS TODO EN VÍDEO.
ES QUE NO ME CREYERON CUANDO LES CONTÉ LO DEL FANTASMA.
¿VES ALGÚN FANTASMA POR AQUÍ? ¡Y APAGA ESO!
A MENOS QUE QUIERAS QUE TODO EL MUNDO SEPA CÓMO TE QUEDASTE ENCERRADO EN UN ARMARIO. ¿RECUERDAS CÓMO SALISTE CHILLANDO?
•REC
BUENO, YO... CHICOS, ESO NO... NO ES EXACTAMENTE LO QUE PASÓ.
¡CLIC!
BUENO, VENGA. ¿QUÉ ESTÁIS HACIENDO AQUÍ?
Y NO NOS DIGÁIS QUE HABÉIS PERDIDO OTRA PELOTA.

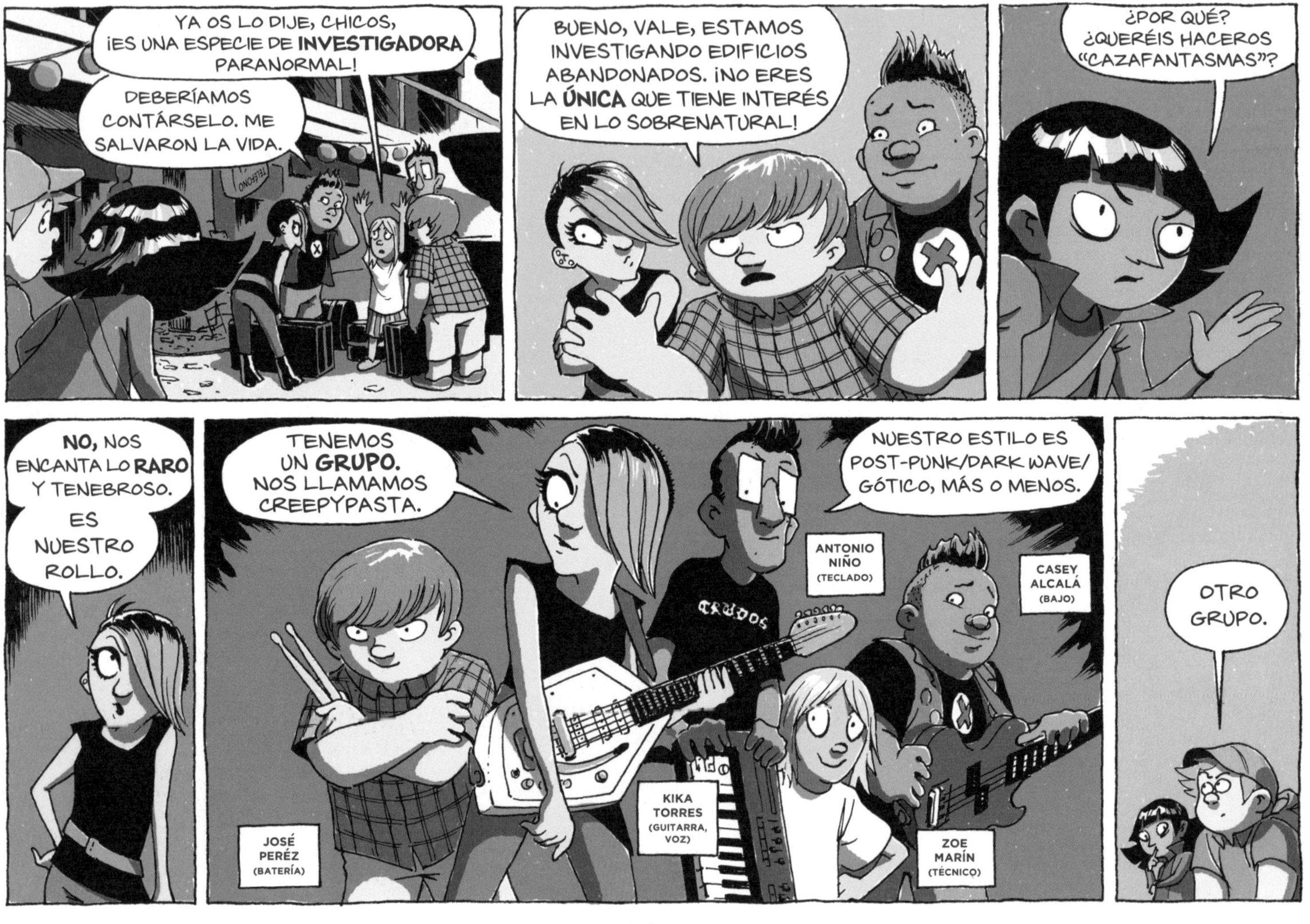
YA OS LO DIJE, CHICOS, ¡ES UNA ESPECIE DE **INVESTIGADORA** PARANORMAL!
DEBERÍAMOS CONTÁRSELO. ME SALVARON LA VIDA.
TELÉFONO
BUENO, VALE, ESTAMOS INVESTIGANDO EDIFICIOS ABANDONADOS. ¡NO ERES LA **ÚNICA** QUE TIENE INTERÉS EN LO SOBRENATURAL!
¿POR QUÉ? ¿QUERÉIS HACEROS "CAZAFANTASMAS"?
NO, NOS ENCANTA LO **RARO** Y TENEBROSO.
ES NUESTRO ROLLO.
TENEMOS UN **GRUPO.** NOS LLAMAMOS CREEPYPASTA.
NUESTRO ESTILO ES POST-PUNK/DARK WAVE/ GÓTICO, MÁS O MENOS.
ANTONIO NIÑO (TECLADO)
CASEY ALCALÁ (BAJO)
CRUDOS
JOSÉ PERÉZ (BATERÍA)
KIKA TORRES (GUITARRA, VOZ)
ZOE MARÍN (TÉCNICO)
OTRO GRUPO.

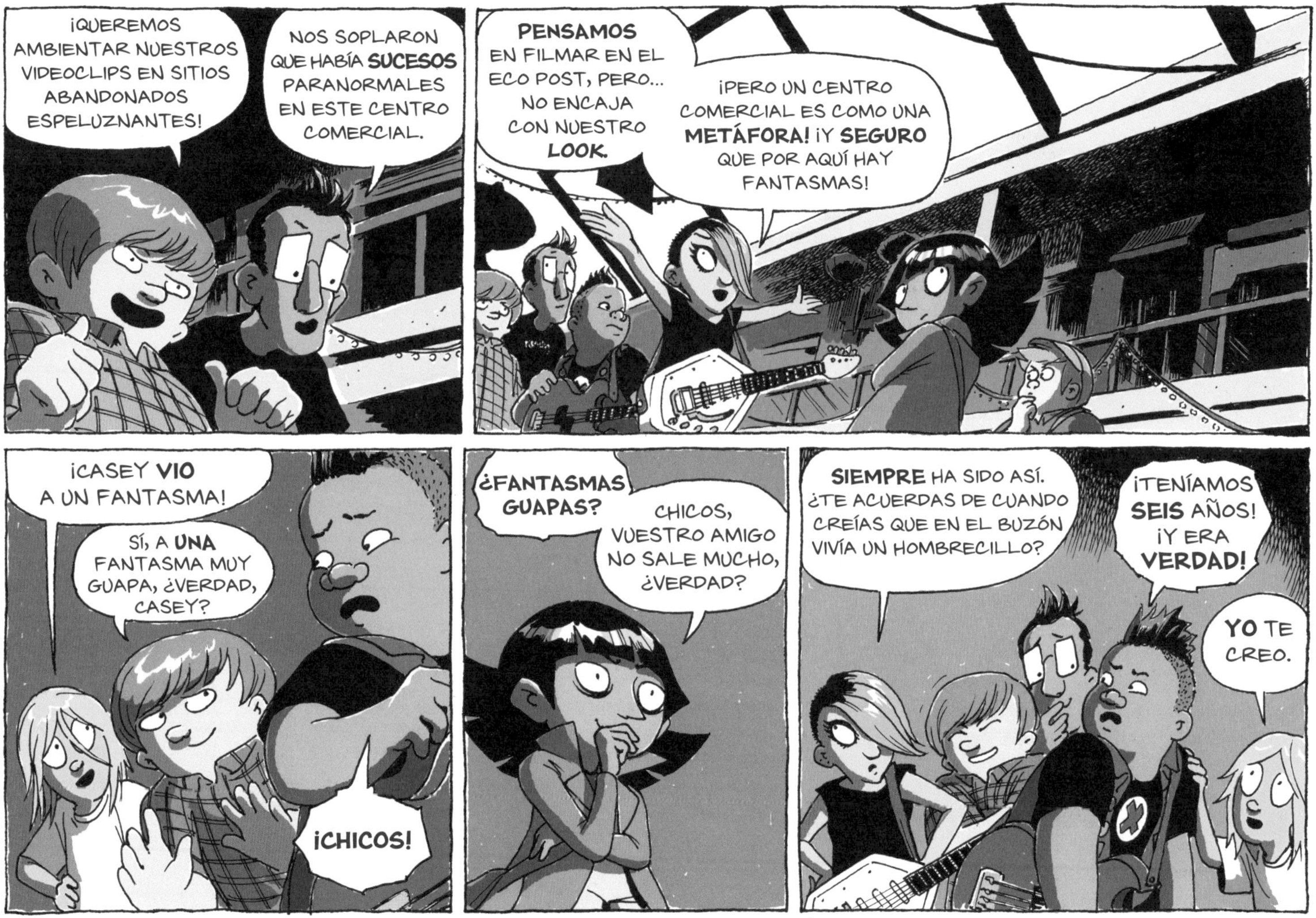
¡QUEREMOS AMBIENTAR NUESTROS VIDEOCLIPS EN SITIOS ABANDONADOS ESPELUZNANTES!
NOS SOPLARON QUE HABÍA **SUCESOS** PARANORMALES EN ESTE CENTRO COMERCIAL.
PENSAMOS EN FILMAR EN EL ECO POST, PERO... NO ENCAJA CON NUESTRO **LOOK.**
¡PERO UN CENTRO COMERCIAL ES COMO UNA **METÁFORA!** ¡Y **SEGURO** QUE POR AQUÍ HAY FANTASMAS!
¡CASEY **VIO** A UN FANTASMA!
SÍ, A **UNA** FANTASMA MUY GUAPA, ¿VERDAD, CASEY?
¡CHICOS!
¿FANTASMAS GUAPAS?
CHICOS, VUESTRO AMIGO NO SALE MUCHO, ¿VERDAD?
SIEMPRE HA SIDO ASÍ. ¿TE ACUERDAS DE CUANDO CREÍAS QUE EN EL BUZÓN VIVÍA UN HOMBRECILLO?
¡TENÍAMOS **SEIS** AÑOS! ¡Y ERA **VERDAD!**
YO TE CREO.

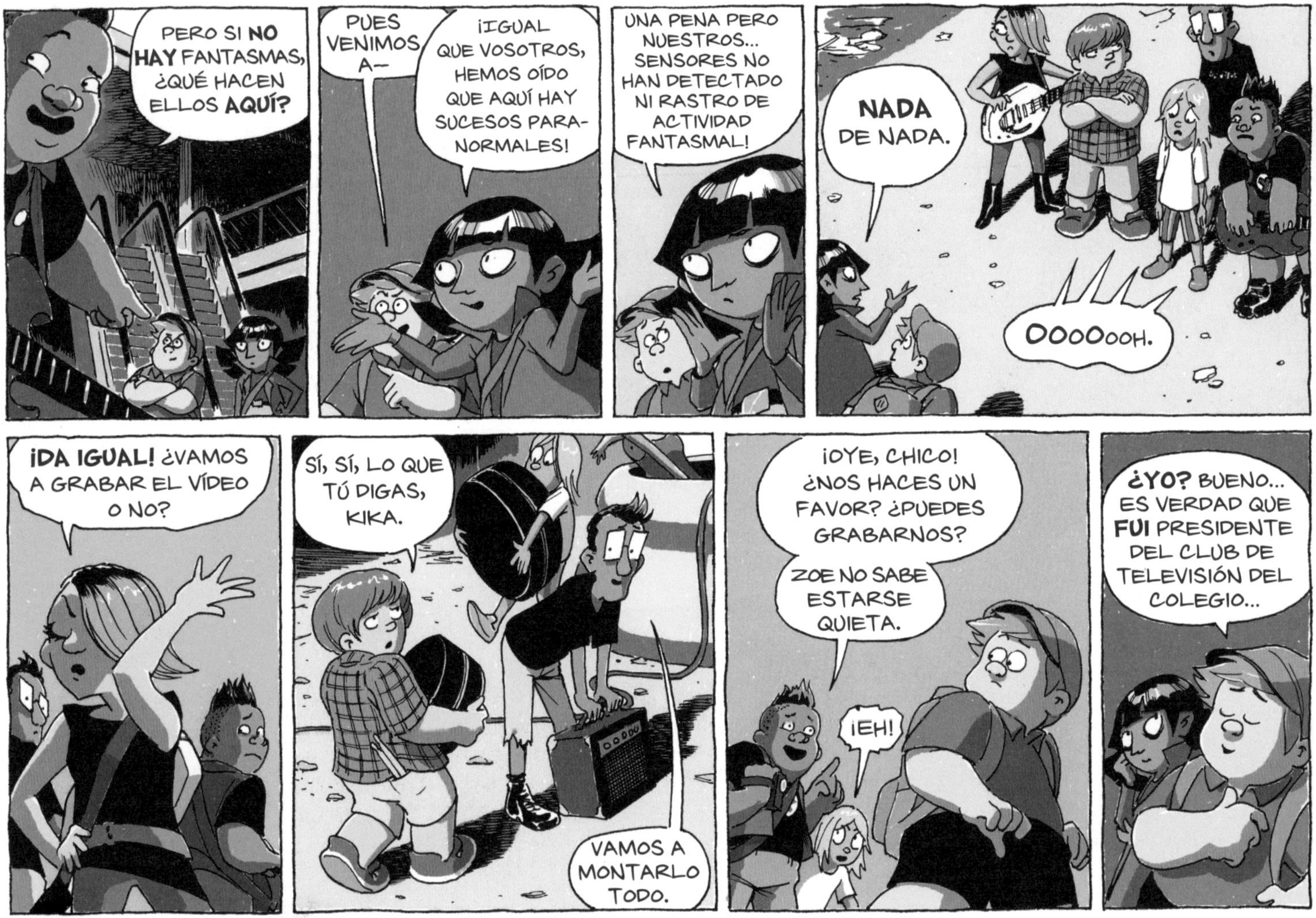
PERO SI NO HAY FANTASMAS, ¿QUÉ HACEN ELLOS AQUÍ?
PUES VENIMOS A—
¡IGUAL QUE VOSOTROS, HEMOS OÍDO QUE AQUÍ HAY SUCESOS PARA-NORMALES!
UNA PENA PERO NUESTROS... SENSORES NO HAN DETECTADO NI RASTRO DE ACTIVIDAD FANTASMAL!
NADA DE NADA.
OOOOooH.
¡DA IGUAL! ¿VAMOS A GRABAR EL VÍDEO O NO?
SÍ, SÍ, LO QUE TÚ DIGAS, KIKA.
VAMOS A MONTARLO TODO.
¡OYE, CHICO! ¿NOS HACES UN FAVOR? ¿PUEDES GRABARNOS?
ZOE NO SABE ESTARSE QUIETA.
¡EH!
¿YO? BUENO... ES VERDAD QUE FUI PRESIDENTE DEL CLUB DE TELEVISIÓN DEL COLEGIO...

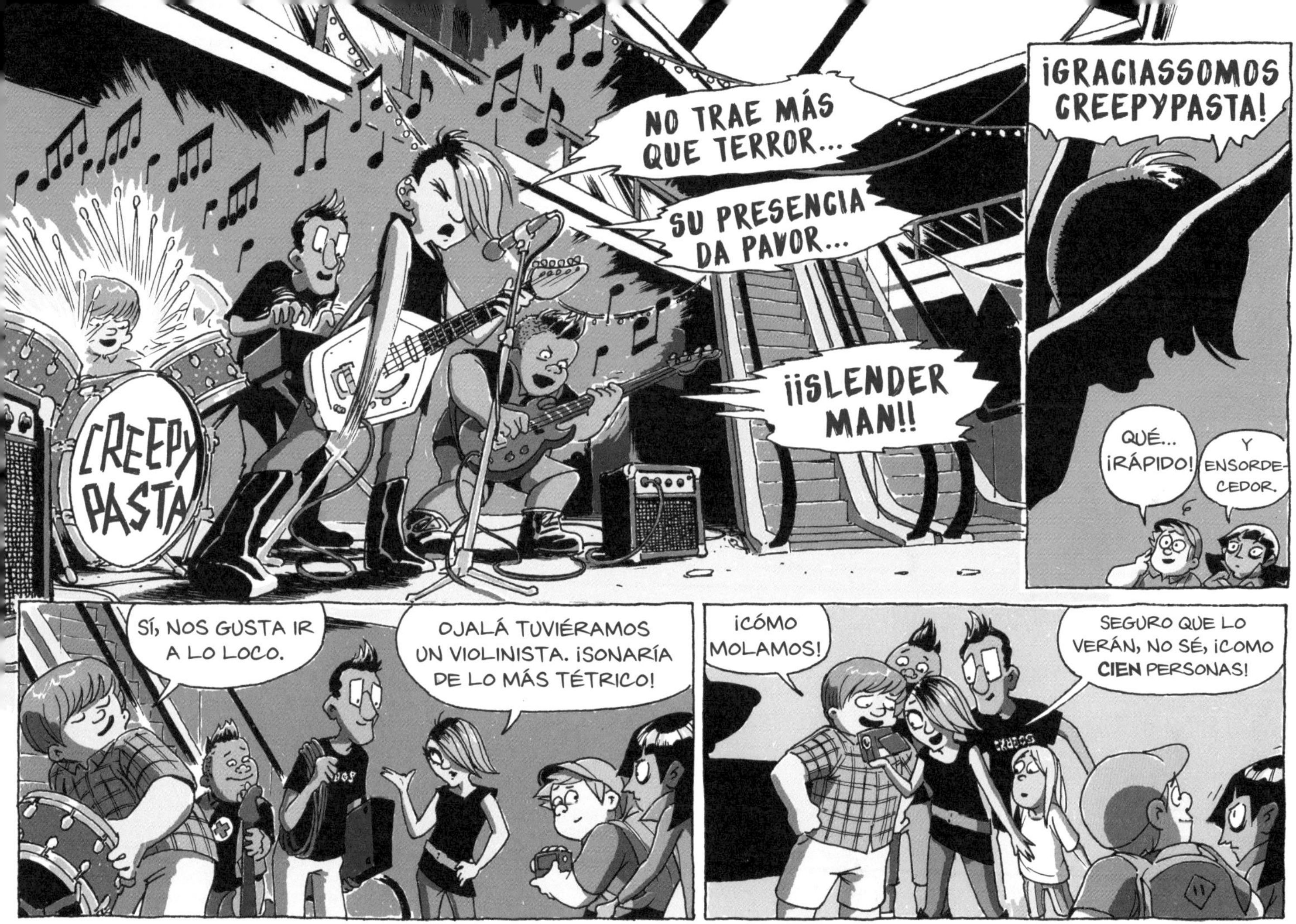
CREEPY PASTA
NO TRAE MÁS QUE TERROR...
SU PRESENCIA DA PAVOR...
¡¡SLENDER MAN!!
¡GRACIASSOMOS CREEPYPASTA!
QUÉ... ¡RÁPIDO!
Y ENSORDE-CEDOR.
SÍ, NOS GUSTA IR A LO LOCO.
OJALÁ TUVIÉRAMOS UN VIOLINISTA. ¡SONARÍA DE LO MÁS TÉTRICO!
¡CÓMO MOLAMOS!
SEGURO QUE LO VERÁN, NO SÉ, ¡COMO **CIEN** PERSONAS!

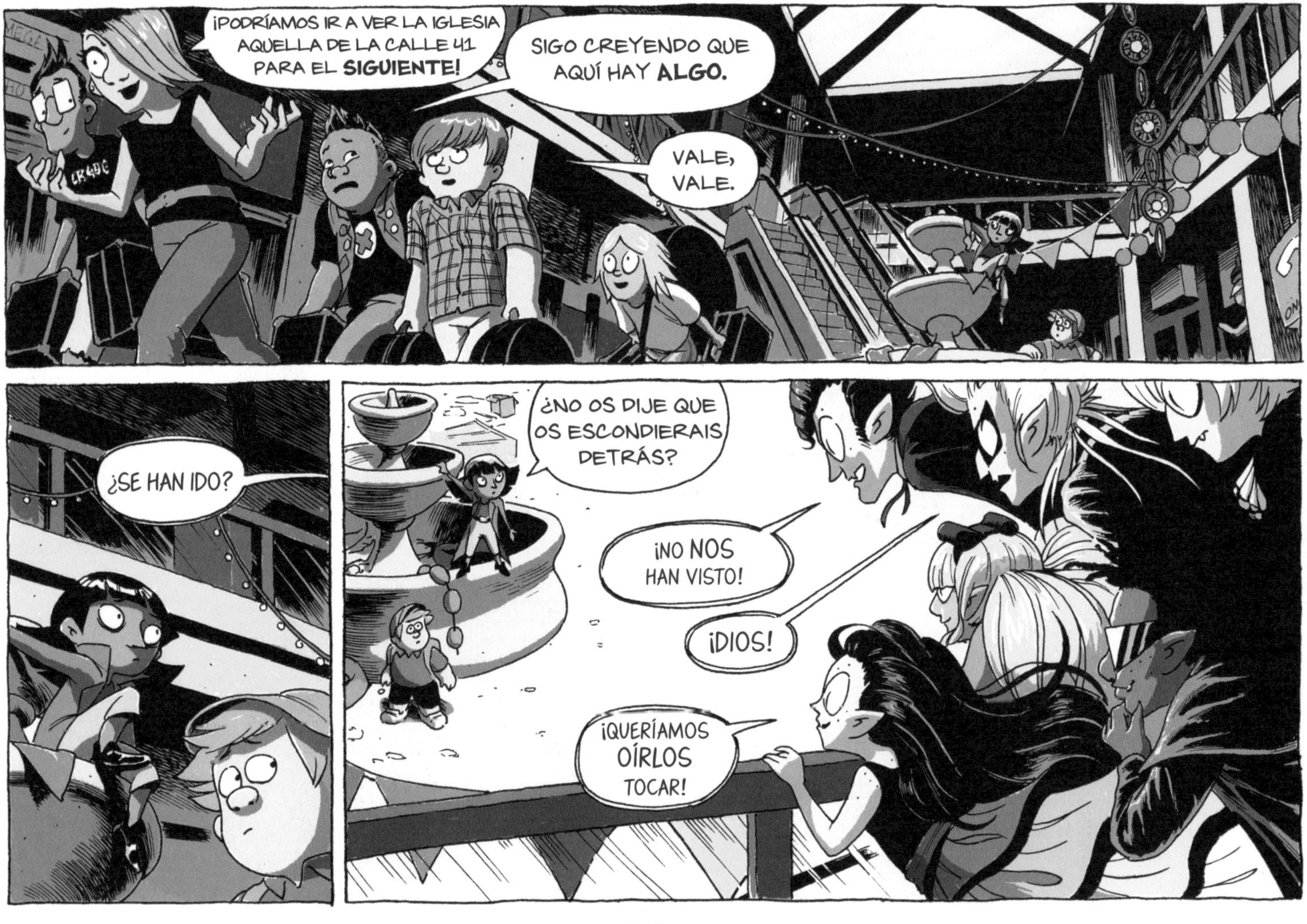
¡PODRÍAMOS IR A VER LA IGLESIA AQUELLA DE LA CALLE 41 PARA EL SIGUIENTE!
SIGO CREYENDO QUE AQUÍ HAY ALGO.
VALE, VALE.
¿SE HAN IDO?
¿NO OS DIJE QUE OS ESCONDIERAIS DETRÁS?
¡NO NOS HAN VISTO!
¡DIOS!
¡QUERÍAMOS OÍRLOS TOCAR!

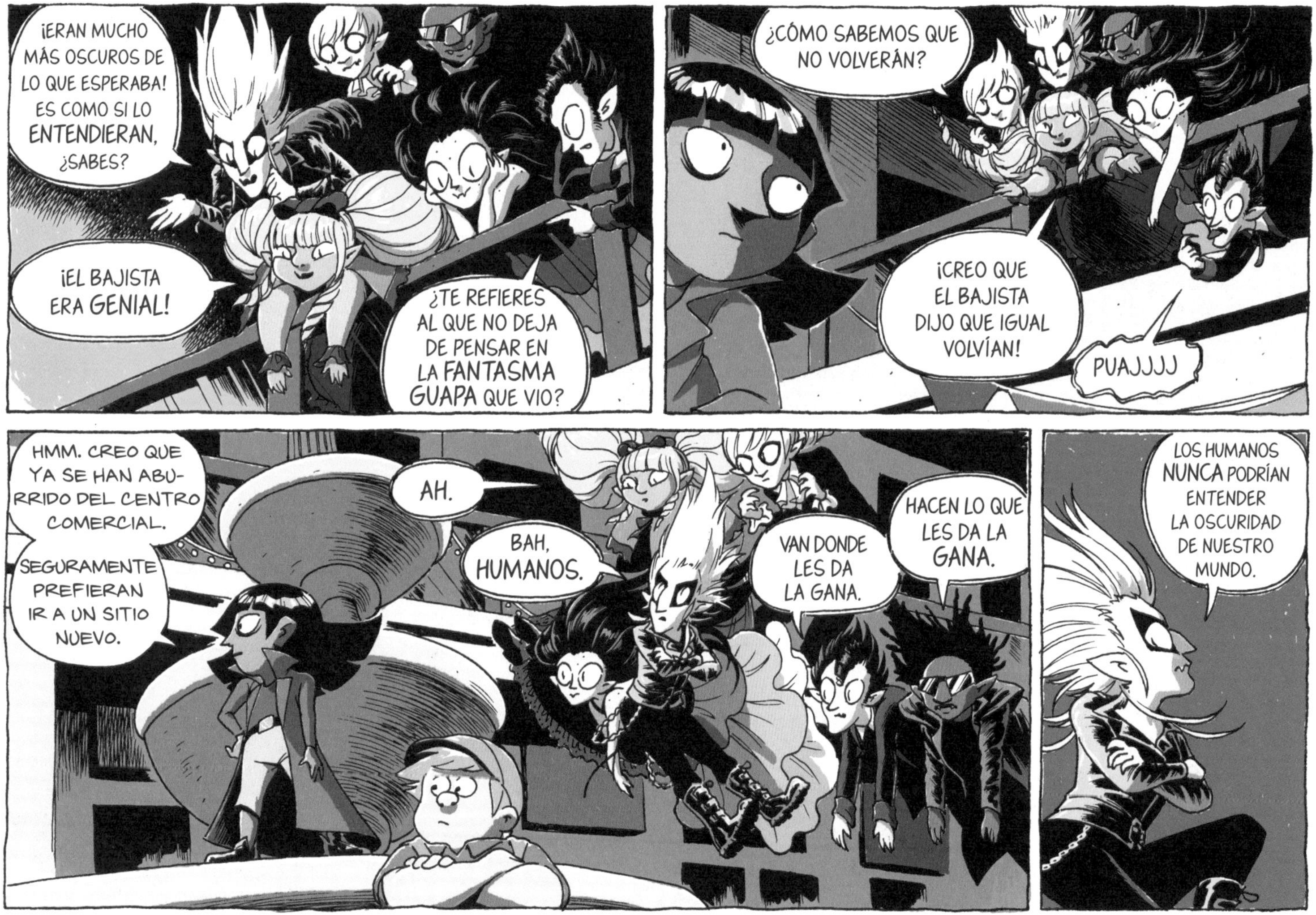
¡ERAN MUCHO MÁS OSCUROS DE LO QUE ESPERABA! ES COMO SI LO ENTENDIERAN, ¿SABES?
¡EL BAJISTA ERA GENIAL!
¿TE REFIERES AL QUE NO DEJA DE PENSAR EN LA FANTASMA GUAPA QUE VIO?
¿CÓMO SABEMOS QUE NO VOLVERÁN?
¡CREO QUE EL BAJISTA DIJO QUE IGUAL VOLVÍAN!
PUAJJJJ
HMM. CREO QUE YA SE HAN ABURRIDO DEL CENTRO COMERCIAL.
SEGURAMENTE PREFIERAN IR A UN SITIO NUEVO.
AH.
BAH, HUMANOS.
VAN DONDE LES DA LA GANA.
HACEN LO QUE LES DA LA GANA.
LOS HUMANOS NUNCA PODRÍAN ENTENDER LA OSCURIDAD DE NUESTRO MUNDO.

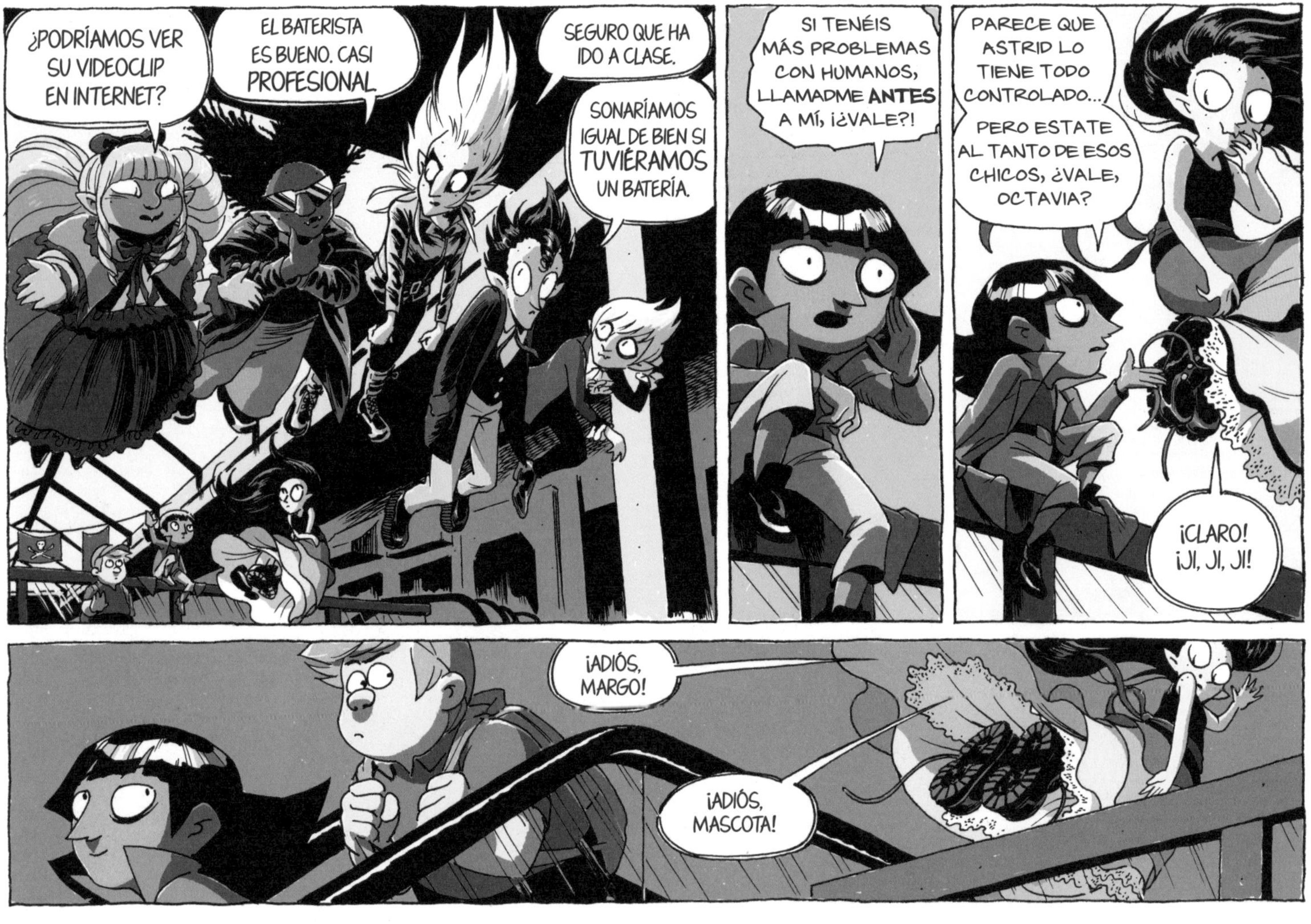
¿PODRÍAMOS VER SU VIDEOCLIP EN INTERNET?
EL BATERISTA ES BUENO. CASI PROFESIONAL.
SEGURO QUE HA IDO A CLASE.
SONARÍAMOS IGUAL DE BIEN SI TUVIÉRAMOS UN BATERÍA.
SI TENÉIS MÁS PROBLEMAS CON HUMANOS, LLAMADME **ANTES** A MÍ, ¡¿VALE?!
PARECE QUE ASTRID LO TIENE TODO CONTROLADO...
PERO ESTATE AL TANTO DE ESOS CHICOS, ¿VALE, OCTAVIA?
¡CLARO! ¡JI, JI, JI!
¡ADIÓS, MARGO!
¡ADIÓS, MASCOTA!

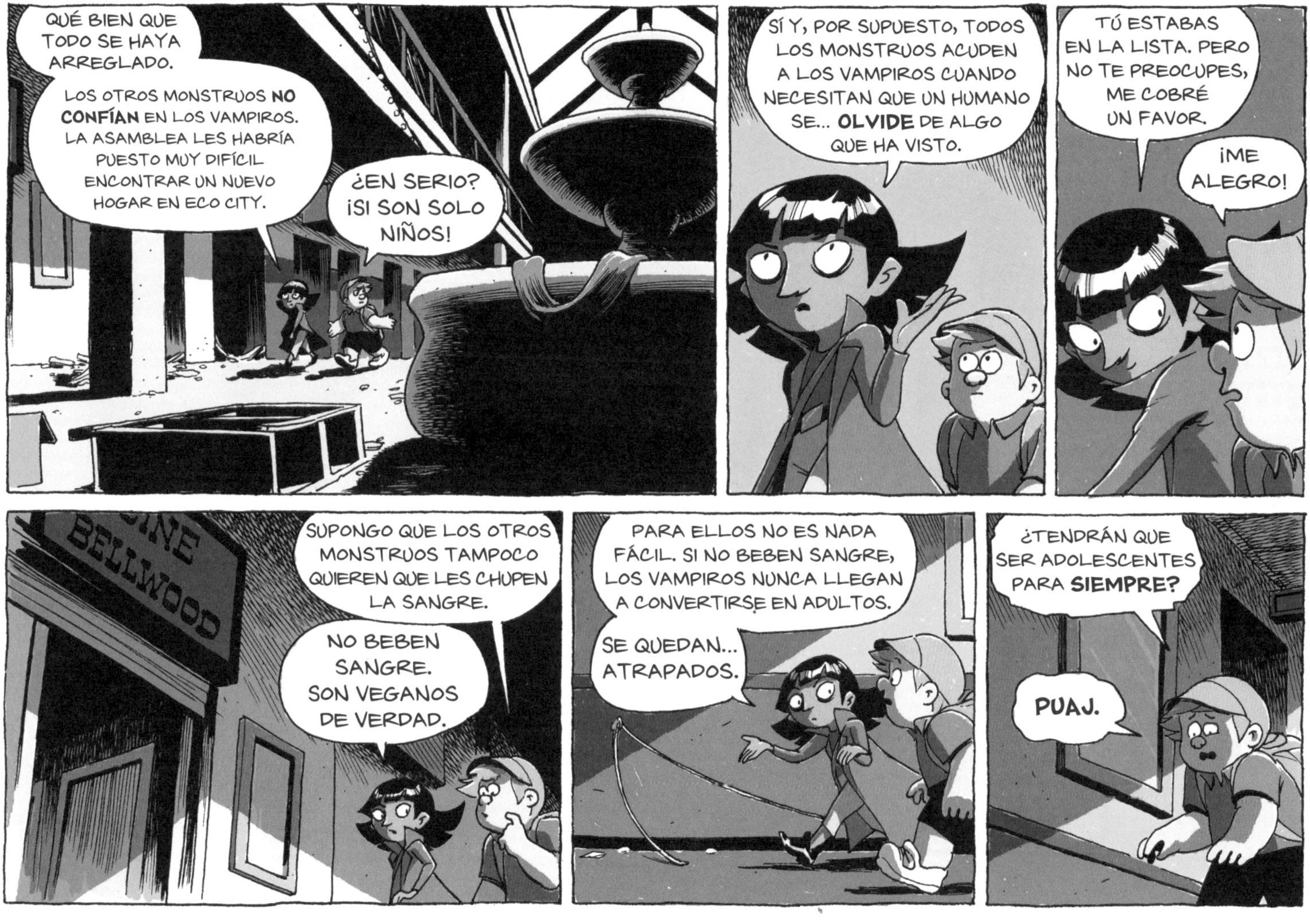
QUÉ BIEN QUE TODO SE HAYA ARREGLADO.
LOS OTROS MONSTRUOS **NO CONFÍAN** EN LOS VAMPIROS. LA ASAMBLEA LES HABRÍA PUESTO MUY DIFÍCIL ENCONTRAR UN NUEVO HOGAR EN ECO CITY.
¿EN SERIO? ¡SI SON SOLO NIÑOS!
SÍ Y, POR SUPUESTO, TODOS LOS MONSTRUOS ACUDEN A LOS VAMPIROS CUANDO NECESITAN QUE UN HUMANO SE... **OLVIDE** DE ALGO QUE HA VISTO.
TÚ ESTABAS EN LA LISTA. PERO NO TE PREOCUPES, ME COBRÉ UN FAVOR.
¡ME ALEGRO!
BELLWOOD
SUPONGO QUE LOS OTROS MONSTRUOS TAMPOCO QUIEREN QUE LES CHUPEN LA SANGRE.
NO BEBEN SANGRE. SON VEGANOS DE VERDAD.
PARA ELLOS NO ES NADA FÁCIL. SI NO BEBEN SANGRE, LOS VAMPIROS NUNCA LLEGAN A CONVERTIRSE EN ADULTOS.
SE QUEDAN... ATRAPADOS.
¿TENDRÁN QUE SER ADOLESCENTES PARA **SIEMPRE?**
PUAJ.

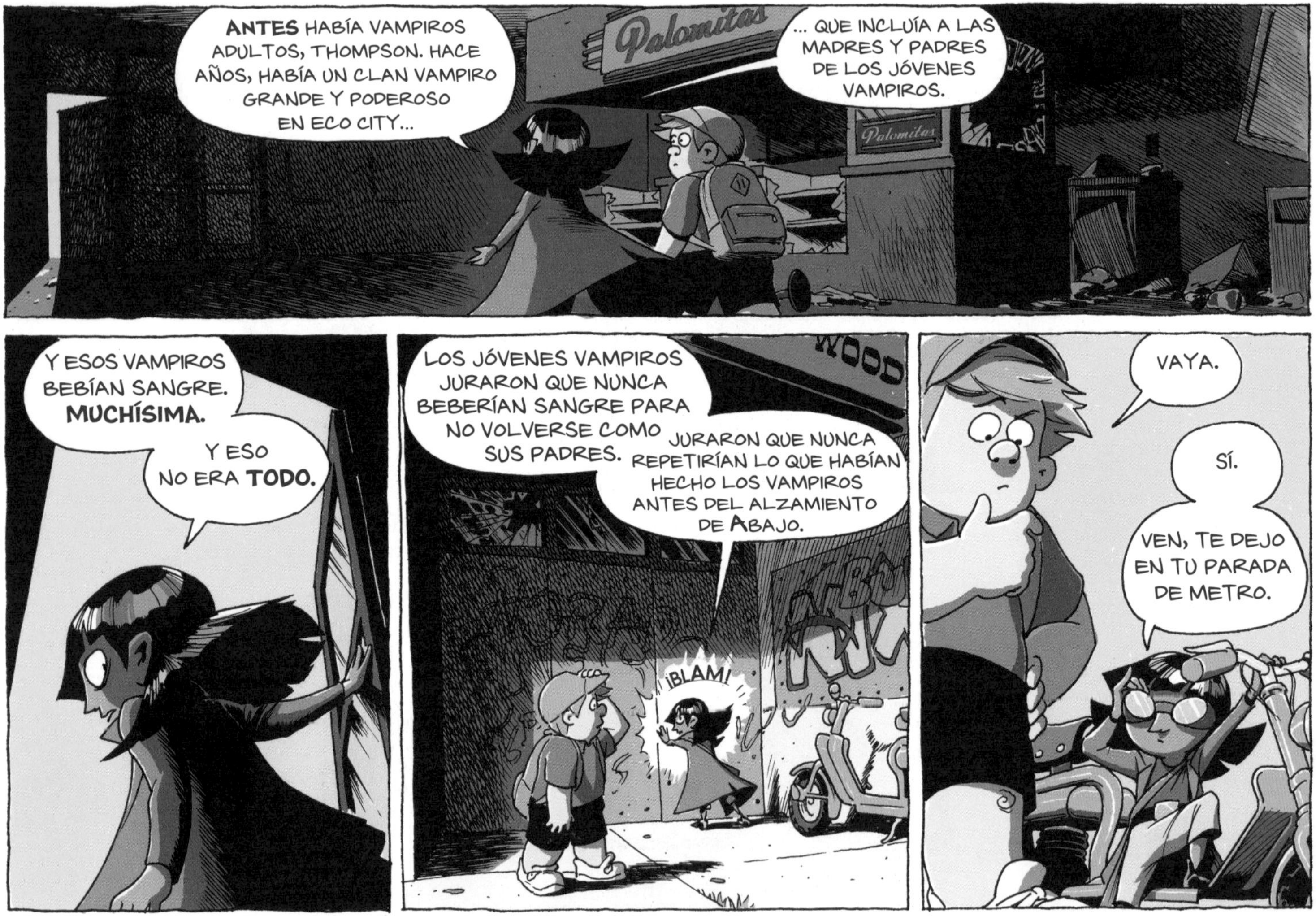
ANTES HABÍA VAMPIROS ADULTOS, THOMPSON. HACE AÑOS, HABÍA UN CLAN VAMPIRO GRANDE Y PODEROSO EN ECO CITY...
... QUE INCLUÍA A LAS MADRES Y PADRES DE LOS JÓVENES VAMPIROS.
Palomitas
Y ESOS VAMPIROS BEBÍAN SANGRE. MUCHÍSIMA.
Y ESO NO ERA TODO.
LOS JÓVENES VAMPIROS JURARON QUE NUNCA BEBERÍAN SANGRE PARA NO VOLVERSE COMO SUS PADRES.
JURARON QUE NUNCA REPETIRÍAN LO QUE HABÍAN HECHO LOS VAMPIROS ANTES DEL ALZAMIENTO DE ABAJO.
¡BLAM!
VAYA.
SÍ.
VEN, TE DEJO EN TU PARADA DE METRO.

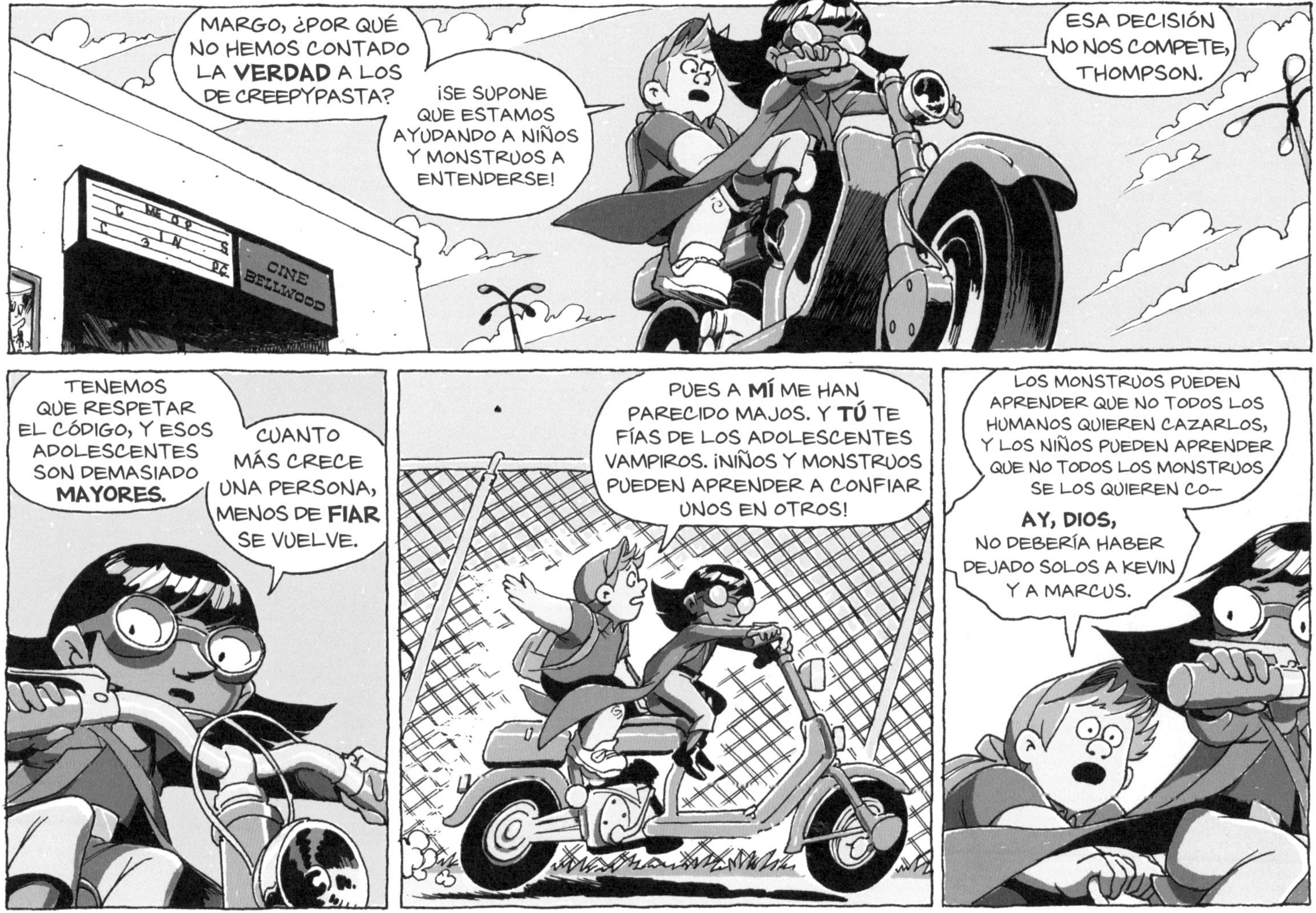
MARGO, ¿POR QUÉ NO HEMOS CONTADO LA VERDAD A LOS DE CREEPYPASTA?
¡SE SUPONE QUE ESTAMOS AYUDANDO A NIÑOS Y MONSTRUOS A ENTENDERSE!
ESA DECISIÓN NO NOS COMPETE, THOMPSON.
CINE BELLWOOD
TENEMOS QUE RESPETAR EL CÓDIGO, Y ESOS ADOLESCENTES SON DEMASIADO MAYORES.
CUANTO MÁS CRECE UNA PERSONA, MENOS DE FIAR SE VUELVE.
PUES A MÍ ME HAN PARECIDO MAJOS. Y TÚ TE FÍAS DE LOS ADOLESCENTES VAMPIROS. ¡NIÑOS Y MONSTRUOS PUEDEN APRENDER A CONFIAR UNOS EN OTROS!
LOS MONSTRUOS PUEDEN APRENDER QUE NO TODOS LOS HUMANOS QUIEREN CAZARLOS, Y LOS NIÑOS PUEDEN APRENDER QUE NO TODOS LOS MONSTRUOS SE LOS QUIEREN CO—
AY, DIOS, NO DEBERÍA HABER DEJADO SOLOS A KEVIN Y A MARCUS.

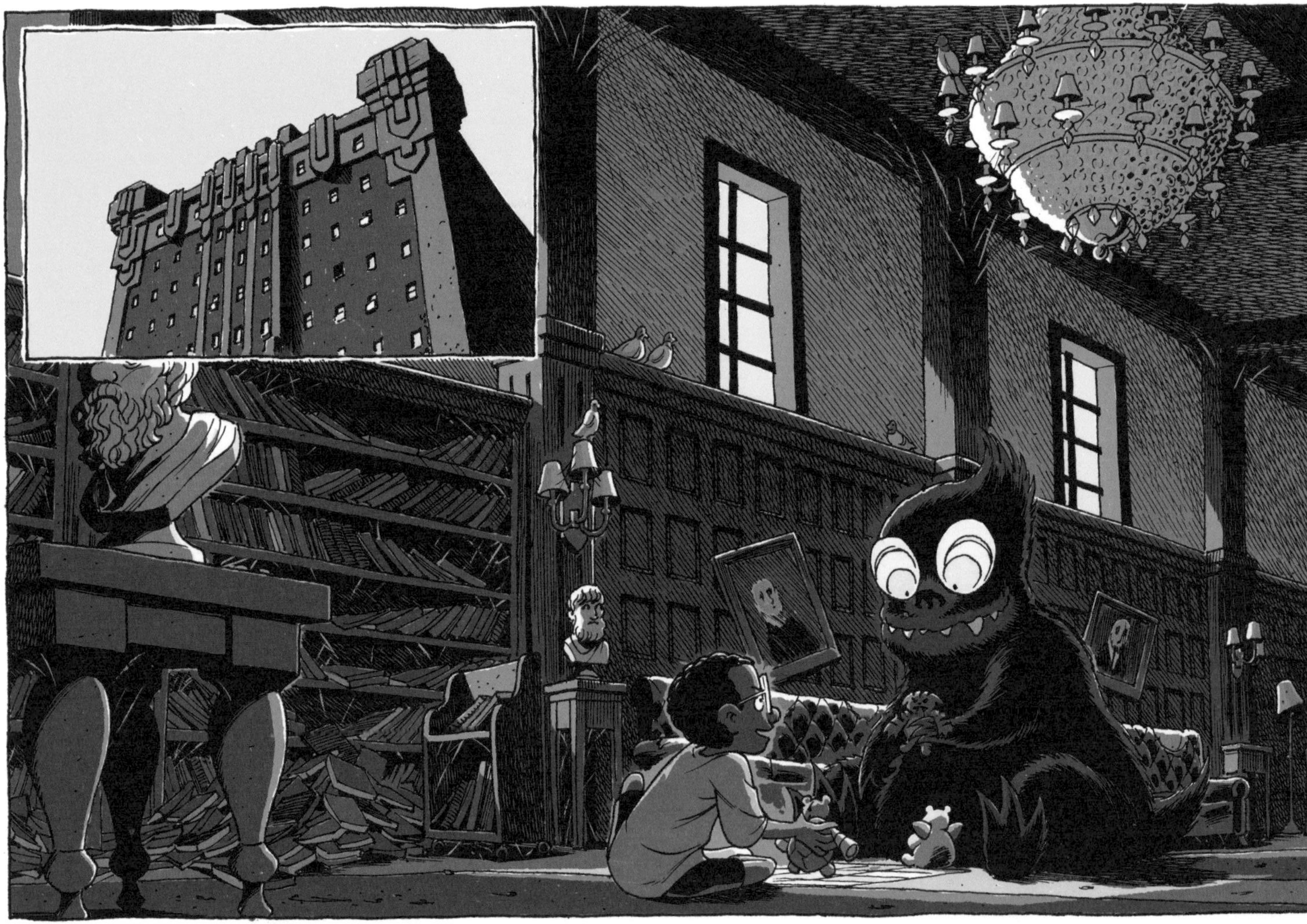

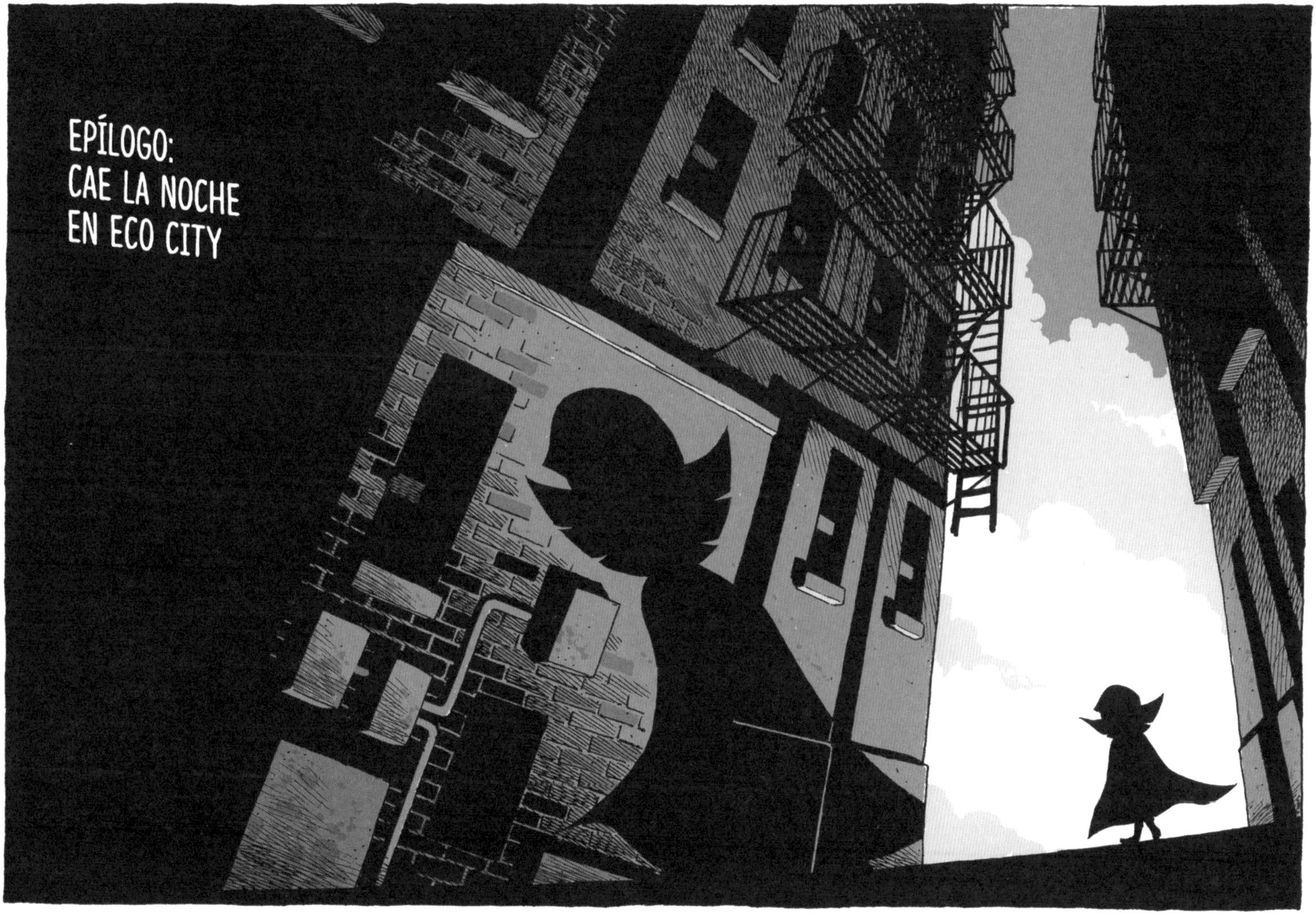
EPÍLOGO:
CAE LA NOCHE
EN ECO CITY

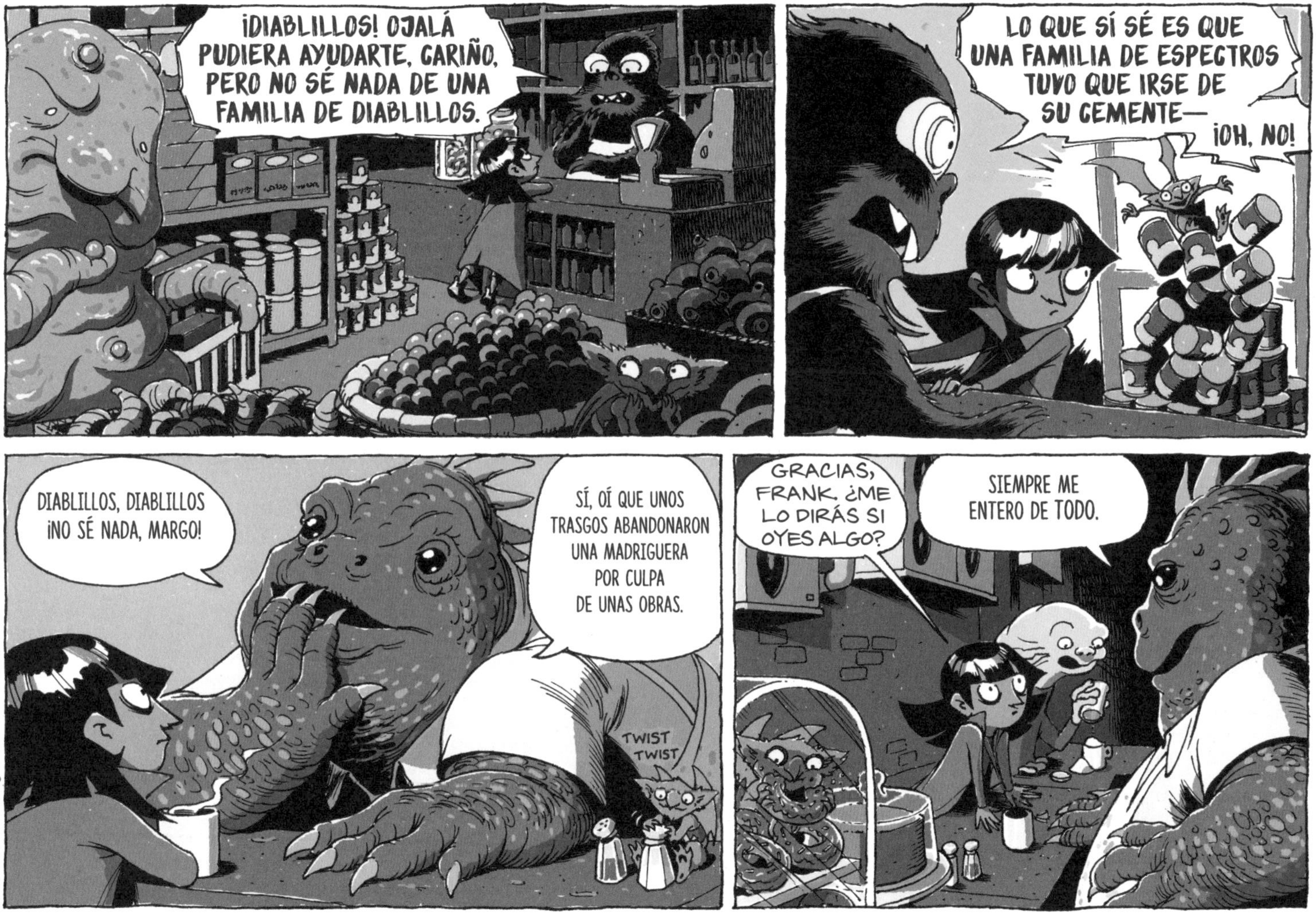

¡DIABLILLOS! OJALÁ PUDIERA AYUDARTE, CARIÑO, PERO NO SÉ NADA DE UNA FAMILIA DE DIABLILLOS.
LO QUE SÍ SÉ ES QUE UNA FAMILIA DE ESPECTROS TUVO QUE IRSE DE SU CEMENTE—
¡OH, NO!
DIABLILLOS, DIABLILLOS ¡NO SÉ NADA, MARGO!
SÍ, OÍ QUE UNOS TRASGOS ABANDONARON UNA MADRIGUERA POR CULPA DE UNAS OBRAS.
TWIST
TWIST
GRACIAS, FRANK. ¿ME LO DIRÁS SI OYES ALGO?
SIEMPRE ME ENTERO DE TODO.

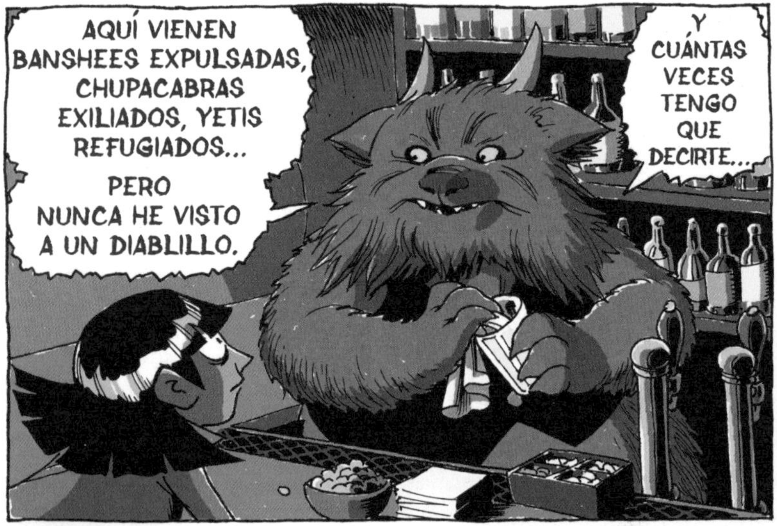
AQUÍ VIENEN BANSHEES EXPULSADAS, CHUPACABRAS EXILIADOS, YETIS REFUGIADOS...
PERO NUNCA HE VISTO A UN DIABLILLO.
Y CUÁNTAS VECES TENGO QUE DECIRTE...

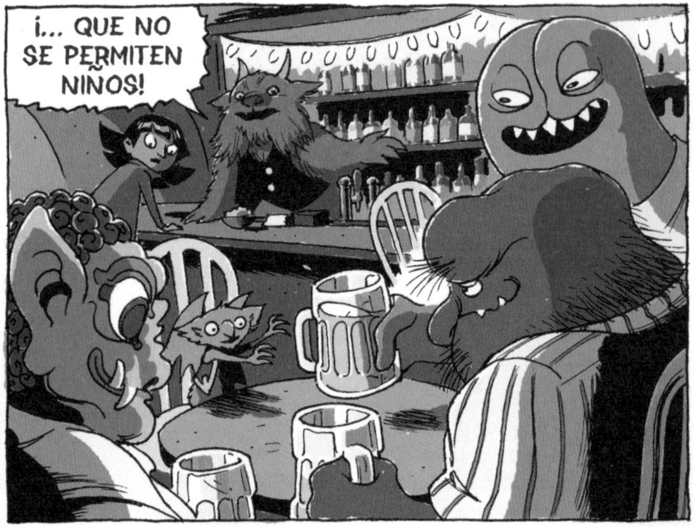
¡... QUE NO SE PERMITEN NIÑOS!

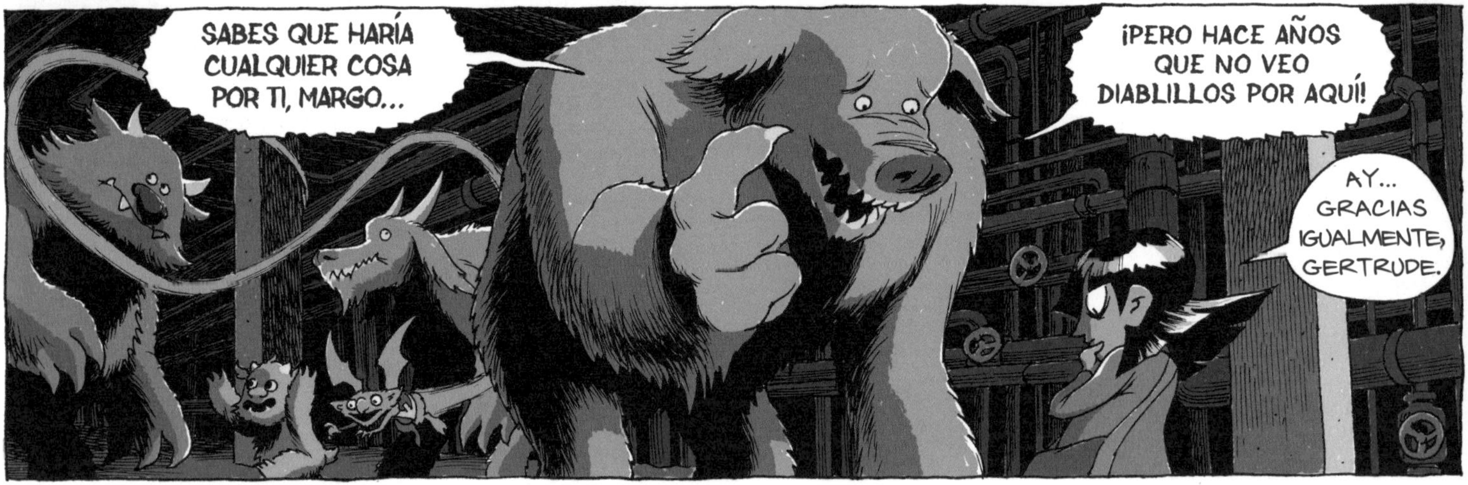
SABES QUE HARÍA CUALQUIER COSA POR TI, MARGO...
¡PERO HACE AÑOS QUE NO VEO DIABLILLOS POR AQUÍ!
AY... GRACIAS IGUALMENTE, GERTRUDE.

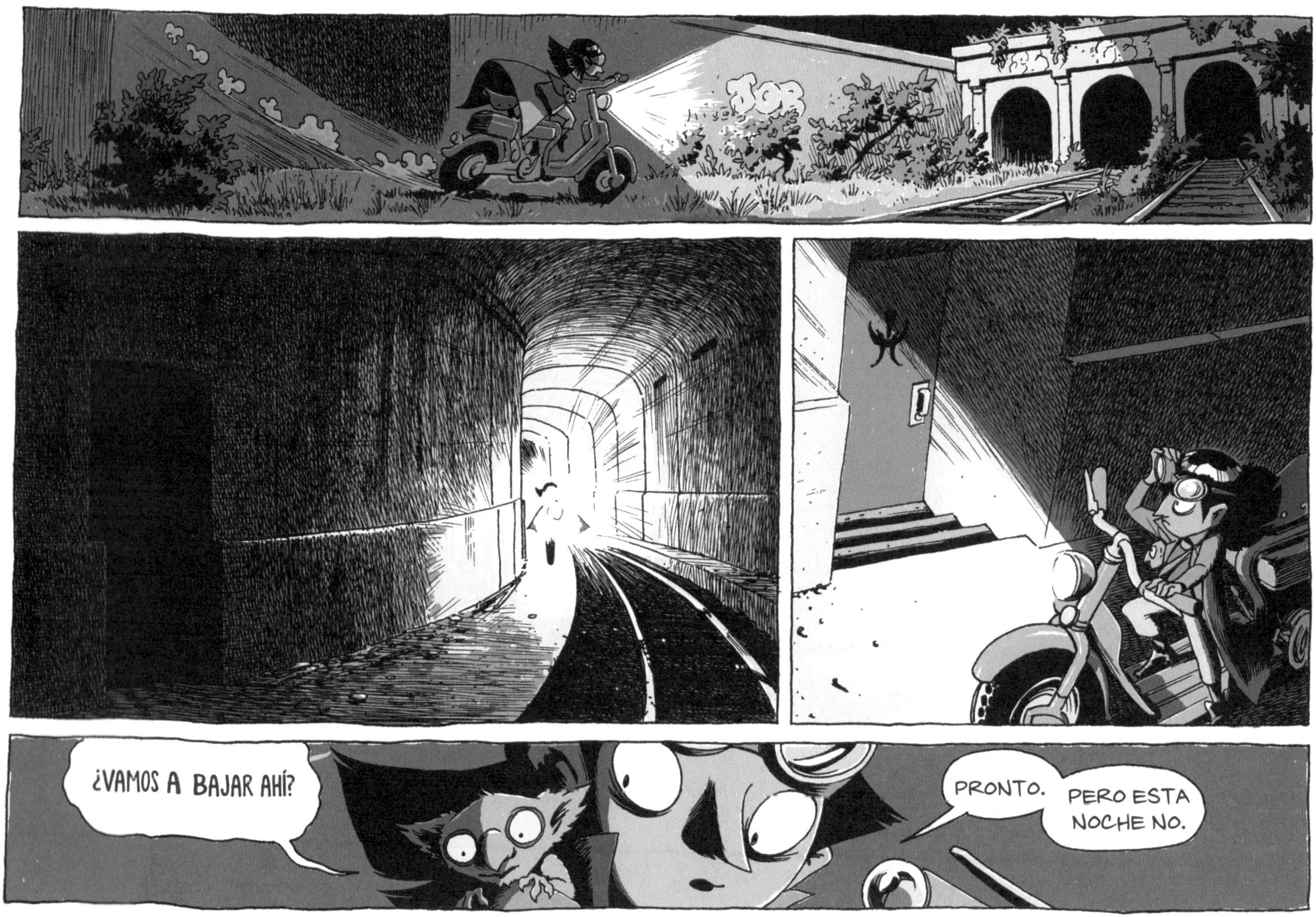
¿VAMOS A BAJAR AHÍ?
PRONTO.
PERO ESTA NOCHE NO.

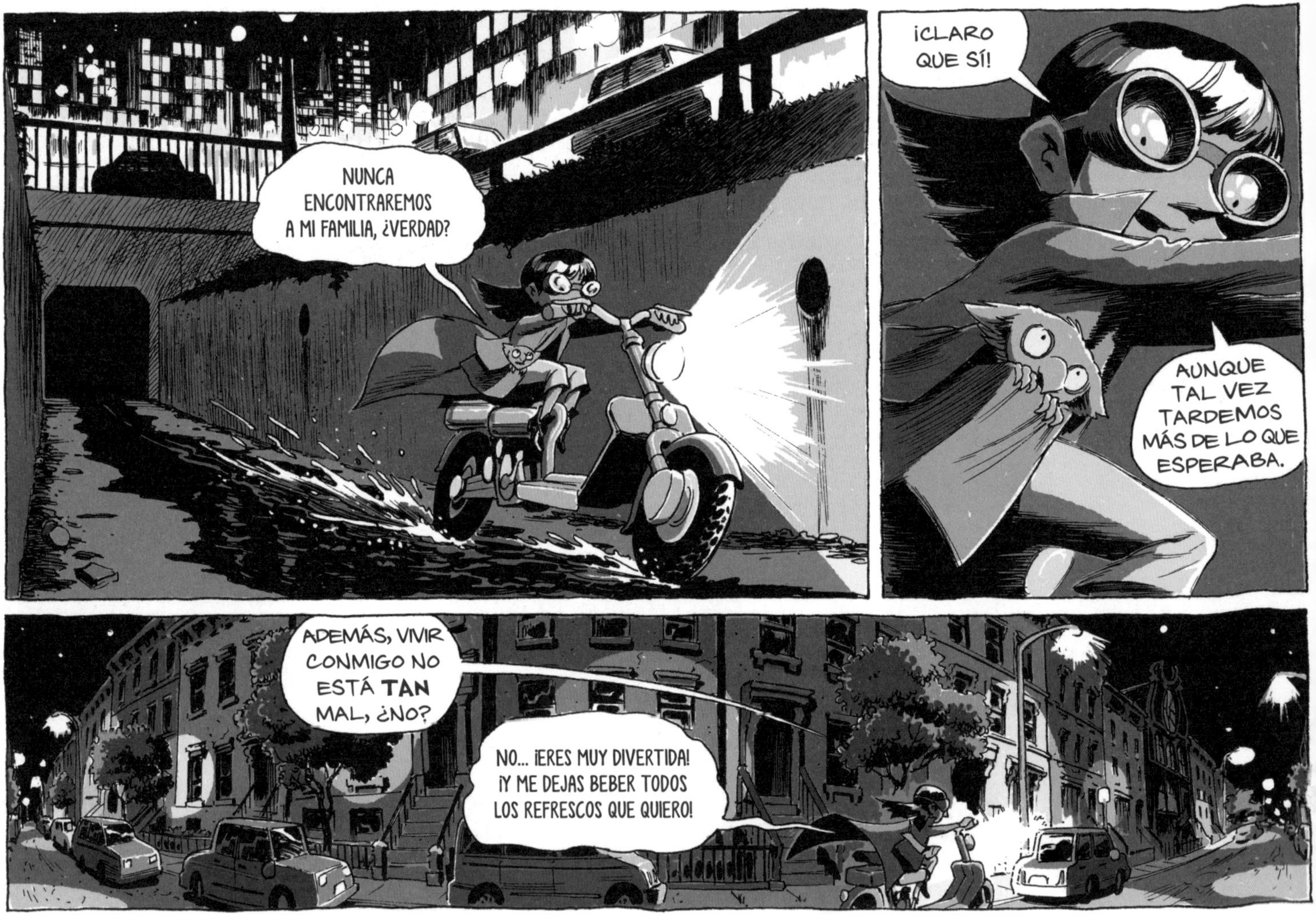

NUNCA ENCONTRAREMOS A MI FAMILIA, ¿VERDAD?
¡CLARO QUE SÍ!
AUNQUE TAL VEZ TARDEMOS MÁS DE LO QUE ESPERABA.
ADEMÁS, VIVIR CONMIGO NO ESTÁ **TAN** MAL, ¿NO?
NO... ¡ERES MUY DIVERTIDA! ¡Y ME DEJAS BEBER TODOS LOS REFRESCOS QUE QUIERO!

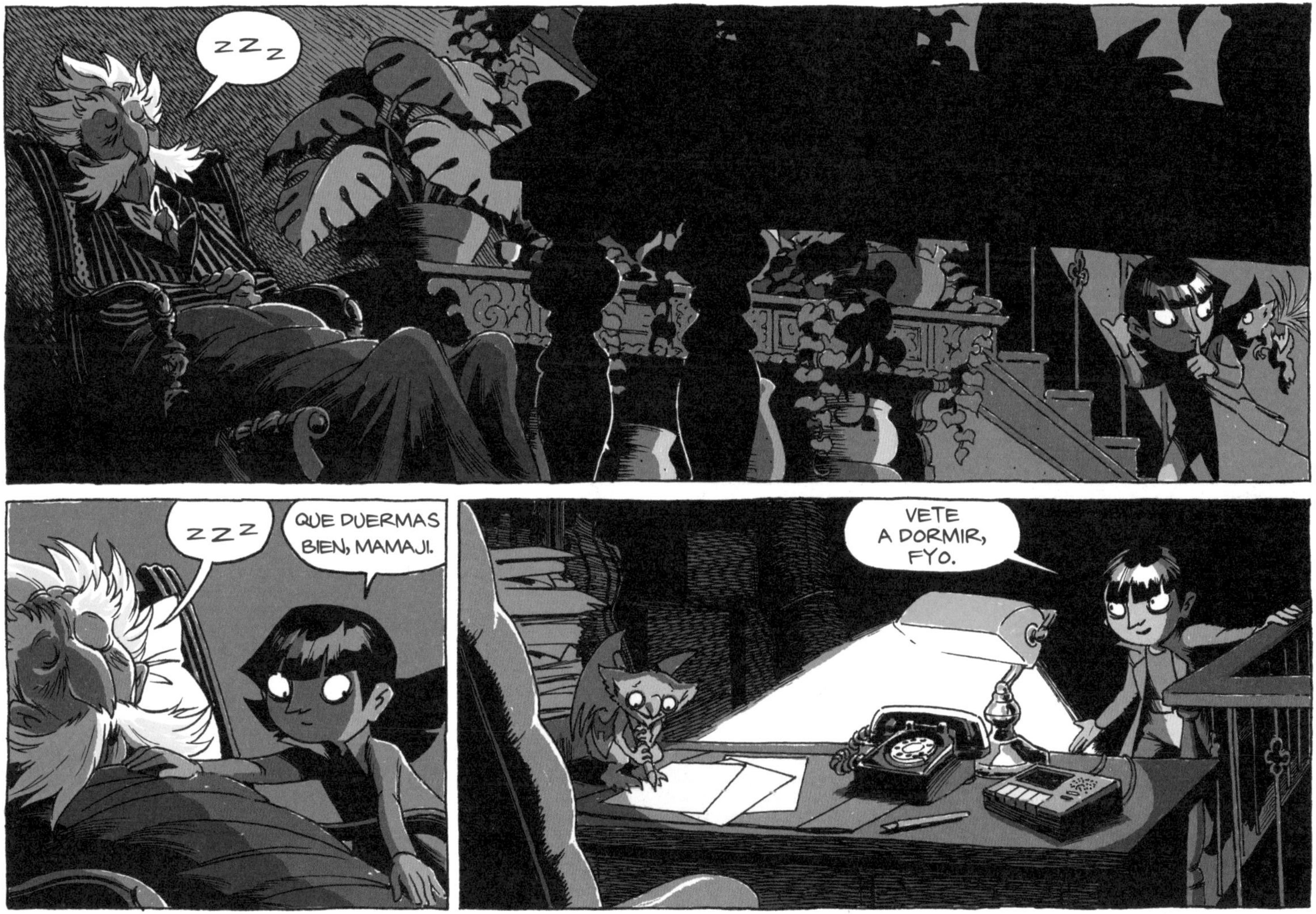
ZZZ
ZZZ
QUE DUERMAS BIEN, MAMAJI.
VETE A DORMIR, FYO.

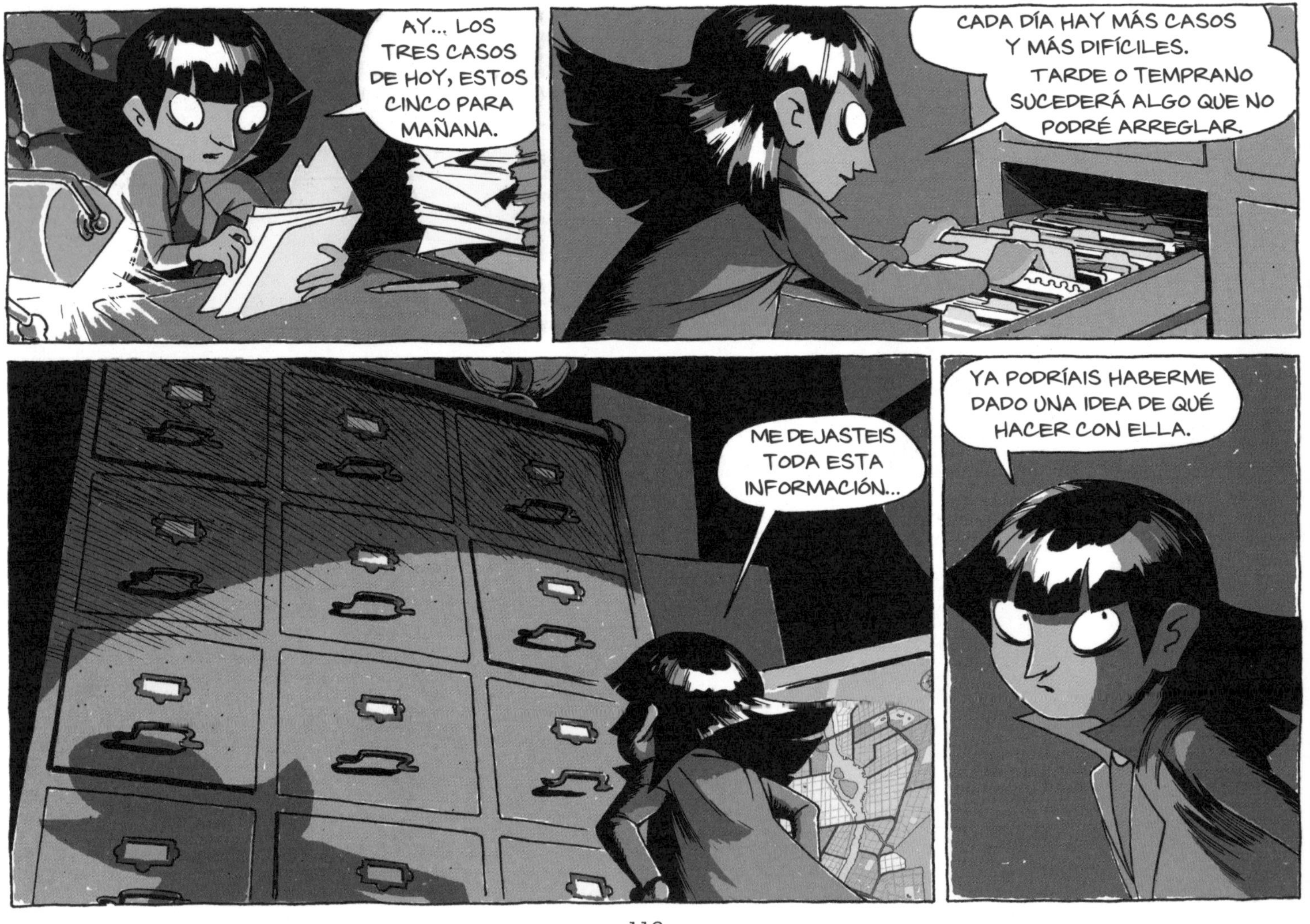
AY... LOS TRES CASOS DE HOY, ESTOS CINCO PARA MAÑANA.
CADA DÍA HAY MÁS CASOS Y MÁS DIFÍCILES.
TARDE O TEMPRANO SUCEDERÁ ALGO QUE NO PODRÉ ARREGLAR.
ME DEJASTEIS TODA ESTA INFORMACIÓN...
YA PODRÍAIS HABERME DADO UNA IDEA DE QUÉ HACER CON ELLA.

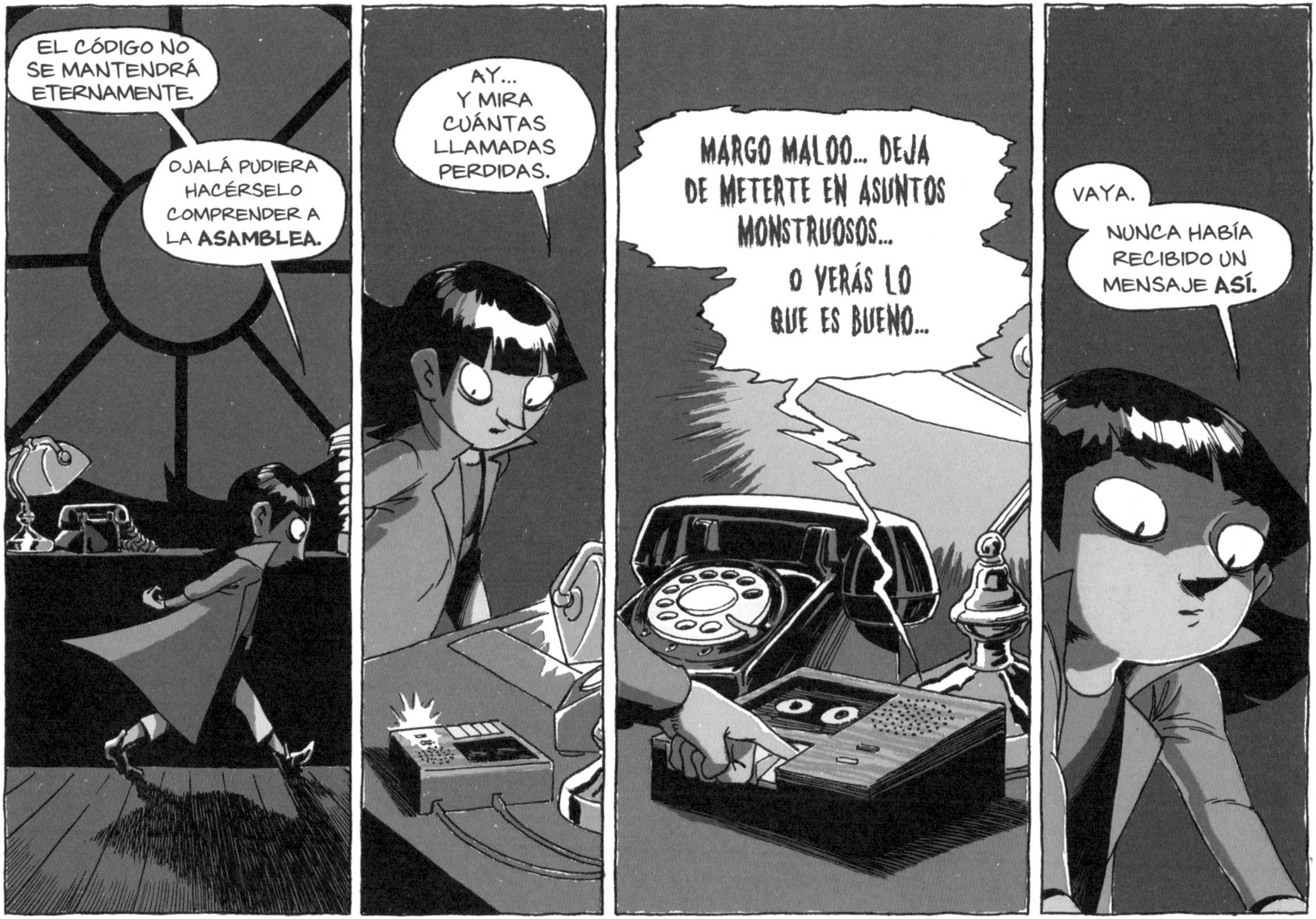
EL CÓDIGO NO SE MANTENDRÁ ETERNAMENTE.
OJALÁ PUDIERA HACÉRSELO COMPRENDER A LA **ASAMBLEA.**
AY... Y MIRA CUÁNTAS LLAMADAS PERDIDAS.
MARGO MALOO... DEJA DE METERTE EN ASUNTOS MONSTRUOSOS...
O VERÁS LO QUE ES BUENO...
VAYA.
NUNCA HABÍA RECIBIDO UN MENSAJE **ASÍ.**

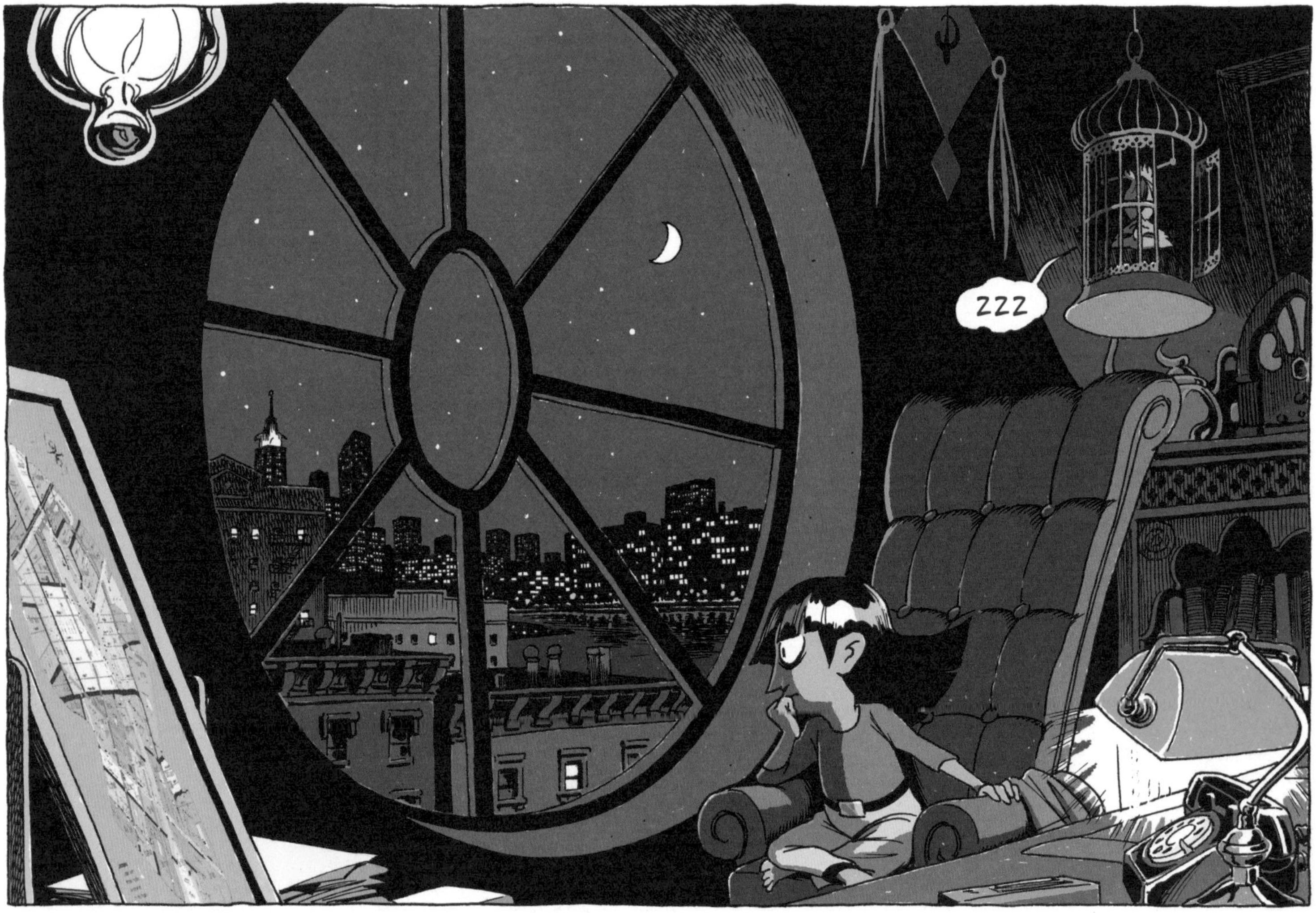
ZZZ

En el tomo anterior di a mi mujer, Eleanor Davis,
todas las gracias del mundo, pero no sé cómo me las
he apañado para acumular varias montañas más.
[Empuja las montañas para cubrirla de gracias.]

Gracias a todos los pacientes mecenas que me
apoyan entre libro y libro, al equipo de First Second,
y gracias adicionales a Katherine Guillen y Joey
Weiser por su ayuda para colorear, no podrían haber
llegado en mejor momento.

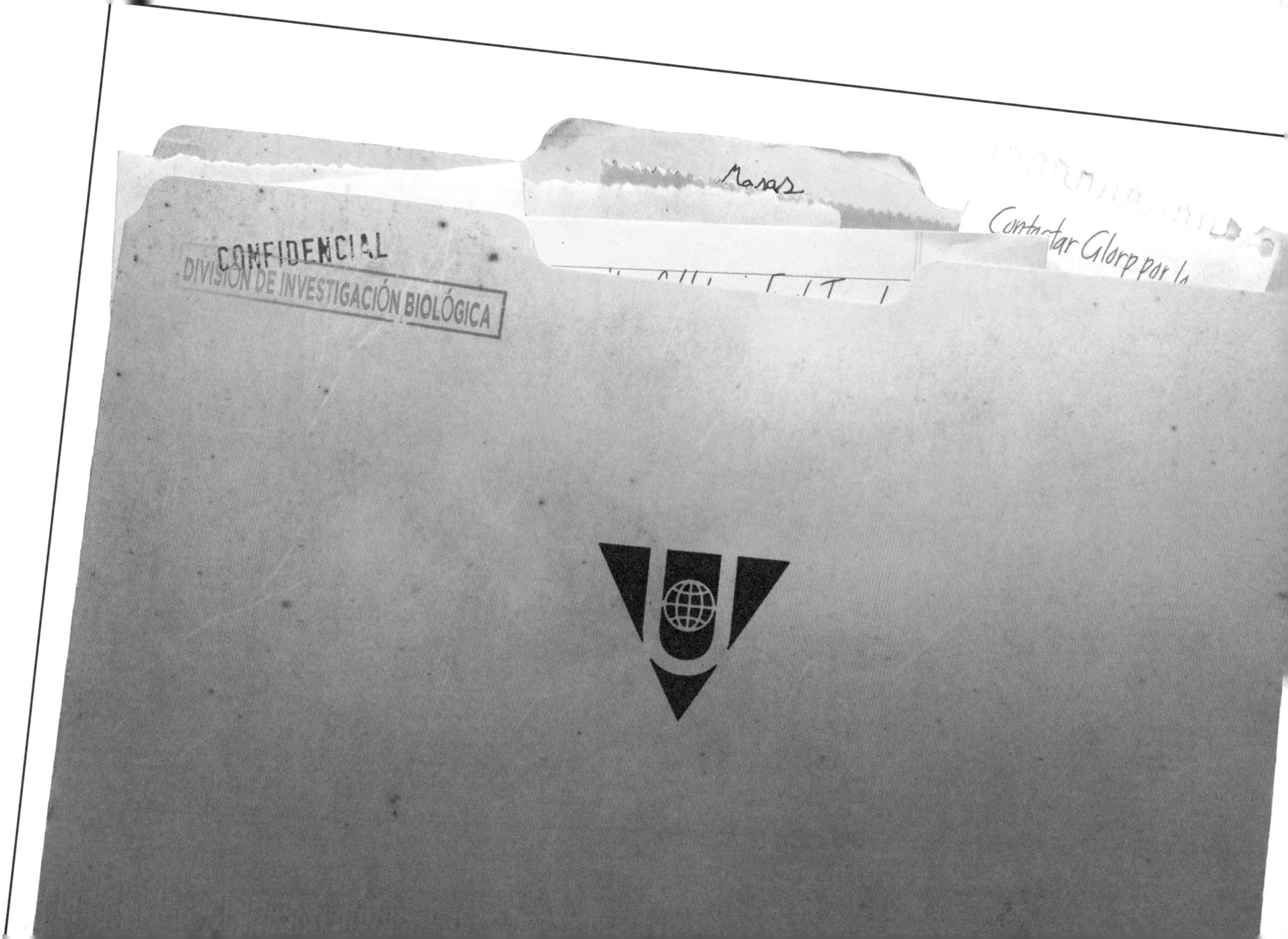
Masas
Contactar Glorp por la
CONFIDENCIAL
DIVISIÓN DE INVESTIGACIÓN BIOLÓGICA

Masas

Las masas (Pondus oblimo) son una especie de monstruos ameboides gelatinosos.

<u>Apariencia:</u> Los cuerpos gelatinosos de las masas pueden aplastarse y estirarse en prácticamente cualquier forma, pero suelen preferir la forma de gota. De su cuerpo brotan apéndices que emplean como brazos para interactuar con objetos, y pueden formar una especie de "boca" para hablar, aunque no la necesitan para comer. Sus cuerpos rielantes y translúcidos varían entre el rosa y el púrpura rojizo. El tamaño máximo que puede alcanzar una masa es aún desconocido; se han descubierto especímenes mayores incluso que un automóvil.

Y los hay incluso más grandes...

<u>Comportamiento:</u> Las masas son criaturas lentas y solitarias. Prefieren ambientes oscuros y húmedos como las alcantarillas, y protegen muy bien su territorio. Cuando, con el paso de los años, las masas alcanzan un tamaño considerable, pueden experimentar un proceso de florecimiento a través del cual una nueva masa se separa de la masa adulta. El adulto criará a la masa recién nacida durante varias décadas hasta que esta adquiera el tamaño suficiente para vivir sola.

<u>Alimentación:</u> Las masas pueden absorber prácticamente cualquier tipo de materia orgánica, aunque generalmente prefieren las algas y hongos que crecen en las paredes y los suelos de su hábitat. Aunque a veces se las tilda de amenazas insaciables en constante crecimiento, son bastante selectivas con su alimentación y raramente absorben criaturas sensibles.

<u>Amenaza: Moderada</u>
Las masas son pacíficas y raras veces se enfurecen; prefieren esconderse en algún lugar estrecho hasta que pase el peligro. Sin embargo, en caso de verse acorraladas, podrían absorber a un humano sin dificultad.

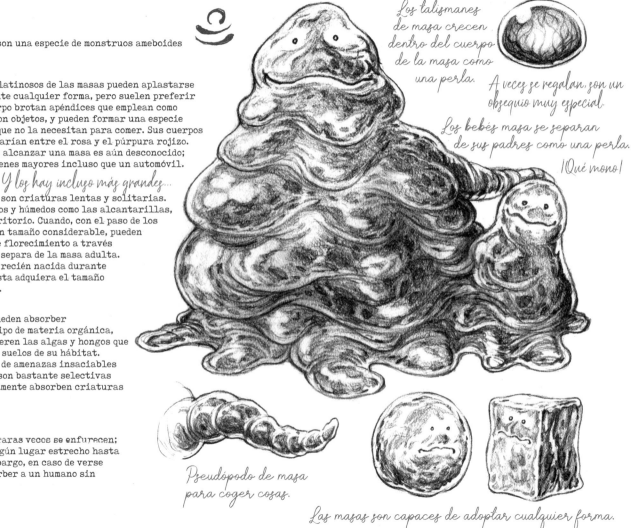

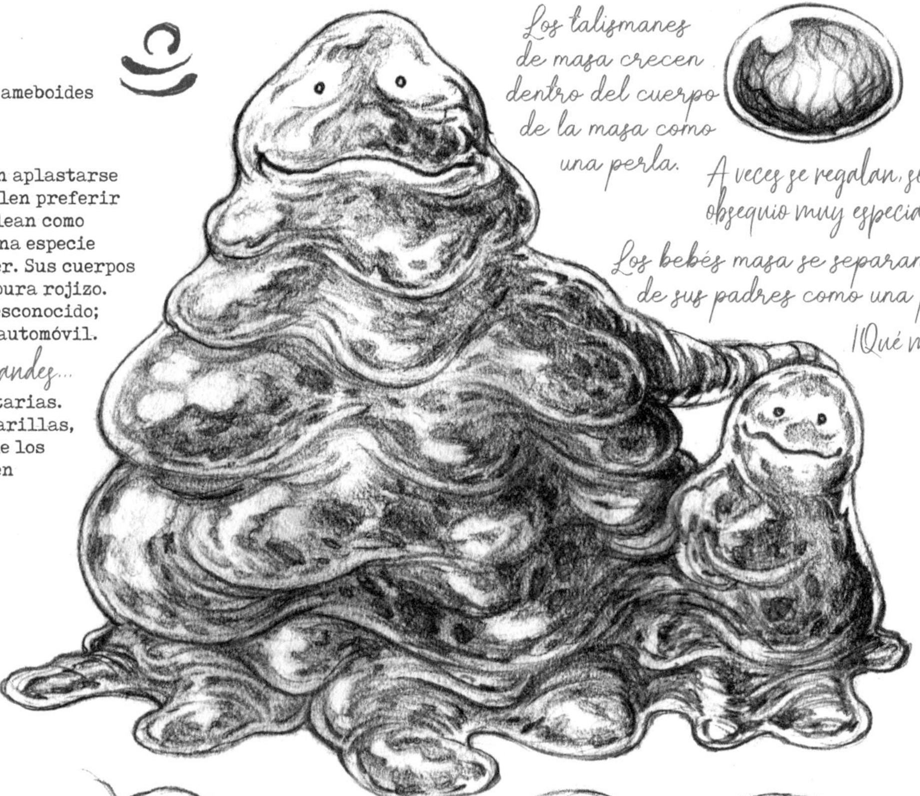
Los talismanes de masa crecen dentro del cuerpo de la masa como una perla.
A veces se regalan, son un obsequio muy especial.
Los bebés masa se separan de sus padres como una perla.
¡Qué mono!

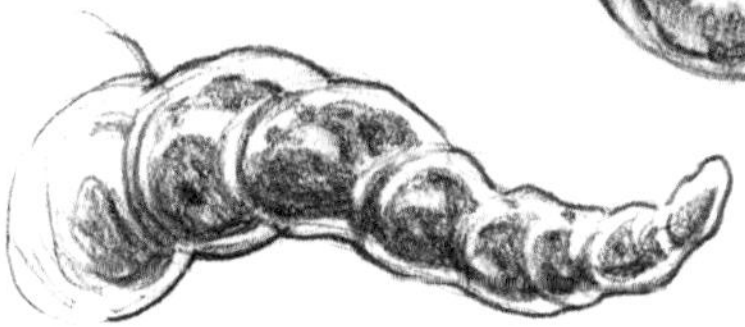
Pseudópodo de masa para coger cosas.

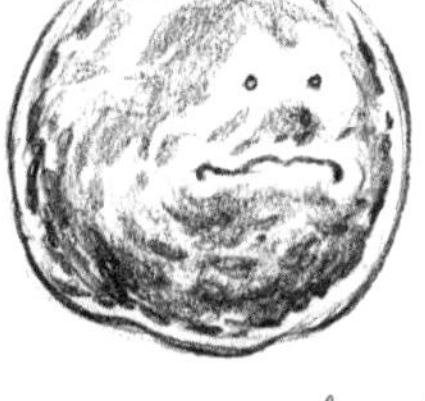

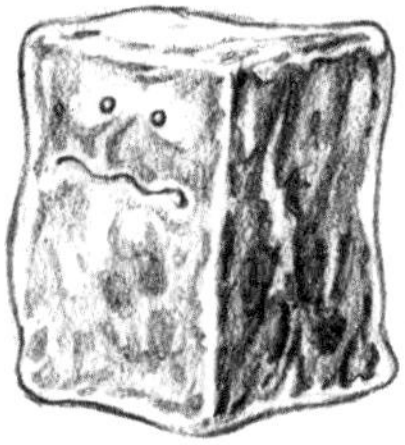
Las masas son capaces de adoptar cualquier forma.

Diablillos

Los diablillos (Daemon impropulus) son una especie de monstruo de tamaño reducido, con alas y muy activo, famoso por sus bromas y gamberradas.

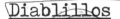

Apariencia: Los diablillos son pequeños y peludos con alas parecidas a las de los murciélagos, orejas cubiertas de pelo y unos inconfundibles círculos rojos alrededor de los ojos. Pueden ser de color rojo oscuro, rosa o morado. Los diablillos adultos suelen pasar de los 30cm de altura y pesan entre 500 y 1.500 gramos.

Comportamiento: Los diablillos son muy veloces, capaces de mantenerse suspendidos en el aire y volar a una velocidad imperceptible, como los colibríes. Tienen el metabolismo muy acelerado, y no suelen estar quietos mucho rato. Los diablillos ocupan buhardillas oscuras, alcobas, áticos y otros sitios elevados y sombríos. Sus núcleos familiares pueden ir de seis a varias docenas de miembros. Los diablillos son bastante comunes en Eco City; se estima que habrá miles en las buhardillas de la ciudad.

Ya no...

Parece que a los vampiros no les hacían mucha gracia las bromas de los diablillos. Solo unos pocos sobrevivieron a la época de los vampiros hasta nuestros días.

La sociedad de los diablillos da mucha importancia a las gamberradas, es decir, a gastar tantas bromas como sea posible sin ser descubierto. Se espera que sus líderes sean expertos en la materia, pues se supone que ello indica una alta inteligencia y gran capacidad estratégica.

Alimentación: Los diablillos se alimentan casi exclusivamente a base de zumos de fruta y otros líquidos azucarados. Su metabolismo acelerado significa que deben consumir prácticamente su peso en zumo de frutas a diario. Les gustan mucho los refrescos humanos.

Amenaza: Baja
Los diablillos raras veces suponen un peligro real, aunque sus trastadas pueden ser agotadoras y, en ocasiones, dolorosas.

¡Los diablillos pueden ser peligrosos si se sienten verdaderamente amenazados!

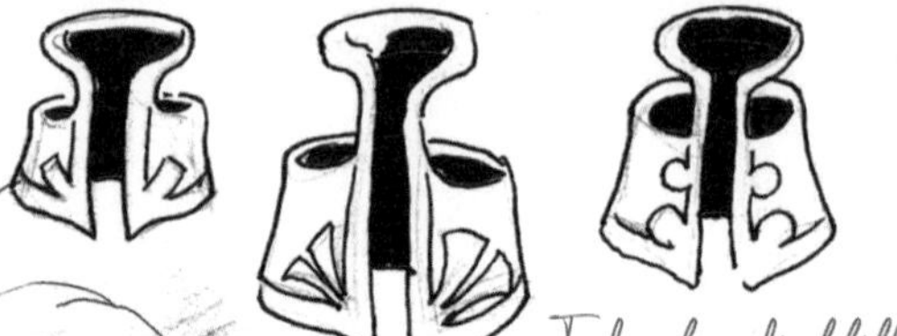

Todos los diablillo llevan un dibujo únic en el chaleco. Los dibujos se transmit de padres a hijos.

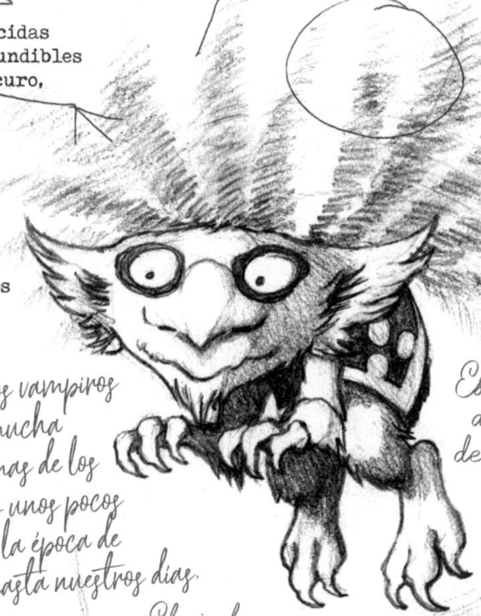

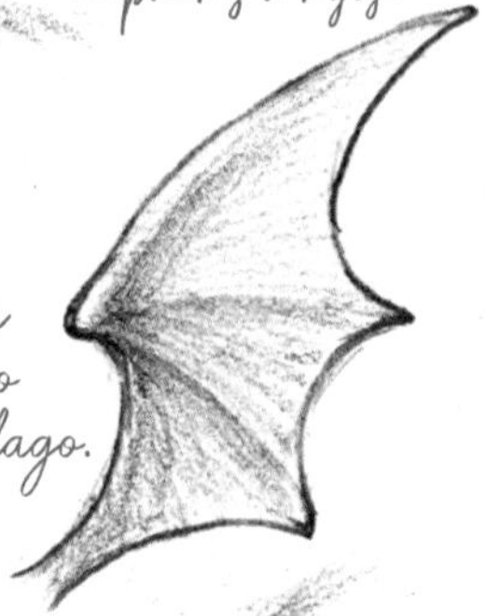

Estructura alar como de murciélago.

El ojo humano es incapaz de seguir a un diablillo a máxima velocidad.

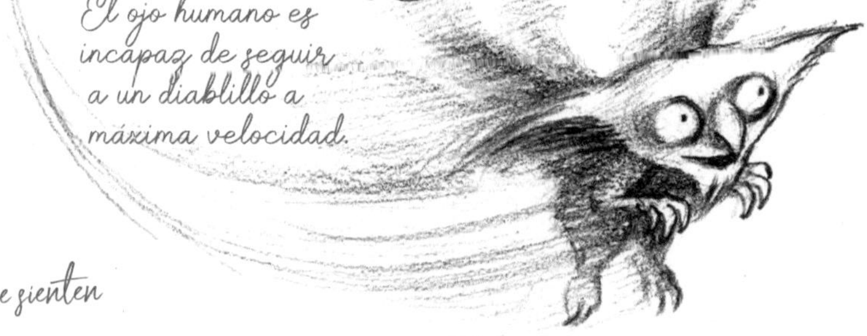

Gente lagarto

La gente lagarto (Reptilia antropomorphus) son una especie de grandes monstruos reptilianos bípedos.

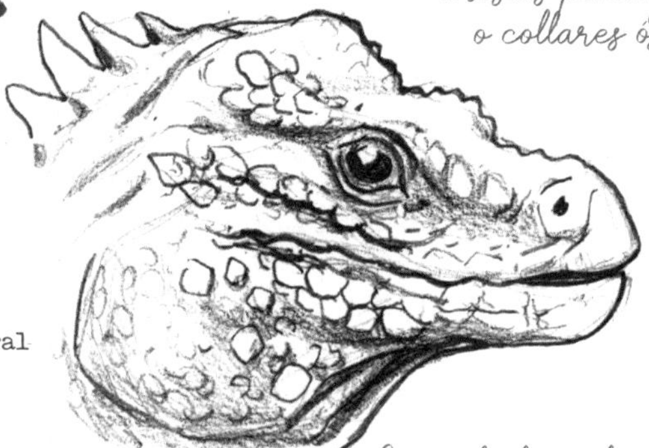

Algunos tienen crestas puntiagudas o collares óseos.

A los jóvenes rebeldes se los echa de casa y se los manda a vivir a Arriba.

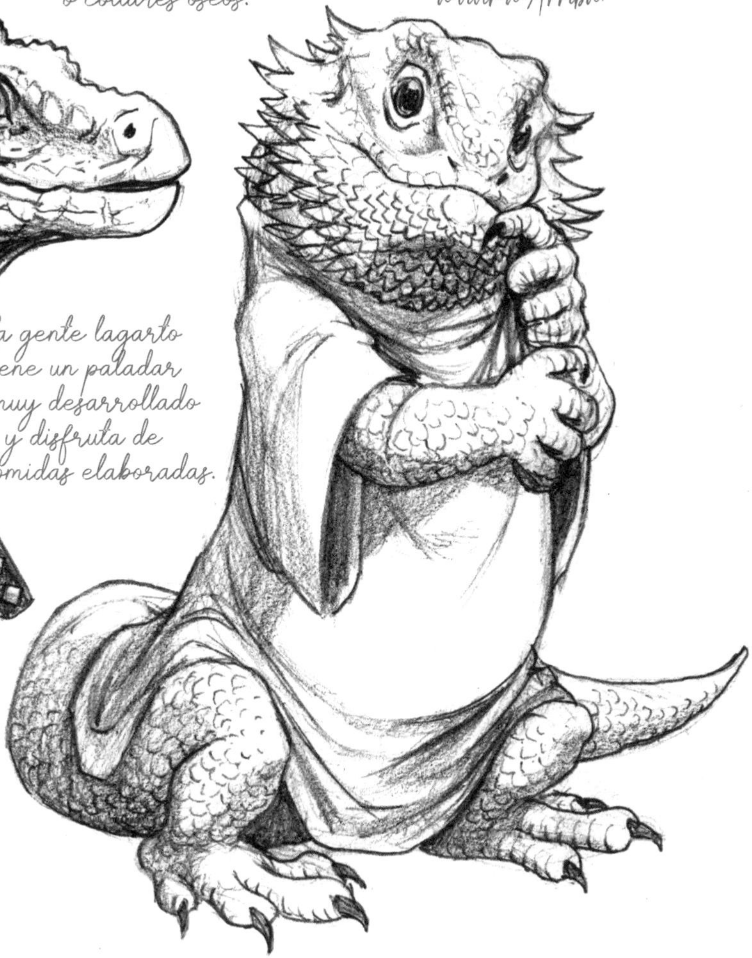

Apariencia: La gente lagarto podría confundirse con iguanas o lagartijas inmensas que caminan sobre sus patas traseras. La mayoría suele vestir alguna pieza de ropa en el exterior para controlar su temperatura corporal en ambientes fríos.

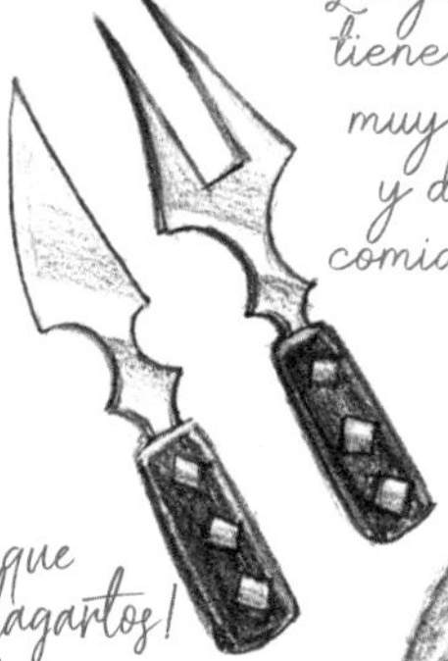

La gente lagarto tiene un paladar muy desarrollado y disfruta de comidas elaboradas.

Comportamiento: La gente lagarto vive en grupos sociales grandes y complejos, y prefieren lugares cálidos y bien iluminados para vivir. Las crías de gente lagarto son educadas para valorar la familia por encima de todo. La jerarquía familiar es importante, y las familias más eminentes se quedan con los mejores territorios, mientras que las de menor rango se ven relegadas a rincones más fríos. Los duelos entre jóvenes lagarto son habituales. La gente lagarto cree en un panteón de dinosaurios, a los que considera venerables ancestros y a los que suele hacer ofrendas de alimentos.

¡Ni se te ocurra decirles que los dinosaurios no eran lagartos!

Alimentación: La gente lagarto es principalmente carnívora, pero come prácticamente de todo.

Hay muchos cocineros excelentes entre la gente lagarto.

Amenaza: Moderada
La gente lagarto suele ser afable.
Sin embargo, se ofenden con facilidad ante cualquier menosprecio a su familia. Ojo con sus siseos; pueden ser el único aviso de que van a atacar.

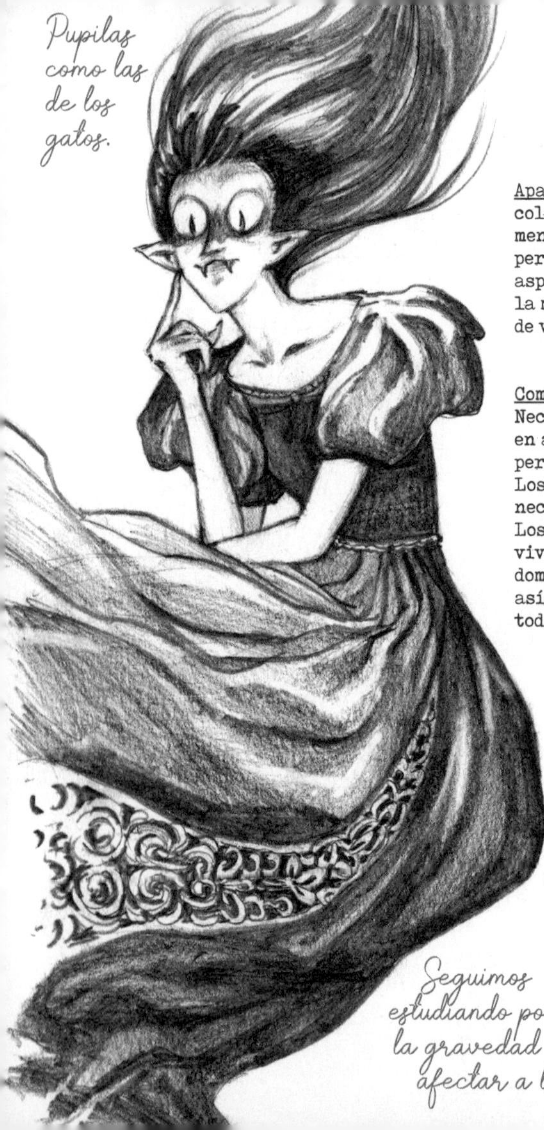

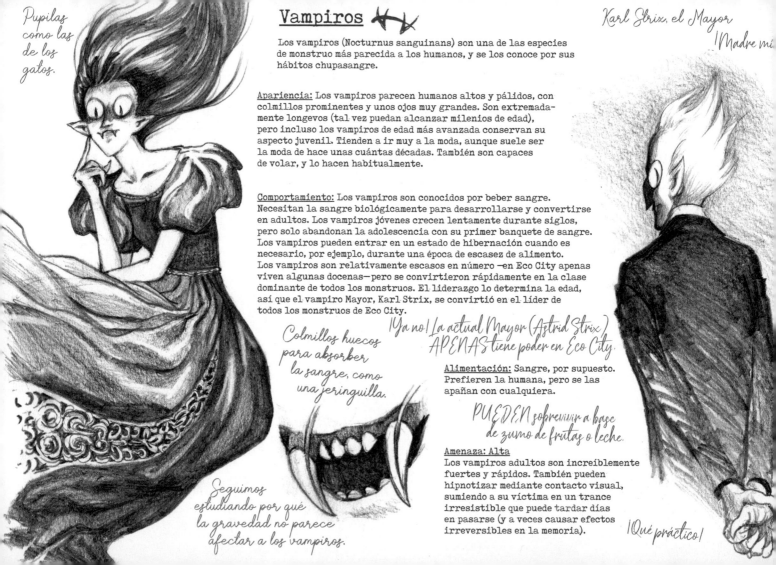

Pupilas como las de los gatos.

Vampiros

Karl Strix, el Mayor

¡Madre mí

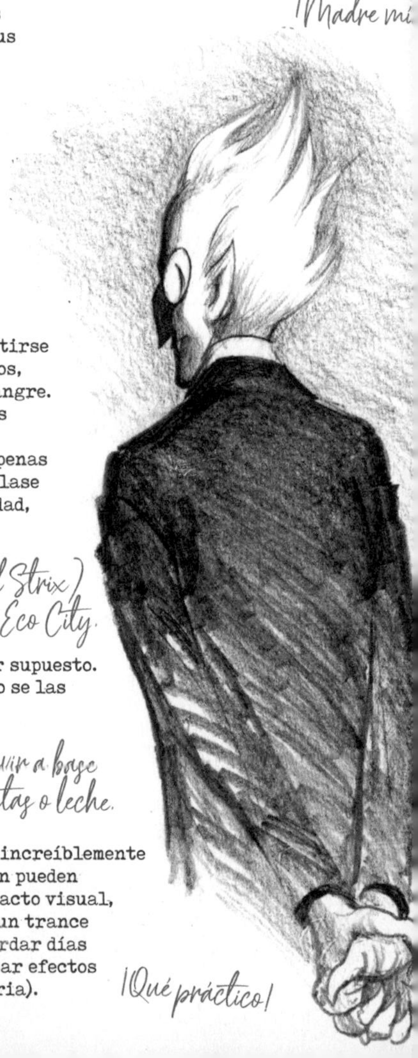

Los vampiros (Nocturnus sanguinans) son una de las especies de monstruo más parecida a los humanos, y se los conoce por sus hábitos chupasangre.

Apariencia: Los vampiros parecen humanos altos y pálidos, con colmillos prominentes y unos ojos muy grandes. Son extremadamente longevos (tal vez puedan alcanzar milenios de edad), pero incluso los vampiros de edad más avanzada conservan su aspecto juvenil. Tienden a ir muy a la moda, aunque suele ser la moda de hace unas cuántas décadas. También son capaces de volar, y lo hacen habitualmente.

Comportamiento: Los vampiros son conocidos por beber sangre. Necesitan la sangre biológicamente para desarrollarse y convertirse en adultos. Los vampiros jóvenes crecen lentamente durante siglos, pero solo abandonan la adolescencia con su primer banquete de sangre. Los vampiros pueden entrar en un estado de hibernación cuando es necesario, por ejemplo, durante una época de escasez de alimento. Los vampiros son relativamente escasos en número —en Eco City apenas viven algunas docenas— pero se convirtieron rápidamente en la clase dominante de todos los monstruos. El liderazgo lo determina la edad, así que el vampiro Mayor, Karl Strix, se convirtió en el líder de todos los monstruos de Eco City.

¡Ya no! La actual Mayor (Astrid Strix) APENAS tiene poder en Eco City.

Colmillos huecos para absorber la sangre, como una jeringuilla.

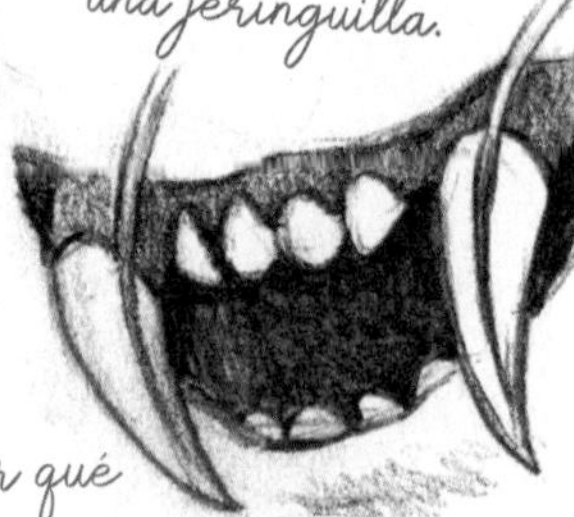

Alimentación: Sangre, por supuesto. Prefieren la humana, pero se las apañan con cualquiera.

PUEDEN sobrevivir a base de zumo de frutas o leche.

Amenaza: Alta

Los vampiros adultos son increíblemente fuertes y rápidos. También pueden hipnotizar mediante contacto visual, sumiendo a su víctima en un trance irresistible que puede tardar días en pasarse (y a veces causar efectos irreversibles en la memoria).

¡Qué práctico!

Seguimos estudiando por qué la gravedad no parece afectar a los vampiros.

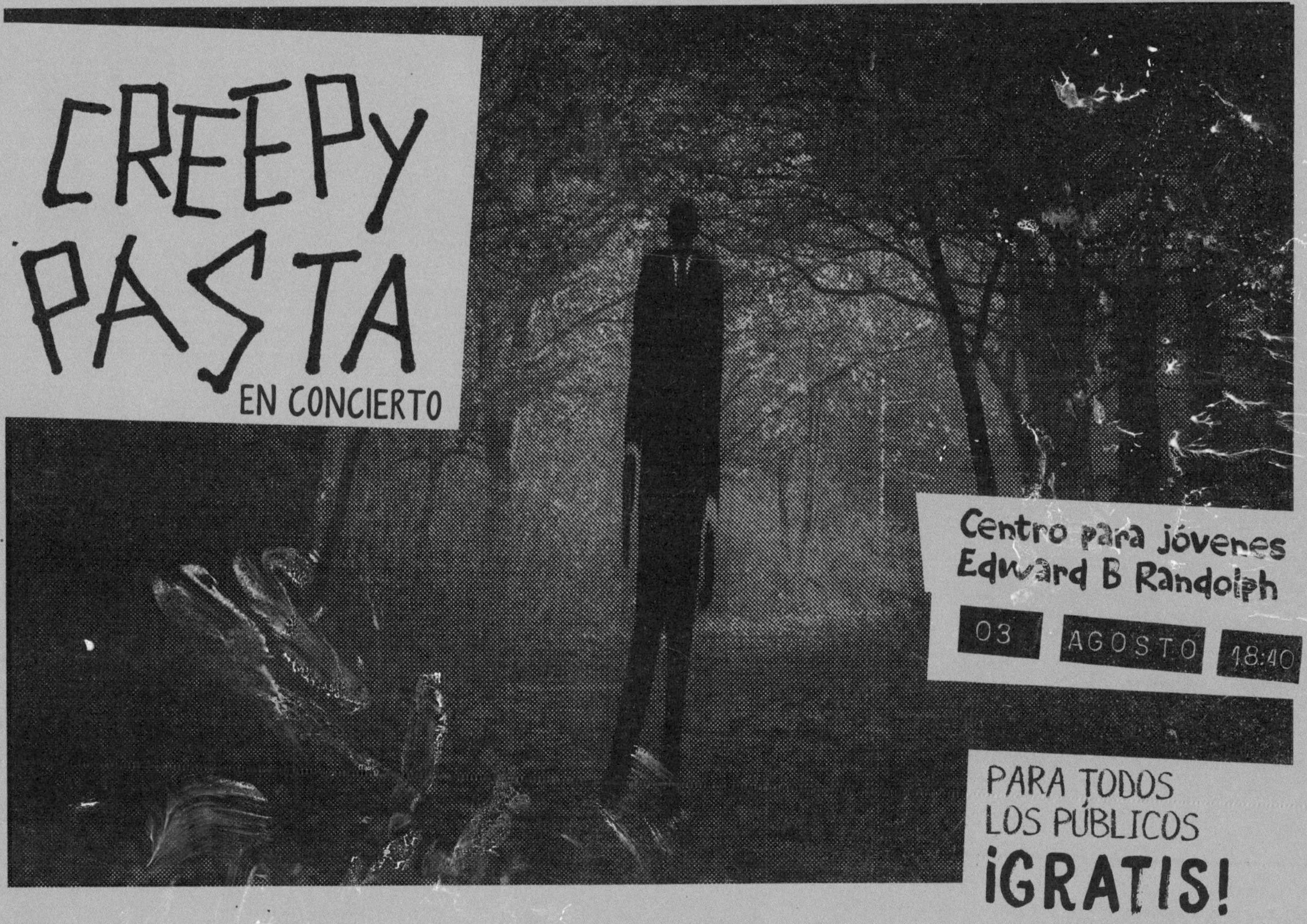
CREEPY PASTA
EN CONCIERTO
Centro para jóvenes Edward B Randolph
03 AGOSTO 18:40
PARA TODOS LOS PÚBLICOS
¡GRATIS!

Estos niños no dejan de meterse
en escondites de monstruos—
échales un ojo...

LOS ESPELUZNANTES CASOS DE
MARGO MALOO
DREW WEING

LOS ESPELUZNANTES CASOS DE MARGO MALOO

Charles acaba de mudarse a Eco City, y algunos
de sus vecinos nuevos le dan escalofríos.
¡Este lugar está lleno de monstruos!
Por suerte para Charles, Eco City tiene a
Margo Maloo, una mediadora de monstruos.
Ella sabe exactamente qué hacer.

UNAS HISTORIAS QUE COMENZARON EN INTERNET Y SE HAN
CONVERTIDO EN UNA MAGNÍFICA NOVELA GRÁFICA

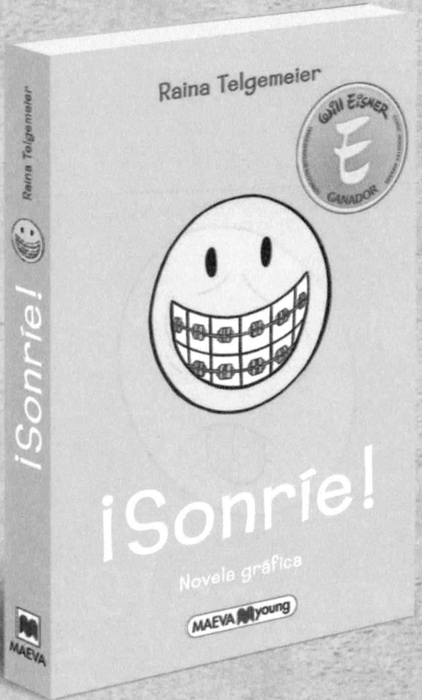

Raina Telgemeier
¡Sonríe!
Novela gráfica
MAEVA young
Raina Telgemeier
¡Sonríe!
MAEVA

¡Sonríe!

Raina Telgemeier

Esta es la historia real de Raina que una noche, tras una reunión de los scouts, se tropieza y se rompe los paletos. Los meses siguientes serán una tortura para ella: se verá obligada a pasar por una operación, ponerse brackets e incluso dientes falsos. Pero además tendrá que «sobrevivir» a un terremoto, a los primeros amores y a algunas amigas que resultan no serlo tanto.

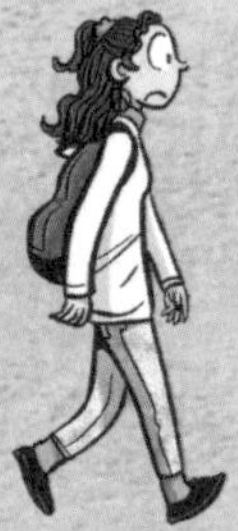

¡Sonríe!
Premio Eisner 2011 a la Mejor publicación infantil y juvenil

Hermanas

Raina Telgemeier

Raina siempre había querido tener una hermana, pero cuando nació Amara las cosas no salieron como esperaba. A través de *flashbacks,* Raina relata los diversos encontronazos con su hermana pequeña, quejica y solitaria. Pero un largo viaje en coche desde San Francisco a Colorado puede que le brinde la oportunidad de acercarse a ella. Al fin y al cabo, son hermanas.

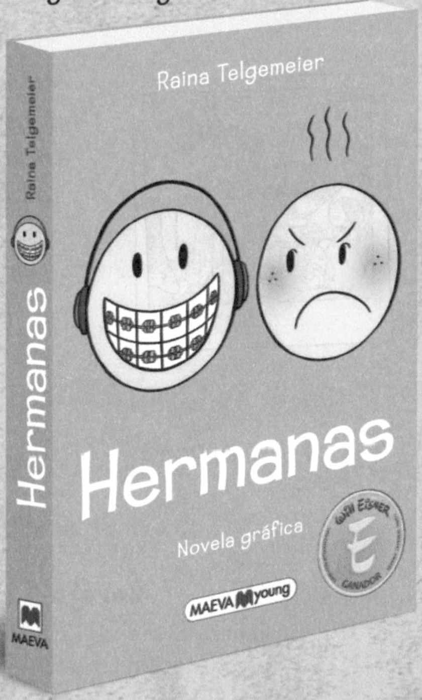

Raina Telgemeier
Hermanas
Novela gráfica
MAEVA young
Raina Telgemeier
Hermanas
MAEVA

Raina Telgemeier
Premio Eisner 2015 al Mejor escritor e ilustrador

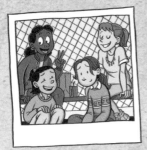

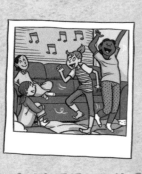

Coraje

Raina Telgemeier

Raina se despierta una noche con dolores de estómago y ganas de vomitar. Lo que en un principio cree que es un virus contagioso se convierte en la expresión física de su ansiedad. La familia, la escuela, el cambio en los amigos, la timidez en clase o la alimentación tienen parte de la culpa. Afortunadamente sus padres se dan cuenta de ello y toman una decisión importante para ayudarla. Pero será ella quien tenga que hacer frente a sus miedos.

DE LA AUTORA DE ¡Sonríe!
Raina Telgemeier
Coraje
Novela gráfica
MAEVA young
Raina Telgemeier
Coraje
MAEVA

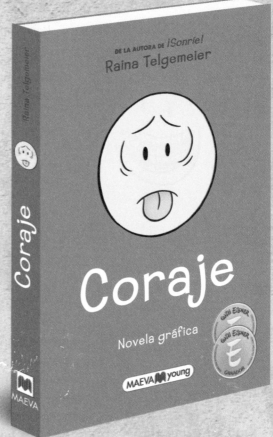

CORAJE ES UNA GRAN HISTORIA, TIERNA Y DIVERTIDA, SOBRE LA IMPORTANCIA DE ENFRENTARSE A LOS MIEDOS CON VALENTÍA Y OPTIMISMO

Coraje
Premio Eisner 2020 a la Mejor publicación infantil y juvenil

Coraje
Premio Eisner 2020 al Mejor escritor e ilustrador

EL CLUB de LAS CANGURO

Ann M. Martin – Raina Telgemeier

NOVELAS GRÁFICAS DE LA SERIE DE NETFLIX

EL CLUB DE LAS CANGURO,
LAS NOVELAS GRÁFICAS DE LA SERIE DE **NETFLIX**

DE LA AUTORA DE ¡Sonríe!
RAINA TELGEMEIER
EL CLUB de LAS CANGURO
NOVELA GRÁFICA
NOVELAS GRÁFICAS DE LA SERIE DE NETFLIX
¡BUENA IDEA, KRISTY!
BASADO EN LA NOVELA DE
ANN M. MARTIN
MAEVA young

¡BUENA IDEA, KRISTY!

Un día, al salir de clase, Kristy tiene una idea genial: ¡organizar un club de chicas canguro! Sus amigas Claudia, Mary Anne y Stacey, una compañera nueva del instituto, se apuntan sin pensarlo. Trabajar como canguro les dará la oportunidad de pasarlo bien y ganar un dinero extra para sus cosas. Pero nadie las ha avisado de las gamberradas de los niños, de las mascotas salvajes ni de los padres que no siempre dicen la verdad.

EL SECRETO DE STACEY

DE LA AUTORA DE ¡Sonríe!
RAINA TELGEMEIER
EL CLUB de LAS CANGURO
NOVELA GRÁFICA
EL SECRETO DE STACEY
BASADO EN LA NOVELA DE
ANN M. MARTIN
MAEVA young

¡Pobre Stacey! Acaba de mudarse de ciudad, está acostumbrándose a su diabetes y, por si eso fuera poco, no dejan de surgir contratiempos en su trabajo de canguro. Por suerte tiene tres nuevas amigas: Kristy, Claudia y Mary Anne. Juntas forman El Club de las Canguro, capaces de enfrentarse a cualquier problema... ¡incluso a otro club que quiere hacerles la competencia!

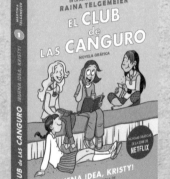

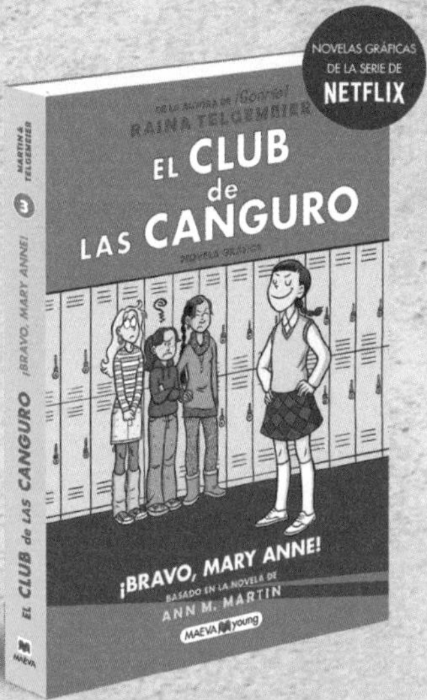
NOVELAS GRÁFICAS DE LA SERIE DE NETFLIX
RAINA TELGEMEIER
EL CLUB de LAS CANGURO
¡BRAVO, MARY ANNE!
BASADO EN LA NOVELA DE
ANN M. MARTIN
MAEVA young

¡BRAVO, MARY ANNE!

Las chicas del Club de las Canguro se han peleado. Ahora a Mary Anne no le queda más remedio que hacer nuevos amigos en la cafetería. Por si esto fuera poco, tiene que aguantar a un padre sobreprotector y, encima, no puede acudir a sus amigas cuando surgen problemas con los niños que cuida. ¿Logrará Mary Anne resolver todos sus problemas y conseguir que el Club permanezca unido?

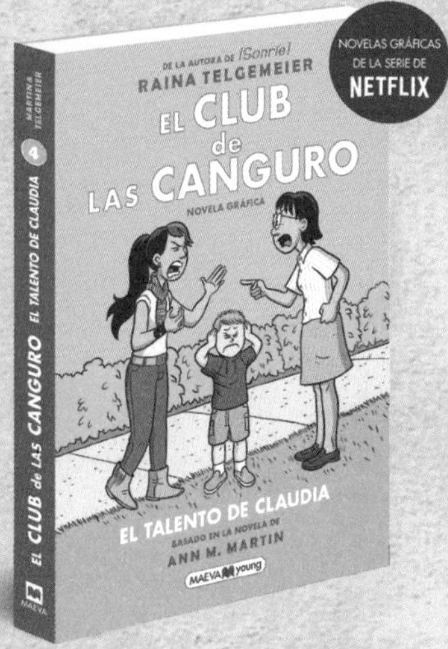
NOVELAS GRÁFICAS DE LA SERIE DE NETFLIX
DE LA AUTORA DE ¡Sonríe!
RAINA TELGEMEIER
EL CLUB de LAS CANGURO
NOVELA GRÁFICA
EL TALENTO DE CLAUDIA
BASADO EN LA NOVELA DE
ANN M. MARTIN
MAEVA young

EL TALENTO DE CLAUDIA

Claudia, que presta más atención a sus inquietudes artísticas y al Club de las Canguro que a sus deberes del instituto, siente que no puede competir con su hermana perfecta. ¡Janine estudia sin parar e incluso recibe clases de nivel universitario! Pero cuando algo inesperado le sucede a la persona más querida de la familia, ¿podrán las hermanas dejar de lado sus diferencias?

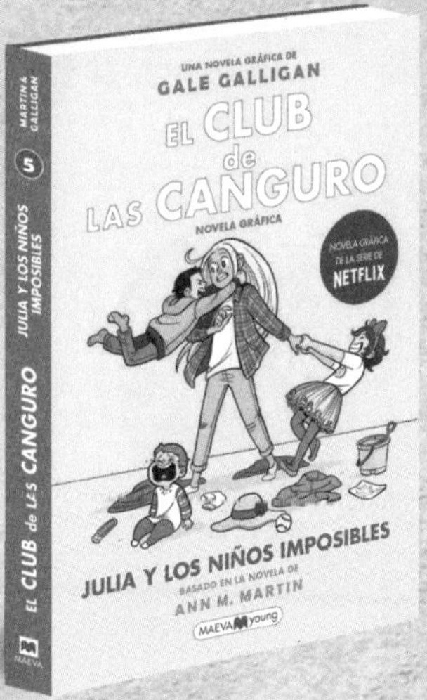
UNA NOVELA GRÁFICA DE
GALE GALLIGAN
EL CLUB de LAS CANGURO
NOVELA GRÁFICA
NOVELA GRÁFICA DE LA SERIE DE NETFLIX
JULIA Y LOS NIÑOS IMPOSIBLES
BASADO EN LA NOVELA DE
ANN M. MARTIN
MAEVA young

JULIA Y LOS NIÑOS IMPOSIBLES

Gale Galligan y Ann M. Martin

Julia es el miembro más reciente del Club de las Canguro. Si bien todavía se está adaptando a la vida en Stoneybrook, está ansiosa por llevar a cabo su primer gran trabajo de canguro. Pero cuidar a los tres niños Barrett es complicado: la casa siempre es un desastre, los niños están fuera de control y la Sra. Barrett nunca hace nada de lo que promete. Además de todo esto, Julia se esfuerza por encajar con las chicas, pero no sabe cómo llevarse bien con Kristy. ¿Unirse al Club fue un error?

Publicación en noviembre de 2020

LA NUEVA Y DESTERNILLANTE HISTORIA
DE LA AUTORA DE ¡SONRÍE! Y HERMANAS
RAINA TELGEMEIER
DRAMA
NOVELA GRÁFICA
MAEVA young
RAINA TELGEMEIER
DRAMA
MAEVA

DRAMA

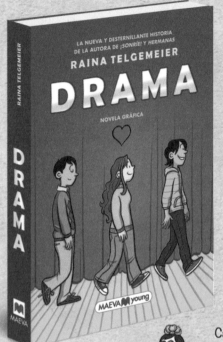

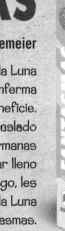

Raina Telgemeier

A Callie le encanta el teatro. Por eso, cuando le ofrecen un puesto como escenógrafa, no duda en aceptar. Su misión será crear unos decorados dignos de Broadway. Pero las entradas no se venden, los miembros del equipo son incapaces de trabajar juntos y, para colmo, cuando dos hermanos monísimos entran en escena, la cosa se complica todavía más.

DE LA AUTORA DE ¡SONRÍE! Y HERMANAS
RAINA TELGEMEIER
FANTASMAS
NOVELA GRÁFICA
MAEVA young
RAINA TELGEMEIER
FANTASMAS
MAEVA

FANTASMAS

Raina Telgemeier

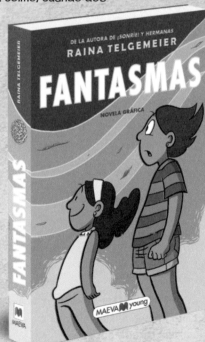

Catrina y su familia se han mudado a Bahía de la Luna porque su hermana pequeña, Maya, está enferma y esperan que el cambio de clima la beneficie. Aunque sabe que es necesario, no es un traslado que haga feliz a Catrina, hasta que las hermanas exploran su nueva ciudad y descubren un lugar lleno de aventuras, pues Carlos, su nuevo amigo, les revela un gran secreto: en Bahía de la Luna hay fantasmas.

Fantasmas

Premio Eisner 2017 a la Mejor publicación infantil y juvenil

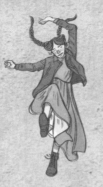

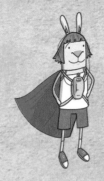

Ana de Las Tejas Verdes
novela gráfica
Mariah Marsden
Brenna Thummler
MAEVA young

Ana de Las Tejas Verdes

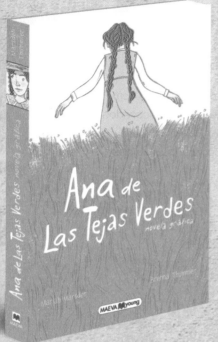

Mariah Marsden y Brenna Thummler, basado en la novela de L. M. Montgomery

Matthew y Marilla Cuthbert, dos hermanos de mediana edad, deciden adoptar a un niño huérfano para que les ayude en la granja, pero una confusión hace que llegue Ana Shirley. Con su cabello rojo fuego y una imaginación imparable, llega a las Tejas Verdes y revoluciona deliciosamente todo Avonlea.

SuperSorda

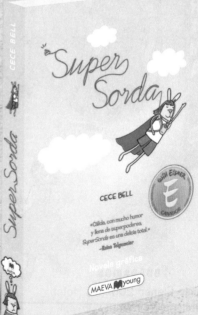

Cece Bell

Cece desea encajar y encontrar un amigo de verdad. Tras un montón de problemas, descubre cómo aprovechar el poder de su Phonic Ear, el enorme audífono que debe llevar tras haber perdido la audición a los cinco años. Así se convierte en SuperSorda. Una heroína con mucho humor que conseguirá encontrar su lugar en el mundo y la amistad que tanto ansiaba.

CECE BELL
Super Sorda
Will Eisner
GANADOR
«Cálida, con mucho humor y llena de superpoderes. SuperSorda es una delicia total.»
–Raina Telgemeier
Novela gráfica
MAEVA young

Will Eisner GANADOR

Cece Bell

Premio Eisner al Mejor escritor e ilustrador

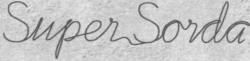

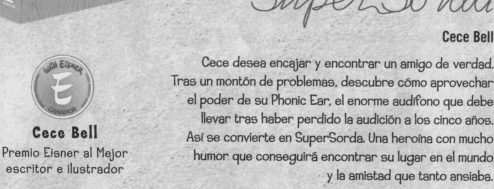

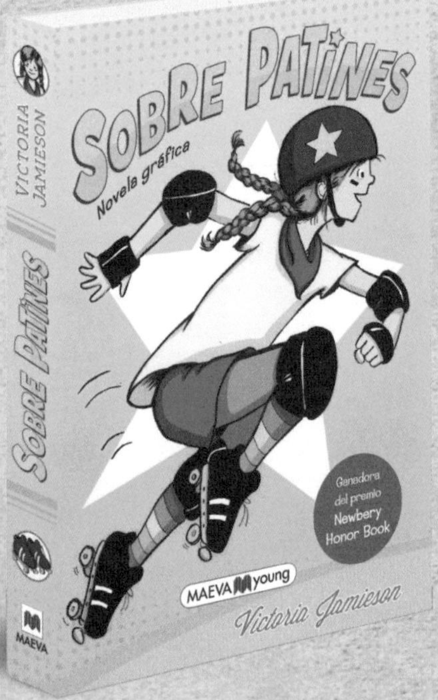
SOBRE PATINES
Novela gráfica
VICTORIA JAMIESON
Ganadora del premio Newbery Honor Book
MAEVA young
Victoria Jamieson
MAEVA

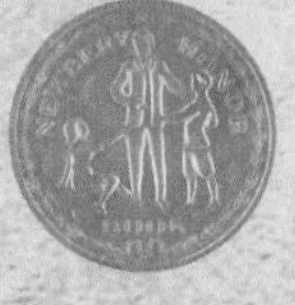

Victoria Jamieson

Premio Newbery Honor Book

SOBRE PATINES

Astrid siempre ha hecho todo junto con Nicole. Por eso, cuando se inscribe en un campamento de roller derby está segura de que su amiga irá con ella. Pero Nicole se apunta al campamento de ballet ¡con la cursi de Rachel! Entre caídas, tintes de pelo de color azul, entrenamientos secretos y alguna que otra desilusión este será el verano más emocionante de la vida de Astrid.

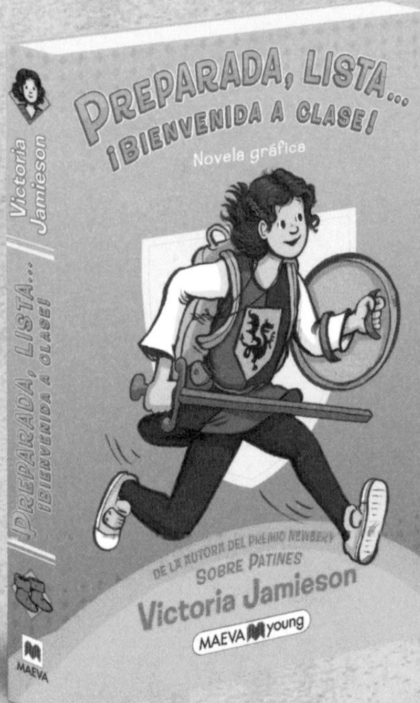
PREPARADA, LISTA... ¡BIENVENIDA A CLASE!
Novela gráfica
Victoria Jamieson
DE LA AUTORA DEL PREMIO NEWBERY SOBRE PATINES
Victoria Jamieson
MAEVA young
MAEVA

PREPARADA, LISTA... ¡BIENVENIDA A CLASE!

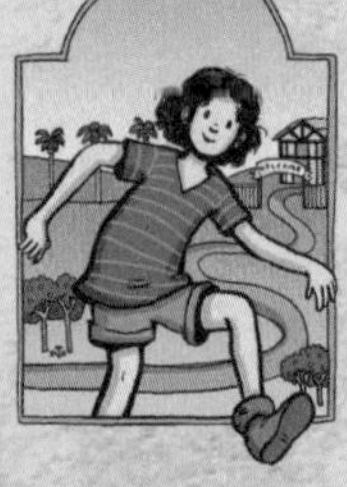

La valiente Momo siempre se ha sentido a gusto en la feria medieval en la que trabajan sus padres. Pero este año está a punto de embarcarse en una aventura épica, ¡empieza la secundaria! Pronto descubrirá que, en la vida real, los héroes y los villanos no siempre son tan fáciles de identificar como en la feria. ¿Cómo conseguirá hacerse un sitio y nuevos amigos en este reino tan extraño y complicado?

Toni

Philip Waechter

Toni ve un anuncio de las fabulosas botas de fútbol Ronaldo Flash, y desde ese momento sueña con tener un par. Pero su madre no quiere ni oír hablar del tema (las que tiene aún le quedan estupendamente). Entonces Toni decide conseguir por sí mismo el dinero. Se inicia así un camino lleno de aventuras divertidísimas.

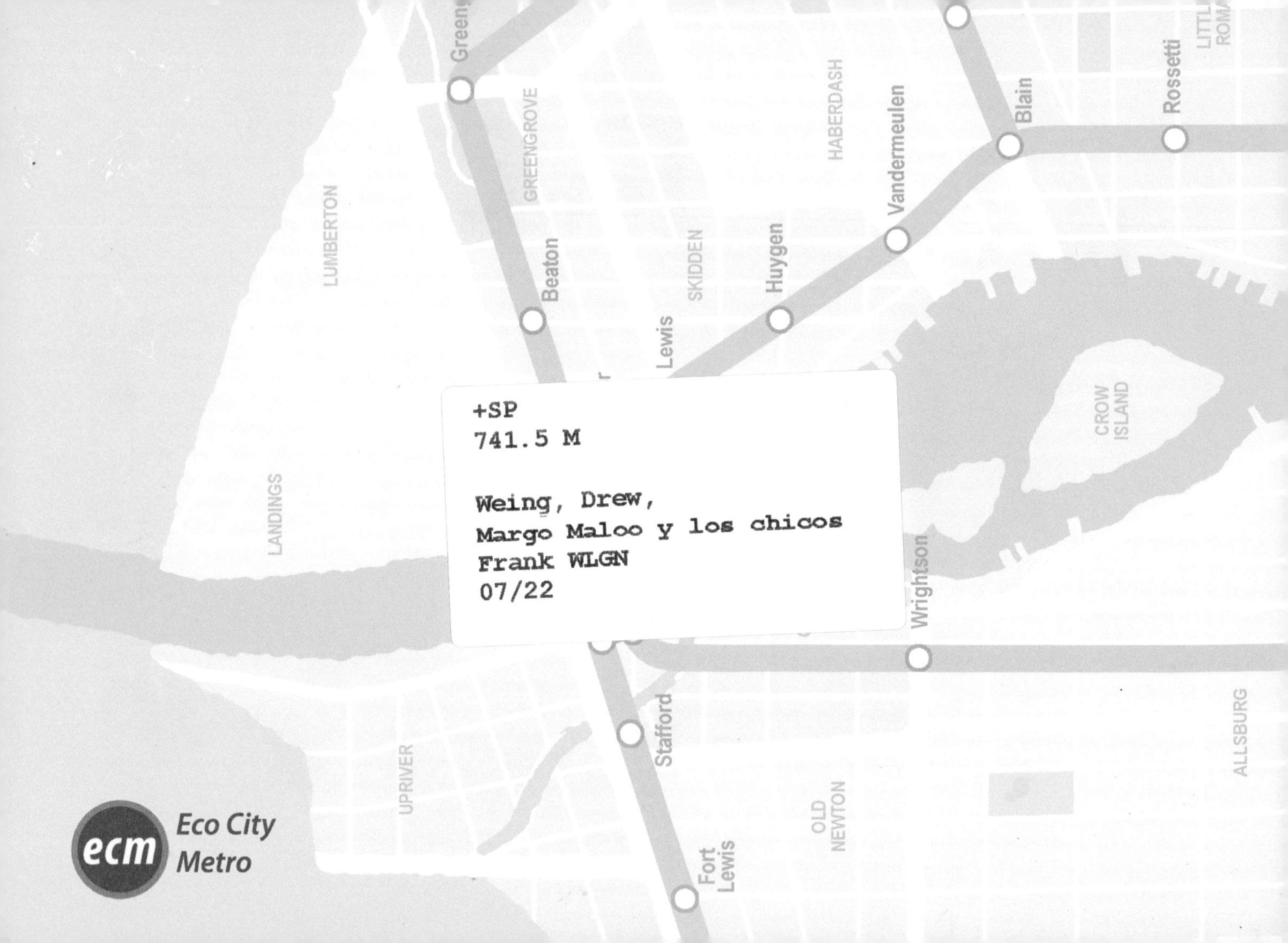
GREENGROVE
HABERDASH
Vandermeulen
Blain
Rossetti
LUMBERTON
Beaton
SKIDDEN
Huygen
Lewis
CROW ISLAND
LANDINGS
Wrightson
Stafford
UPRIVER
OLD NEWTON
Fort Lewis
ALLSBURG
ecm
Eco City Metro

+SP
741.5 M

Weing, Drew,
Margo Maloo y los chicos
Frank WLGN
07/22